谷口伊兵衛／G・ピアッザ／T・シュタウダー
（編訳　谷口伊兵衛）

追悼　ウンベルト・エコ

――マンドローニョ魂から遺言『ヌーメロ・ゼロ』まで――

文化書房博文社

In memoriam Umberti Eco

ガリアウドの像
(写真④)(18 頁)

従軍時代のエコ
(写真⑤)(59 頁)

ムッソリーニを処刑した
ワルテル・アウディージオ
(写真⑥)(125 頁)

アレッサンドリア文学高校の正面
(写真①)(16 頁)

アレッサンドリアの景観(写真②)(16 頁)

アレッサンドリアの市庁舎(写真③)(16 頁)

エコと初孫（写真⑨）（135 頁）

エコの名誉博士授与式
（写真⑦）（132 頁）

ニューヨークでのエコ
（写真⑩）（137 頁）

エコの名誉博士授与式（写真⑦）（132 頁）

書斎のエコ（写真⑪）（136 頁）

名誉博士表彰式（写真⑧）（132 頁）

エコと恵光院（写真⑮）（223 頁）

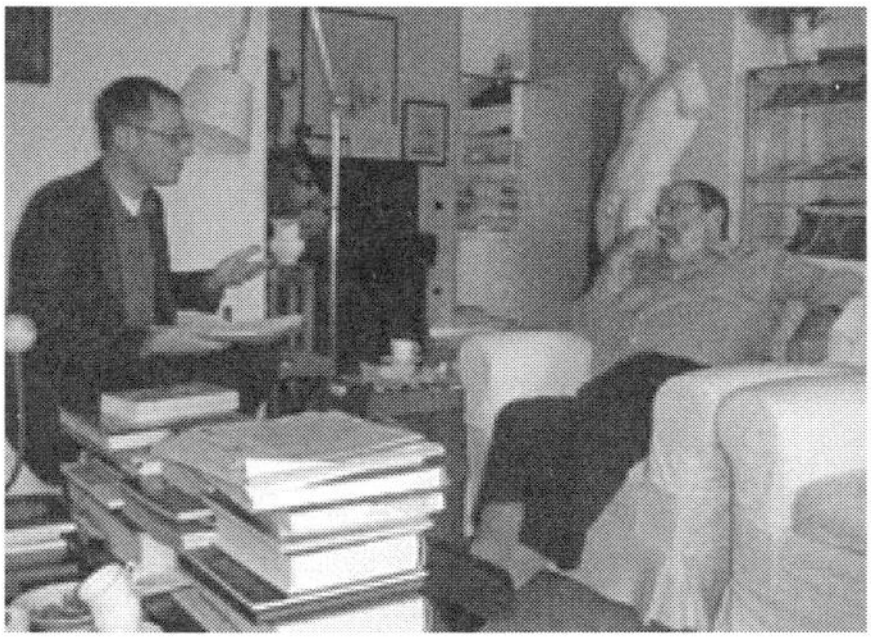
シュタウダーとエコ（写真⑫）（135 頁）

エコとジョバンニ・ピアッザ（於京都）
（写真⑬）（222 頁）

フーコーの振り子（写真⑯）（57 頁）

エコと谷口伊兵衛(写真⑭)(15､222 頁)

目次

第一部　ウンベルト・エコの根源《ルーツ》

序章　ナポレオンとマレンゴ

彼は逝ってしまった。
臨終の息を吐きし後
さながら不動のごとく　残せしは
記憶を無くした遺骸のみ。
かくも重き名声《いき》を失って世界は
この報せに動揺し茫然自失せり……

――マンゾーニ『領歌』

これはアレッサンドロ・マンゾーニがナポレオンの死を悼んだ領歌の冒頭部分である。もう一人の偉人ウンベルト・エコの逝去に際してもこれを再利用させて頂きたい。なぜ偉大だったかといえば、ナポレオン同様にエコもアレッサンドリアを愛したからだ。ナポレオンがアレッサンドリアの一部マレンゴを愛したのは、当地が彼を皇帝の座に就かせたからである。ウンベルトがアレッサンドリアを愛したのは、当地に生まれたばかりか、その奥底から自分がアレッサンドリア人、マンドローニョの人であり、才能と野心に溢れた人、四角四面で前向きの批評に傾いた人であると自覚していたからなのだ。

ナポレオン・ボナパルトは軍隊指揮官だったが、マレンゴの勝利のおかげでヨーロッパ史を変えてしまった。この戦闘は当初フランス軍にとり絶望的だったのだが、それがこの革命軍にとって輝かしい勝利に終わったのである。マレンゴに対して寄せた彼の愛の原因は、以下に引用するわれわれの共訳書、A・ロンコの『ナポレオン秘史——マレンゴの戦勝——』（而立書房、一九九四）から明らかになろう。少し長くなるが、ほとんど読まれていないため、ここに第一章を再録することを諒とせられたい（一四－三二頁）(*1)。

王冠への道　この勝利は、オーストリアに対する一八〇〇年の戦争の成功をナポレオンに保障し、彼に第一執政の地位を固めて帝冠への道を歩ませるうえでも、もっとも決定的な結果をもたらしたのである。パダーナ平原で敗北していたなら、彼の経歴は終止符を打っていたであろうし、アウステルリッツ〔チェコスロヴァキア中部の町。一八〇五年、ナポレオンの率いたフランス軍がオーストリア・ロシア連合軍をこの地で破った〕も、ボロディーノ〔モスクワに近い、ソ連の村。一八一二年のナポレオンのモスクワ遠征で、「生涯最大の戦闘」（ナポレオン）がこの地で繰り広げられた〕も、マリー・ルイーズ〔（一八九一－一八四七）ナポレオンの第二皇后。オーストリア皇帝フランツ二世の娘〕も、ナポレオン二世〔（一八一一－三二）ナポレオン一世の子。父の退位後、母マリー・ルイーズの故国オーストリアに亡命し、生涯をウィーンの宮廷で過ごした〕もなかったであろう。要するに、ナポレオンも存在しなかったであろう。さらに付言するなら、ワーテルロー〔ベルギー、ブリュッセルの南方にある町。ナポレオンがここで英国・プロイセン連合軍に致命的な敗北を喫した（一八一五年）〕もセント＝ヘレナ島〔南アフリカ北西沖にある英国領の火山島。ナポレオンはここに流刑された〕もなかったであろう。

もしもナポレオンが、その敵どもが望んでいたように(*2)、マレンゴで敗北していたとしたならば、ヨーロッパ史は別の途をたどり、今日では予想もつきかねるような結果をもたらしたであろう。しかし六月十四日、ナポレオンは勝利した。偶然にではあるが、とにかく彼は勝ったのだ。そして、マレンゴは彼のお気に入りの勝利となったのである。

ナポレオンの生涯には、マレンゴに対する彼の情熱を示す証拠が充満している。その第一のものは、戦闘の同じ日にさかのぼる。この戦闘は二部に分かれていたのであり、午前には八時間でも敗れたのに、午後には数分間で勝ったのだった。ベルティエ〔(一七五三―一八一五) ナポレオン一世の幕僚で、陸相、参謀総長などを歴任した〕はこれを「サン・ジュリアンの戦い」と呼ぶつもりでいたが、ナポレオンが反対した。これはマレンゴと呼ばねばならない、と。それでこう呼ばれることになったのである。

これはほんの手始めに過ぎなかった。それというのも、パダーナ渓谷におけるフランスの新しい占領地に行政上の態勢を布く段になるやすぐさま、ナポレオンは当然考えられたアレッサンドリア県ではなしに、マレンゴ県をつくりだしたからだ〔マレンゴは全くの小集落に過ぎないのに〕。その後の数年間に、軍隊を敗走させ、王位を転覆させ、王冠をあちこち配分したときにも、ナポレオンはしばしばマレンゴのことに考え及び、その光輝を強調したり、その影をぼやかしたりしたのだった。

六月十四日の戦闘についての資料を何度も読み返してみて、彼はこの戦いの戦術大要がいささか混乱していることに気づいた。公式の報告書からは、兵士たちの士気、犠牲的精神や、将軍たちの果敢さ、タイミングの良さは浮かび上がっても、彼の指揮行動については指摘されていなかった。ただ、彼が最前線に沿って馬にまたがりながら、「きみたち、わたしが戦場で眠ることに慣れているんだということを憶い出してくれ」と叫んで、退却中の軍隊を励ましたと言われていただけだったのである。

(＊1) 現在マレンゴには「ナポレオン博物館」があり、当館にはこの拙訳書も展示されている。

(＊2) ナポレオンが五月六日にパリを後にしたとき、彼が戻らない場合に備えていろいろの計画がすぐさま立てられた。状況は憂慮すべきものだったが、しかし、著名人で彼の敗北を満足をもって眺めた者が一人以上いたであろうと想像するのは難くない。スタール夫人〔(一七六六―一八一七) 財政家ネッケルの娘。自由主義思想のため、ナポレオン一世に追われ、生涯の殆んどを外国で過ごした〕は後に書いている――「私はナポレオンが敗北することを望んでいました。それが専制政治の進展を阻止する唯一の手段だったからです」。G. Lefèbvre, *Napoleone* (Bari : Laterza, 1971), p.106.

戦術的考えの芽生え　物事が然るべく進行した当の戦場では思いも浮かばなかった名案が、後になってから、ナポレオンの脳裡にひらめいた。出来事をあれこれ反省していて、彼は、オーストリアの指揮官メラス〔一七二九〜一八〇六〕によって強いられた交戦のごたごたした展開のうちに、自分に一つ有利な点があったということに気づいた。それは、カステルチェリオロ城の後ろで、執政官〔ナポレオン〕の右翼にいた親衛隊が抵抗したことである。

それで、彼には退却が〝戦術上正当化される基軸としてのカステルチェリオロ〟という考えが生まれたのだった。部隊が撤収したのは左翼だけだった。これは敗退だったのではなくて、より好都合なサーレとは反対方向に移動するための方向転換だったのであり、このようにしたのは、敗北を喫した場合に、予備軍を動かして、ストラデッラの塹壕で防備した野戦地において、ポー川左岸に残留した師団と合流させるためだった、というのだ。

戦闘記録部のエキスパートたちによって編纂された、マレンゴの戦いに関する公式の報告書を、ナポレオンはこういうふうに訂正し続けたのである。

部隊の指揮官たちや、帰還者たちの証言や、幾年にも及ぶ長くて詳しい分析を基に作成された文書の中では、軍隊の左翼および中枢が退却した後で、将軍サン＝シールはカステルチェリオロを放棄して、本人自身もサン・ジュリアーノのほうへ退却したと述べられていた。だが、ナポレオンはこういう書き方を受け入れず、史実をすっかり歪曲して、自らの筆で、「サン＝シールはカステルチェリオロにてバリケードを築く」と書き記したのだった。

許しうる罪　セント＝ヘレナ島では、ナポレオンがマレンゴのことを話題にするとき、すべてが予見されていた戦いであるかのように語るのだった。「前衛の将軍たちは次から次へと伝令を送ってきたんだ。私に対して、彼らの部隊が逃走中だとか、部隊を引き留めることができぬとか言ってきた。私に援軍を要求する者や、予備隊を引き連れて進軍するようにと頼む者もいた。私はみんなに答えてやったんだ、《できるだけ頑張れ。そして、もうこれ以上はできないとなったら、退却せよ》と。私には、オーストリア人たちがまだ予備隊を使っていないことが分かっていた。こういう場合の大問題は、敵がその全力を使い尽くすようにさせることと、味方の力を節約することなのだよ」。ナポレオンはさらにこうも言っていた。「私はケレルマン〔フランソワ・エティエンヌ（一七七〇－一八三五）。騎兵隊を指揮してマレンゴの戦いでナポレオンに勝利をもたらした〕に対し、八百名の騎兵……をもって攻撃するように命じたんだ」と。ところが、これから分かるように、ケレルマンは自発的に敵に切り込んだらしい。このようにして、幾年も経ってから、マレンゴは後世の人びとにとっては、ナポレオンの軍事的天才の輝かしい証明となったのである。

傲慢の罪ではあるのだが、相手が百以上もの戦いに勝利を収めた人物だけに、とてもそれを責めることはできまいし、しかも当人はそのお気に入りの我が子のようなマレンゴの顔に影がさしはしまいかといたく気に病んでいた〔大好きな勝利の功績を他人と共有したくなかった〕のである。

一八〇五年、イタリアの王冠を受けるためにミラノに赴く際、すでに皇帝だったナポレオンは、ジョゼフィーヌをマレンゴに連れて行き、彼女に記憶すべき戦いの〝再現〟光景を見せてやることにした。皇帝と皇妃は五月一日にアレッサンドリアに到着し、ギリーニの宮殿(*)に宿泊した。同侯爵はそこを明け渡すことを強いられたのだった。最初の数日間は、ナポレオンは公式の用事をてきぱきと処理するのに過ごした。すなわち、当局者たちと会見したり、軍事上（建設中の稜保〔城壁の突出部〕、解体すべき要塞）の臨検を行ったりした。しかし、日曜日の五日は、まるまるマレンゴの大パレードのために費やしたのだった。

お祭りは幾千名もの兵士によって、かなり早朝から始まった。彼らは――県の駐留地からかき集められていて――ランヌ元帥〔一七六九－一八〇九）ブリュメール十八日のクーデターなどで武勲を挙げ、ナポレオンに重用された〕の指揮下に、最初の五年間の戦略を再現しなくてはならなかった。作物に対し

（*）ギリーニ宮殿（後に王宮、庁舎となり、今日では県庁本部）は自由広場《リベルタ》にある。一七三〇年頃に、建築家アルフィエーリの設計に基づき、トンマーゾ・ギリーニ侯爵によって建造された。一八〇五年に、国有となった。

てはほとんど注意を払わずに、歩兵の列や騎兵隊がマレンゴの平野に整列させられ、他方、ポッジ家の突出地点には、一大パヴィリオンにテントを張り、旗や紋章で飾り付けて、ナポレオンとジョゼフィーヌのために作られた〝王座〟に日陰を供していた。ベルティエ将軍が一八〇〇年六月十四日に戦闘の第一段階をずっと追い続けたその同じ場所に、ステージが設けられた。

アレッサンドリアでの皇帝　ナポレオンの訪問のために準備された数々のショーや祝典のうちで、マレンゴのそれは（客の数がどれほどだったかは周知のところだ）もっとも盛大だった。「至るところ、枝や、葉っぱや、旗や花でいっぱいに飾られ、窓から色とりどりに飾り布を垂らした街道（アレッサンドリアの）を大勢の民衆が上下左右に走った。群衆は初めはナポレオンとジョゼフィーヌの滞在している家の周囲に大急ぎでやってきたが、それから、マレンゴの野原のほうが二人を眺めるのには格好だと考えて、その野原で席を確保するために駆け出した。道路に置かれた凱旋門の数々、わけても、農家ペデルボーナ近くのものは、イタリア・ライン川・エジプトの勝利を表わすエンブレムの大きさや、装飾の卓抜さにおいて他の凱旋門を凌駕していたから、みんなは道中、驚嘆のまなこをこれに向けたのだった(*1)」。大通りが一本だけのマレンゴ村は、一つの市《いち》と化した。家々はすべて宿屋となり、四方八方にテントや仮小屋が立てられて、飲食の接待がなされ、料理が野外で行われた。「きざな騎士たちが若駒の上でいい恰好をし、貴婦人たちは高級な馬に引かれた馬車の中で得意になっていた」。

そうこうするうち、ランヌ元帥が野原の一方から他方へとギャロップで疾駆しながら、部隊を整列させたり、大砲を配置させたり、三万名の隊形の変動を組織したりした。これらの隊形のうちには、「第二十七師団」があり、彼らは「正規の歩兵隊から成る三十の大隊、四つの軽装備の軍隊、七つの騎兵隊を形成しており、これには、祖国を無理矢理捨てさせられ、ナポレオン麾下《きか》の軍隊をより輝かさせるために連れてこられた黒人の連隊も加わっていた(*2)」。

古い制服の秘密　ナポレオンとジョゼフィーヌは十時に馬車で到着した。当時の年代記作者の記述によると、皇妃はリンネル布地のレースがついた白いダマスコ織の服を着、肩には極めて薄いショールが掛かっていた。頭上にはダチョウの長い羽根のついた白い帽子をかぶり、真っ白なリボンがのど元で結ばれていた。ナポレオンの制服は反対に、すごく簡素なものに見えた。彼は垂れ下がった青い燕尾服を着用し、飾りのない帽子をかぶっていた。彼の近くにいた者は、この衣服が古くてすり切れており、帽子は金の縁取りがすっかり黒ずみ、ほどけていることに気づいたかも知れない。

皇帝がわき腹に差していたサーベルにしても、共和国時代に使われていた、古い騎兵用の武器だった。だから驚いたとすれば、それはそのサーベルの上に〝マレンゴ〟と刻まれていることや、ナポレオンが一八〇〇年六月十四日に着用したのと同じ制服だということを知らぬ人だけだったのである。

ジョゼフィーヌがボックス席に着席したとき、ランヌは演習を開始した。大砲がとどろき、大群衆が野原の中を移動する間、礼砲が発射され、ファンファーレが高く鳴り響いた。騎兵隊が煙とほこりの雲のあいだを突進した。バラックとテント、料理人や客も、この模擬戦の中心たるマレンゴ村から急遽消え失せてしまった。ナポレオンから任命された一人の将校がその間、びっくりし感動しているジョゼフィーヌに、作戦の意味や、真の戦闘のエピソードとの関連を説明していた。

ナポレオンはランヌと一緒に馬に乗り、〝戦場〟を走り抜けた。そこには、五年前の幾千もの死者は幸いにもいなか

（＊1）　Pietro Oliva, *Marengo antico e moderno* (Alessandria, 1842), p.289.

（＊2）　同書、二九〇頁。彼らはエジプトからナポレオンによって連れてこられた兵士だった。多くは寒さのため、アレッサンドリアの兵舎で死んだ。

ったが、大量の帽子の羽根や、肩章や手袋はいうまでもなく、踏みにじられた穀物の中に散在する負傷者やびっこになった馬が、この再現の〝迫真ぶり〟を裏書きしていた。

その一日の熱狂のせいで、大胆不敵なランヌですら、感情に圧倒されたのだった。ナポレオンがラーナ家酪農場の後ろから彼をびっくりさせたとき、彼は母親の手に抱かれたかわいらしい女児にしなをつくって甘やかしている最中だった。

演習が終了してから、ナポレオンはジョゼフィーヌの傍のステージに戻り、そこで当局者たちから敬意を受け、イタリア戦役の退役軍人たちを褒賞した。(*1) 生き残りの者たちに栄誉を与えてから、彼は死者たちを憶い出すことも忘れなかったのであり、ステージからあまり隔たっていないところでの、マレンゴの戦没者のための大慰霊碑となるべきものの最初の石の定礎式に出席した。皇帝は言った――

「代表者諸君、わが忠実な将軍および兵士諸君、数々の輝かしき幸運な推移を余に想起させるこの厳かな日に、皇妃かつ余の配偶者の目前にて、余はもっとも令名高き市民ならびにもっとも卓越せる軍人たちに栄誉を送りたかったのだ……けれども、勝利にかくも寄与したかの勇者はもはや生きてはいないし、彼とともに大胆不敵な戦士や兵士も数多くは斃《たお》れてしまった。彼らは祖国から相応の褒賞を受けて然るべきだし、彼らの血で濡れたこの平原でそれを得ることであろう。余としては、これら健気《けなげ》な心をもった人びとにふさわしいだけの、立派なピラミッドをここに建造してもらいたい。それはきっとこの輝かしい事実を永劫に記憶してくれるであろう」(*2)。

〝最初の石〟には続く石がなかった　将軍シャスルー＝ローバは、この慰霊碑の最初の石を整頓する使命を帯びていた工兵たちと一緒に前進した。それにはこう刻まれていた。「フランス人たちの皇帝にしてイタリアの王なるナポレオンが、マレンゴの会戦日に死亡せし祖国の防衛者たちに捧ぐ」。

ナポレオンは銀のこてとつちを手に、この石を土の中に置きながら、ドゼ・ド・ヴェグー〔(一七六八－一八〇〇) 将軍。ナポレオンのエジプト遠征を指揮。マレンゴの戦いで戦死した〕の名を口にした、といわれる。それからランヌが皇帝を整列した軍隊に引き合わせ、その直後に締めくくりのパレードが始まった。

この慰霊碑はナポレオンが望んだにもかかわらず、成就するには至らなかった。ナポレオンの完全な専制政体のなかで、どうしてこの皇帝の命令が早急かつ忠実に実行されなかったのかは説明し難い。実際、この会戦日とこの計画については、ステージが設けられた場所に〝王座部所〟の名が残っているのと、ナポレオンが署名した次の規定を含む布告が残っているだけなのである。「①マレンゴの平原に建立されるべき慰霊碑は、大規模なピラミッドから成り、その内部には大理石の板を備えた部屋が設けられ、板の上には、かの輝かしい会戦日に戦死した男たちの名前を刻むものとす。②工兵隊は皇帝の意志の実行の任を負うものとす」。

〝勝利の都市《まち》〟の夢　この戦場でのナポレオンの熱狂、感激は比類のないものだった。ここの名前には、ナポレオンにとって何か魔法のようなものがあったらしい。彼はためらうことなく、この場所に記念碑的な都市を創り出して、壮大な作品をもって後世にこの記憶を伝えることを夢見ていた。

アレッサンドリアの資料館には今日でもまだ設計図が残っている。その構想はパリの軍事委員リヴォーに端を発して

（＊1）ナポレオンは一八〇三年六月十五日に――ローマ人が軍団兵士《レギオン》のためになしていた範例に基づき――退役軍人のキャンプをまず二つ設営し、第二十七師団のキャンプをアレッサンドリア近くの、サンタ・クローチェ・アル・ボスコ修道院の地所に設けた。

一八一四年には、このキャンプの人口は、退役軍人と土地の女性との結婚の結果もあって、軍人二百五十三名、女性二百四名、子供三百五十名に達していた。ナポレオン失脚の後、同キャンプは解散されてしまい、家族は帰国せざるを得なかった。しかし、多くはアレッサンドリアに残留することに成功したのだった。

（＊2）Pietro Oliva, *op. cit.*, p.296.

おり、その計画の見出しには「フランス共和国第一執政に捧げられたマレンゴの戦場での数々の勝利の都市《まち》」と書かれていた。

この計画に従えば、この都市は周囲四千メートル、直径千二百メートルの八角形の図面を持つはずだった。中央のマレンゴ広場には、荘重な中庭があり、そこから、アーケードのついた八本の道が枝分かれすることになっていた。フランス門から入ると、栄誉《グローリア》通りに出、それからモンテノッテ広場、ポー、ローディ、マントヴァの各通りがあり、さらに条約《トラッターティ》の大通りに出る。通りや広場は、ミッレジモ〔ジェノヴァの地名〕の勝利から、当時行われたばかりのエジプト遠征の数々の勝利に至るまでの、ナポレオンのすべての勝利に当てがわれることがもくろまれていた。ドゼの慰霊碑、凱旋記念柱、平和の神殿、庭園、噴水がその都市《まち》を飾るはずであった。この計画では、一定数の教区と司法権をもつ関係地域も想定されていたのである。

この計画の起草にナポレオンがどれだけの影響力を持っていたのかを突きとめることは今となっては不可能だが、確かなことは、彼がそれに反対しはしなかったという点だ。さもなくば、こういう設計図がアレッサンドリアまで届くことはなかったであろう。

これに対して、確かなことは、彼がアレッサンドリアに要塞＝兵営の役割を持たせようと決意していたことであって、この計画に彼は即刻着手するため、まず大聖堂を壊させ、その場所に練兵場を開設しにかかったのだった（＊1）。

幸運の日付　ナポレオンは六月十四日が自分にとって幸運の日付であると考えていた。一八〇七年六月十四日のロシア人に対する決定的勝利の後、遠いフリートラント〔プラブジンスク〕から、彼はアレッサンドリアの当局者に手紙を出して、感謝頌《テ・デウム》を唱えるように命じた。

彼はまたマレンゴの名を縁起のよいものと見なしていて、これを何度も使用した。ある戦闘用大帆船はマレンゴ号と呼ばれたし、ヴェルサイユ宮殿内の祈祷所や、彼の白馬もマレンゴと呼ばれていたのである。彼の幸運の退潮時の、ワーテルローの大敗に直面してさえ、彼はマレンゴの名に訴えて、部隊を元気づけようと最後の試みを行った。彼は叫んだ、「兵士たちよ、今日はマレンゴとフリートラントの記念日だぞ（ほんとうは六月十四日でなくて、十八日だった――筆者注）。兵士たちよ、あの戦場で世界の運命が決まったんだ。さあ、もう一度勇気を鼓舞して前進しよう。あのときの勝利を思い起こせ(＊2)」。

彼が避難した親衛隊の中には、サン・ジュリアーノ平原でオーストリアの突撃を食い止めた勇者たちがまだ多数残っていたのである。

セント＝ヘレナ島に流されていた間、ナポレオンはしばしばマレンゴのことを思い出した――感情にかられたときとか、あるいは自分流の歴史分析の枠の中において。最期が近づいたとき、彼は自分の遺体を一八〇〇年六月十四日に着用した青の外套で覆い、また棺の中で自分の傍にマレンゴのサーベルを置くように命じたのだった。

信じ難いことながら、ナポレオンは本当にマレンゴの幸運な勝利にすっかり魅せられたのだった。この地ははっきり言って、アレッサンドリア郊外の僅か数軒しかない所なのだが。筆者（G・ピアッザ）はマレンゴのごく近くで生まれたのであり、どうやらウンベルト・エコもそうだったらしい。私たちはお互いに百メートルも離れていない近所だったのだ。彼は一〇歳年長だったから、一九九〇年の夏、彼が初訪日するまでもう互いに識ることも出会うこともなかったのである。ただし彼の母親のことはよく識っており、通りで度々出会ったし、彼の妹エミの姿はトリーノ行き電車を待っているとき、よく見かけたものである。だから、今回のこの追悼記念の編著ではウンベルトがいつもアレッサンドリ

（＊1）一八〇五年に取り壊された、アレッサンドリア大聖堂は、市役所前の現在の自由広場《リベルタ》のあたりに建っていた。

（＊2）Pietro Oliva, *op. cit.*, p.306.

アとその内在的な文化に寄せてきた大いなる愛を強調することに主眼を置いた次第だ。彼は幼年期と思春期を私と同じく現地で過ごしたのであり、彼の小説の数々でもこの生まれ故郷への愛着や当地から受けた影響は極めてくっきりと表われ出ている。

マンドローニョは現在はアレッサンドリアに属する小村なのだが、ここは田舎文明の発想源と目されている。おそらく、元来は当地よりも相当隔った所に淵源《えんげん》し、そこからここに持ち込まれたものらしい(*)。そういうわけで、アレッサンドリア人はよく〝マンドローニョ人〟とも呼ばれている。彼らは幾世紀も苦しみながら受け継いできたこの精神的遺産の後継者なのだ。以下の第一章では、ウンベルト・エコ本人に語らせることにする。とくと熟読されんことを。

(*) Eltore Erizzo/Pierluigi Erizzo, *I regalo del Mandrogno* (Ed, Araba Fenice 2001) 参照。エコとマンドローニョとの関係に触れた論文がまったく見当たらないのは、むしろ不可解と言わざるを得ない。この点だけでも、今回のこの追悼集はユニークと言ってかまわないだろう。

第一章　マンドローニョ魂の起源（「盲人になって……しまえ」）

一九九〇年晩夏に、私（G・ピアッザ）は新幹線の新大阪駅に、アレッサンドリアで言わば真向かいに住んでいた偉大な同郷人ウンベルト・エコを表敬すべく駆けつけた(＊)。挨拶のため一緒に口を開いたのだが、まずいことに、この瞬間私は殺されるところだったのだ――国際的名士でマンドローニョ訛りの彼に対して、私はと言えば、ガイド役でトリーノ方言で話しかけたものだから！　この瞬間、彼は私にパンチを喰らわせるところだったのだが、ぐっと我慢しながら、トリーノ訛りの同郷人から挨拶されるのを聞き流し、しかもはっきりとこう言ったのだ――《自分はアレッサンドリア風出会いの言葉をよく考えて用意してきたのに、お前の発音で抱擁の腕の力が抜け落ちてしまったよ》。私のトリーノ訛りを彼はよく心得ていたのだが、それは真のマンドローニョ人の心には、無縁なものだったのである。私はすぐその場から雲隠れしたい気分になっていた。しかも私のトリーノ訛りは自分をまるで局外者でもあるかのように裏切ってしまったのだった。それから二人はとにかく一週間を親密に一緒に行動したのであり、思うに彼の心中では私を許

（＊）来日前から、通信で滞在中の手配を依頼されていたのである。ホテルニューオータニ大阪で歓迎会も催した（この機会を利用して、谷口も当時天理大学（後にローマ大学）教授のP・マラス氏の仲介で、エコと面談した）。（写真⑭参照）

してくれたのであろうが、依然として不本意なへまが記憶に焼きついたままだったのだ。いったいどういう記憶が？もちろん、私のもう痕跡も留めてはいないマンドローニョ魂のことだ。三年間トリーノのアゼーリオ古典高校《リチェーオ・クラシコ》に通ってからというもの〔写真①参照〕、私はもうトリーノ訛りが抜け切れなくなってしまっていたのだ。実は私を育てた母方の祖父母のわが家では、トリーノ方言しか話さなかったし、だからサヴォイア王家のこの中心地たる学都と接触するや否や、私のかすかなマンドローニョ訛りは完全に消失してしまっていたのである。げんに私はアレッサンドリアの血を引いてはいない。たとえ祖父も父も稀なことながら、政府を代表する最高の地位をもってアレッサンドリアで職歴を終えていたにせよ。〔写真②③参照〕

再言するが、私の母方の祖父はトリーノ人だったのだが、父親はまさしくシチリアの家系に属しており、政府の仕事でアレッサンドリアに移住してきたのだった。だから私の犯した罪は、おそらく一つだけだったことになる——それは、有名かつ偉大なウンベルト・エコの熱烈な〝郷土愛〟を過小評価してきた（！）ということなのである。以下では彼の郷土愛を一緒に読むとしよう。（『サン・バウドリーノの奇跡』（ウンベルト・エコの小冊子 *Il miracolo di Baudolino*, Bompiani 一九九五〔非売品〕[*], pp.30-47 所収）

異邦人たち　ダンテはアレッサンドリアに対しては『俗語詩論』の中で、あまり優しい気持ちを示していないようだ。彼は伊半島の諸方言を精査しながら、わが同胞の発する音声が確かにイタリア方言ではないと認識し、はたしてこんなものをことばとしてどうしたものか、とどうにかこうにか認めさせているのだ。よろしい、われわれは異邦人なのだ。でもこれは召命でもあるのだ。

われわれはイタリア人（ラテン人）ではないし、さりとてケルト人でもない。われわれは硬直した粗野なリグーリア族の子孫なのだし、一八五六年には、カルロ・アヴァッレがその『ピエモンテの歴史』を開始する際に、ウェルギリウスが『アエネイス』第九巻でこのイタリアの民族がローマ以前のものだと述べていたことを想起している。

ここであなた方は誰に出くわすとお思いか？　香水をぷんぷん匂わせたアトレイデスか、お喋り上手のオデュッセウスか？　あんたらが出くわしたのは、素性のしっかりした人たちなのだ。
わたしらの息子たちは生まれるや否や、川の中にもぐるのだ。わたしらは彼らを波や氷に誘い込み、第一番に彼らを慣れっこにさせる。それからは、山であれ森であれ子たちは昼夜を問わず駆け抜ける……

等々。アヴァッレの言によると、これら異邦人は「容姿は月並みで細く、皮膚は柔らか、目は小さく、頭髪は薄く、目つきはおうへい、声は耳ざわりでよく響く。だから、彼らを初めて見かけるときには、異常な力があるとのまっとうな考えを与えたりはしない……」とのことだ。
ある母親について伝えられているところによると、「仕事中に陣痛に襲われたのだが、何ら気づかせることもなく、イバラの繁みに隠れに行った。そこで分娩してから、幼児に葉っぱをかぶせた。それから仕事にもどったから、誰も彼女のことに気づかなかった。けれども幼児が泣きだすことにより、母親であることを露見させた。それでも友人や仲間の勧めに耳を貸さずに仕事を中止しなかったのだが、主人が彼女に給料を支払って、無理に仕事を止めさせた。このことから史家たちの繰り返された言葉が出現した――リグーリア人の女性は男子の力を有するし、男性は猛獣の力を有するのだ、と」。これはディオドルス・シルクスが語ったことである。

（＊）本書はエコが幼児から出入りしてきたアレッサンドリアのフィッソーレ書店が創業四五年後に、Via Dante から Piazza Libertà に移転した祝いに、U・エコの好意で印刷されたもの。『不信の体系』（共訳、而立書房、二〇〇三）や『オートラント綺譚』（谷口訳、而立書房、二〇一三）の著者であるR・コトロネーオの序文付き。

マレンゴ平原について…… アレッサンドリアの英雄はガリアウド〔写真④参照〕と呼ばれている。一一六八年には、アレッサンドリアは存在するにせよ、しないにせよ、少なくともこの名称で存在してはいなかった。そこは村々の連合であって、たぶん城を中核にしていたであろう。この地区に住んでいたのは農民で、おそらく大勢の〝商人〟もいたであろう。これら商人はカルドゥッチに言わせれば、ドイツの封建領主にとって受け容れ難い敵に見えたことだろう。「なにしろ彼ら商人は騎士の剣を昨日ぶよぶよの腹に帯びたばかりだったからだ」。イタリア自治都市は赤髯《あかひげ》王フリードリヒ一世に対抗して連合し、ロンバルディーア同盟を結成し（一一六七年）、ターナロ川とボルミダ川の合流地には新都市を建設して、侵入者の前進を阻止しようと決めたのだった。

こうしたばらばらの村落の人びとがこの提案を受け入れたのは、いろいろと役立つのではないかと目論んだからである。彼らは個々の利益を重視したらしいのだが、赤髯王フリードリヒが到着したときは頑な態度をとったため、赤髯王は通過できなかった。一一七四年になって、赤髯王が城門に迫ったとき、アレッサンドリアは食糧に窮しており、そこでどうやら（伝説によると）間抜け一族《ベルトルド》の農民で狡猾なガリアウドがかき集められる限りの僅かな小麦をそっくり町のお偉方から引き渡してもらい、それで自分の牝牛ロジーナに無理やり食べさせてから、それを城壁の外で放牧するために連れだした。当然ながら、赤髯王の部下たちは牝牛をつかまえ、腹を切り裂き、こうして牝牛の腹が食物でふくれているのを見て青ざめた。

ガリアウドはというと、ばかの振りをして赤髯王に対して、町にはいまだ家畜を養うのに使うべき小麦がふんだんにありまさあ、と告げたのだった。

さてしばらくカルドゥッチに戻ることにし、夜中を泣いて過ごす夢想家たちの一軍のことを考えるとしよう。スピーラ司教は大聖堂の美しい塔のことを考えており、ブロンドの髪をした王宮の伯爵ディポルドは自分のテクラを再見できないのではともう絶望していて、全員が意気阻喪し、「商人どもの手で……死な」なければならないのだとの予感に押しつぶされている。ドイツ軍はテントを畳んで撤収する。

これは伝説だ。実際の攻囲はもっと残酷だったし、私の町のコムーネ軍は戦場でよく頑張ったのである。しかも町としてはまさしくこの英雄があまり軍事の才はなく、狡猾で血を流さない田舎者ながら、一つの輝かしい確信、つまり、ほかの全ての者たちは自分よりも少々愚かなのだ、との確信でいかに貫かれていたかということを想起することを好んだのである。

ポー川のエピファニー 偉大なるアレッサンドリア性の精神からこの思い出を開始しているのだと分かっていながら、私は言わばもっとモニュメンタルな表象を創造することができずにいる。むしろ、アレッサンドリアのような〝平板な〟町を記述するためには、モニュメンタルなアプローチは間違っていると思われるし、私としてはより抑え加減なやり方で接近したいものだ。エピファニーの数を語ること。エピファニーとは（ジョイスからの引用）、「話の中とか、ある動作の中とか、回想される値打ちのある思いに環の中とかでの、突発的な精神上の示現のようなもの」のことである。対話とか、夕方の霧の中にぼんやりと浮び上がる町の時計とか、腐敗したキャベツの匂いとか、突然浮上する無意識なものとか――これらはジョイスが霧深いダブリン市の中で記録していたエピファニーの数々である。しかも、アレッサンドリアはコンスタンティノーブルよりもダブリンに似ているのだ。

ときは一九四三年春の或る朝のことだった。覚悟を決めて、きっぱりと整理してしまっていた。とりわけ、異例なアイデアはニッツァ・モンフェラートへ引越しさえすれば、もちろん爆撃を避けられるだろうということだったのだが、数カ月の内に早くもファシストとパルチザンとのすれ違いの戦火に巻き込まれてしまった私は、陸軍少尉の連射を逃がれるためには、塀の中へ跳び込むことを学びもしたであろう。早朝のことだったが、私たちは一家総出でチャーターした馬車で駅に向かったのだった。百大砲通り《チェントカノーニ》がヴァルフレ兵舎に向かって拡がっていた広大な原っぱは、その時間は無人だった。私は遠方に小学校の学友ロッシーニを見かけたように思い、両足で立ち上がって、乗物のバランスを危うくしながらも、大声で彼の名を呼んだ。でも、彼ではなかったのだ。父はいら立った。曰く、お前はいつも軽はずみなことをしてきたが、こんな振る舞いをしてはいかん。気狂いの〝ヴェルディーニ〟みたいに叫ぶんじゃないぞ、と。私はいやあれはロッシーニだったんだと正したのだが、父はヴェルディーニであろうと同じじゃ、と反論した。数カ月後、最初のアレッサンドリア爆撃があったとき、私はロッシーニが母親と一緒にがらくたの下で亡くなったことを知った。

エピファニーの説明はするまでもあるまい。ただし、この回想では少なくとも三つある。第一に、私はひどい興奮に負けてしまって、大声を発したこと。第二に、私は名前を軽はずみに発してしまったことだ。アレッサンドリアでは毎年クリスマスには牧人物語『ジェリンド』が上演される。出来事はベツヘレムで展開するのだが、羊飼いたちはアレッサンドリア方言で話したり考えたりするのだ。ただし、ローマ百人隊長や、聖ヨゼフや、東方の三博士だけはイタリア語で話すのであり（結果としてははなはだこっけいなことになるのだ）。さて、ジュリンドの家族の一人メドロが三博士に出くわし、軽率にも彼らに主人の名を告げてしまう。ジェリンドがこのことを知ると、ひどく激怒し、メドロを叱りつける。誰にも本名を言ってはならず、誰か他人の名前を軽率にも公然と呼んで、みんなに聞こえるようなことをしてはいけない。名前はデリケートな私有物なのであり、名前に対しては羞恥心が必要なのだ。アメリカ人ならわれわれと話すとき、どの句にもわれわれの名前を挿入するし、またわれわれとしても彼がそうすれば喜ばれる。ところが、アレッサンドリア人は丸一日あなたと話し合えても、決してあなたの名前を呼ばないし、挨拶するときもそうなのだ。〝チャオ〟とか、〝アッリヴェデルチ〟（さようなら）とは言っても、〝アッリヴェデルチ、ジュゼッペ〟（ジュゼッペさん、さようなら）とは言わない。

第三のエピファニーはどうかというと、ややあいまいだ。私の記憶にあるのは、父から息子に渡されたジャケットみたいに、ひどくだぶだぶの都会空間（この空間において、あの小さな姿が馬車から遠く離れた所でくっきりと浮かび上がっていたのである）や、もう二度と会うまいと思われた友人との不確かな再会のイメージである。アレッサンドリアのひどくだだっ広い空間では、人は迷ってしまうのだ。しかも早朝とか夜中とか、フェッラゴストの祭り〔八月一五日以降約一週間続く〕（とりわけ日曜日の一時半頃であればよい）とかに町の通りがすっかり無人になると（この町は小っぽけながら）道路ではいつも何でも可の状態となるのだ。一箇所から別の箇所へと野外を往来でき、誰でもどこかの角に身を隠せるし、あるいは通過する馬車からあなたの姿を眺められるし、あなたのプライヴァシーがばれるし、あなたの名前を呼んだり、あるいはあなたを永久に駄目にしてしまうことだってありうる。アレッサンドリアはサハラ砂漠よりも広くて、色褪せた蜃気楼がよぎる所なのだ。

　こういう次第だから、当地の人びとはあまり喋らないし、素振りは速やかで、すぐ身を隠すのだ。このことは愛憎といったもろもろの関係にも及んでいる。アレッサンドリアは町の割には、集合の中心地がない（たった一個所、同盟《レーガ》(＊)の小さな広場くらいなものか）が離散の中心地ならほぼどこでも散在している。だから、アレッサンドリアでは人が居るのか居ないのかさっぱり分からないのである。

　さて、アレッサンドリアのものではないがそうだとしても構わないような話が一つ脳裡に浮かんだ。サルヴァトーレなる男が二〇歳のとき祖国を離れてオーストラリアに移住し、四〇年間異国暮らしをした。それから六〇歳になり、貯金をためて帰郷した。そして列車が駅に接近すると、サルヴァトーレはあれこれ空想するのだ——かつての仲間や友だちにもしや青春時代のあのバルで再会できるだろうか？　自分を再認してくれるだろうか？　自分を見つけて大喜びしてくれるだろうか、自分にカンガルーや先住民《アボリジニ》との冒険談を興味深々に語ってくれまいかと要求してくれるだろうか？あの少女のことは……？　またあの角《かど》の雑貨屋は？　等々のことを。

列車は人気のない駅に到着し、サルヴァトーレは正午の太陽に当たりながらプラットホームに降りる。遠くに、腰が

（＊）ロンバルディーアの自治都市が赤髯王フリードリヒに対抗して結んだ同盟を指す。（訳注）

曲がった小男が見える。鉄道用務員だ。サルヴァトーレがよく眺めていて、その人物が猫背肩をし、顔は四十年のしわが刻まれているにせよ、それと再認できた。そう、昔の同級生ジョヴァンニに間違いない！　合図して、どきどきしながら接近し、震える手で自分の顔を指しながら、「俺だよ」と言わんとする。ジョヴァンニは彼の顔を見つめ、再認できないように見えたが、それから挨拶の印にあごを上げた――「よう、サルヴァトーレ！　どうした、旅立ちかい？」

　アレッサンドリアの大砂漠で、青春時代の情熱が成就されるわけだ。一九四二年七月の午後二時から五時にかけて、私は自転車に乗っていた。私は要塞《チッタデッラ》から滑走路《ピスタ》にかけて、さらにピスタから菜園《オルティ》にかけて、さらにオルティから駅にかけて何かを探し求め、ガリバルディ広場を通り抜け、刑務所を周回してから、再びターナロ川へと――中心部を横切りながら――突進した。無人だ。

　私の目的は決まって一つ、つまり、駅の売店でたぶん数年前に出たソンゾーニョ社の分冊（私には魅力的と思われた、フランス語から、イタリア語に翻訳された物語が載っていた）を見つけておいたのだ。一リラしたが、ポケットにはたった一リラしかない。買うか買うまいか？　ほかの店はみな閉まっているか、そのように見えた。友だちはみなヴァカンスに出掛けていた。アレッサンドリアはつぎはぎされたタイヤの私の自転車にとっての走路《トラック》、太陽、唯一の空間だったし、駅の分冊本は唯一の有望な物語であったし、したがって現実でもあったのだ。多年経過してから、私は心臓の動きが中断したみたいに、回想と現在のイメージとがショートを起こしてしまい、がたつく飛行機に乗っていて、ブラジルの中心地、サン・ジェズス・ダ・ラーパに着陸しかけた。しかし飛行機は着地できなかった。セメントの滑走路の真ん中に二匹の犬が長々と寝そべっていて、身動きだにしなかったからだ。何の関係があるというのか？　何の関係もないが、エピファニーとはそんなふうに作用するものなのだ。

　私とソンフォーニョ社出版の本、本と私、私の欲望とアレッサンドリア空間の息詰まらせる抵抗、といったあの日、長い誘惑の一日、夏の空虚の中での長ったらしい燃えるようなペダル踏み、同心円内の逃亡が、おぞましくも、甘美さゆえに過酷な思い出（言うなれば民俗的な誇り）となって残っているのである。書物こそが、私の身体と空想――いまだしっかりしてはいなかった――をもうくたびれさせていた、ほかのもろもろの欲望に対しての防御、仮面にほかならなかったのだということ、こんなことは誰にも分かるまい。

私たちは町と同じようにできているのだ。お望みならば話を終えるとしよう。それから私は決心をして、その小冊子を購入したのだ。憶えているところでは、それはピエール・ブノワの『アトランティス』の模作で、さらにヴェルヌの何かがくっついていた。日没時に家に閉じこもったまま、私はもうアレッサンドリアを脱出し、静かな海の奥を航行し、ほかの日没やほかの水平線を眺めていた。父は入ってくるなり私があまりに読みふけっているのを見てとり、もっと外出させるべきじゃないか、と私の母に忠告するのだった。ところが逆に、私はといえば、広過ぎる空間の毒性を除去しつつあったのである。

決して誇張するなかれ　後年にトリーノ大学に入学したとき、私はショックを受けた。トリーノ人はフランス系であり、いずれにせよケルト系であって、自分らのようなリグーリア人ではないのだ。私の新しい同僚は午前、パラッツォ・カンパーニャ（文学部）の廊下にきれいなワイシャツとネクタイ姿でやって来るや、私に手を伸ばして近づき、「やあ、元気かい？」（Ciao, come stai?）と言ったのだ。こんな経験は初めてのことだった。アレッサンドリアでは出会う同僚たちは壁によりかかろうとしながら、瞼《まぶた》を半ば伏せて、恥ずかしげに親愛の情を込めながら「おい、馬鹿野郎！」（Ehi, stupid!）と言っていたのだ。九〇キロメートルの距離なのに、もう文化は異なっていたのだ。自分としては今なお深く土地の文化が染み込んでいるため、頑としてこれが優れていると思っている。私たちの地元では嘘はつけないのだ。

トリアッテイ〔共産党書記長（一八九三－一九五四）〕が撃たれたとき、大騒ぎになった。だが、アレッサンドリア人で興奮したのは時たまのことだった。人びとは自由広場《リベルタ》（旧ラッタッツィ広場）に集まった。その後、ラジオが加わり、フランス一周レースでパルタリが勝利したニュースが流れた。マスメディアがイタリア全土に作動した、思い上がった操作だと言われる。でもアレッサンドリアではそれはあまり作動しなかったし、私たちは抜け目がないから、自転車競技の小っぽけな話くらいでトリアッティのことが忘れさせられたりはしないのだ。ところが、町役場（パラッツォ・ロッソ）の上に突如飛行機が現われた。これはおそらく、アレッサンドリアが宣伝の垂れ幕を付けて飛行機を飛ばした最初の出来事だったろう。何の宣伝だったかは思い出せないが。これは魔性的な計画ではなかったし、まったくの偶然だった。アレッサンドリア人は魔性的な計画に対しては疑い深いが、偶然に対してはたいそう寛容なのだ。群衆はこの飛行機を眺めながら、この新機軸（素晴らしいアイデア、通常とはやや異なるもの——何を思いつくのかに注目。何でも思いつくものなのだ——）のことをいろいろコメントし合った。各人が固有の見解を公平に披瀝した。こういうしっかりと根を張った確信はエントロピーのなだらかな曲線上や、大学の熱死の上には刻み込まれることがなかっただろう。みんながこう言ったわけではないが、まさにこれこそは、アレッサンドリア方言の抑制した言葉で強調されたことなのだ。それから、みんなは帰宅した。その日はもうこれ以上面白いことがなかったからだ。したがって、トリアッティはひとりで頑張らざるを得なかったわけだ[*]。

　こんな話を他人（非アレッサンドリアの人びと）に語ったりすれば、きっと嫌悪感を与えるだろうと思われる。でも、私はこの話を崇高なものと思っている。この町の歴史から私たちに提供されたそのほかの崇高なエピファニーにも匹敵していると思っている。この町は法王とロンパルディーア同盟の助力で建設されることに成功したし、赤髯王にはたむし（しみったれ心）のせいで抵抗したし、後にはレニャーノの戦闘に参加もしなかった。この町の伝説で語られているところによると、女王ペドカがこの町を攻囲しにドイツからやって来て、到着するやブドウの木を植え、このブドウでできたワインを飲む前には決して立ち去らぬわ、と誓った。攻囲は七年も続いた。そしてこの伝説の続きによると、ペドカはアレッサンドリア人に敗れたため、怒りと破壊とで目のくらんだ儀式を遂行し、荒地へたるからブドウ酒を注いだ——野蛮な血の一大犠牲を神秘的に暗示するかのように。幻想的で詩的な女王ペドカは、自ら虐殺で陶酔する楽しみを、せめて象徴的にせよ断念して、自分自身を罰したのだった……。アレッサンドリア人たちは見物していて、メモを取ったのであり、そこからユニークな結論を導き出した。すなわち、誰かの愚行を示唆するために、後世こう言わざるを得なくなるのだ――「ペドカみたいな馬鹿め」（Fürb c'me Pedoca）と。

聖フランチェスコはアレッサンドリアを通りかかったとき、オオカミをグッビオ〔イタリア中部のウンブリア州の都市〕でもやったように改宗させた。グッビオはそういう話を作り上げていて切りがないが、アレッサンドリアはそんな話を忘れ去ってしまった。聖人であれば、オオカミを改宗させるぐらい何でもなかろう。だからまた、アレッサンドリア人にとっては、このやや芝居がかった、ややヒステリックなウンブリア地方の人〔フランチェスコ〕が仕事に出かける代わりに小鳥たちに話しかけるのを、どうして理解できたろう？

アレッサンドロ人は商業に興味があるものだから、戦争をしたり、けんかを始めたりしてきたし、一二八二年にはパヴィーア人の橋から鎖を奪ってきて、それを戦利品として大聖堂の中に置いた。しばらくしてから、寺男はそれを使って、台所の暖炉を整えたが、誰もそのことに気づかなかった。カザーレをだまして司教座大聖堂の塔の上にある天使を奪ったが、どうしてかは分からないが、とうとう無くしてしまった。

みなさんは『とてつもなく幻想的な神秘の伝説のイタリア案内』（ミラノ、一九六六―七、四巻）の初めの数ページに目を通されるならば、北イタリア地方の幻想的な生き物の分布を示す小地図が連続して出ているのだが、アレッサンドリア県はその純真さで抜きん出ていることがお分かりになろう。魔女も悪魔も妖精も小妖精も魔法使いも怪物も幽霊も洞窟も迷路とか財宝も存在しない。代わりに、〝奇抜な建物〟で救われているのだが、これも僅かであることをお認めになろう。

（＊）この個所は、U. Eco, *Il secondo diario minimo*（Milano : Bompiani 1992）、p.336 にも（一部省略の上）再録されている。（訳注）

神秘的なものへの疑念。物自体への不信。理想も情念もない町。閥族主義がはびこっていた時期に、アレッサンドリア出身の法王ピウス五世は親族をローマから追放し、彼らに自分でやりくりするよう命じていた。何世紀もアレッサンドリアには金持ちのユダヤ人共同体が住みついたから、そこは反ユダヤ主義になるだけの道徳的エネルギーも見いださず、また、異端裁判所の不正行為に服従することも忘れてきた。アレッサンドリア人たちは、たとえどんな英徳が大勢の者を絶滅すると予言したときでさえ、そんなものに熱中したことはついぞない。アレッサンドリアは第二の位格《ヴェルボ》（人間キリスト）を盾の紋章の先端に掲げる必要を感じたことはついぞない。ラジオ・スピーカーに供すべき言語モデルを与えたことはないし、募金を行なうためによく仕組まれた奇跡を創出したことはないし、人びとに教えるべき何も持たなかったし、子供たちが誇りとすべきものを何も持たなかったし、子供たちにとってこの町が誇れるようになろうと骨折ったことはついぞない。

お分かりのように、私たちはレトリックも、神話も、使命も、真理もない町の子供であることを再発見して、誇りに思っているのである。(*)

霧を把握すること　アレッサンドリアは空虚で眠たげな一大空間から成り立っている。だが秋とか冬の夕方にこの町が霧に覆われると、急に空虚が消滅して、乳白色の灰色から、ライトの光に照らされて、角や片すみやだしぬけのファサードや薄暗い景色が新しく描かれたばかりの遊びの形をとって無の中から出現し、アレッサンドリアは〝美しく〟見えてくる。この町は壁づたいに歩きながら薄明かりの中で眺められるために出来ているのだ。この町のアイデンティティは陽光の中ではなくて濃霧の中に求めるべきなのである。霧の中をゆっくりと歩き、迷《ま》い子にならぬよう標識を知っておく必要がある。でも、どうしてもいつも同じように、どこかに辿り着く。

霧は心地よいものだし、これを識り愛する者に忠実に報いてくれる。雪の中をスキー靴で踏みつけながら歩むよりも、霧の中を歩くほうがはるかに素晴らしい。なにしろ霧は下ばかりか上からも私たちを慰めてくれるのだからだ。霧をけがしたり、破壊したりしてはいけない。それはあなたの周囲をそっと滑りながら、あなたが通り過ぎてからひとりでに立て直すし、上等のタバコのようにあなたの肺を満たすし、強くて健全な芳香をただよわせるし、あなたの顔をなでてくれるし、あなたの首元をちくちく刺しながらえりとあごの間に浸透するし、遠くから幻をあなたに見分けさせてくれる（近づいてみると、そんな幻は融解してしまうのだが）。あるいは、急にたぶん本当の人影みたいなものを面前に生じさせるのだが、こんなものはあなたをよけて、無の中に失せてしまう。あいにくいつも戦争とか灯火管制はいつでも必要になろうし、このときになると初めて、霧はひとりで最良のものを供してきたのだが、すべてをいつも持つわけにはいかないのだ。あなたは霧の中では外界から衛られて、あなたは自分だけの内面性を抱くことになる。「霧ガカカル、故ニ我ハ思ウ」（Nebulat ergo cogito）のだ。

幸運にも、アレッサンドリア平原に霧がないとき、とりわけ早朝には、〝薄霧がかかる〟。一種の霧のもやが野原を照らす代わりに、天地を混同させるために立ちのぼり、あなたの顔を湿らせるのだ。霧とは違ってよく見透しがきくのだが、周囲の景色はそっくり草色となるし、すべてに灰色の微妙なニュアンスが及ぶから、視力が妨げられはしない。自転車でスカーフを付けずに田舎道を通り、むしろまっすぐな水路づたいに小道を通りながら、胸を守るためにジャケットの下に新聞を挿し込んで行く必要がある。マレンゴの野原では、月光が振り注いでおり、ポルミダ川とターナロ川との間の闇はざわめき、森がうめき声を上げている。そこはかつて二回の戦闘（一一七四年〔赤髯王〕と一八〇〇年〔ナポレオン〕）で勝利したところなのだ。気候は人に元気を起こさせてくれるものなのだ。

（＊）U. Eco, *Il costume di casa*（Milano: Bompiani 1973）, p.11. 現在では *Il secondo diario minimo*（Milano: Bompiani 1992）, p.337-338 に再録。（訳注）

サン・バウドリーノ　アレッサンドリアの保護聖人はバウドリーノである（「サン・バウドリーノよ――天からわれらの教区と忠実なる民とを保護したまえ」）。助祭パオロが語っているのは以下のとおりだ。

「リヴトプランドの時代にターナロ川近辺のフォーロと呼ばれていた場所に、不思議な聖人の力をもつ人物が光彩を放っていた。彼はキリストの恩寵の助けで、数々の奇跡を行っており、たとえば、しばしば未来を予言したり、遠い過去の事柄をまるで現在であるかのように報告していた。かつてその王がオルバの森に狩りをしに出掛けたとき、部下のひとりが鹿を殺そうと狙いを定めていて、王様本人の甥――王の妹の息子で名はアンフーゾ――を矢で負傷させてしまった。このことを見て王リュトプランドはこの幼児を溺愛していたためこの惨事を泣き始め、部下の騎士のひとりを聖者バウドリーノの許に急遽送り込み、不幸な幼児の生命のために、キリストにお祈りを上げてくれるように乞うた。」

ここでしばらく引用を中断したい。読者諸賢がいろいろ予測をたくましゅうするためだ。聖通した聖者なら、つまり非アレッサンドリアの聖者なら、いったいどうしたであろうか？　さて今度は話を続行して、助祭パオロの言葉を繰り返すことにする。

「この騎士が近づきつつある間に幼児は死んだ。そのため予言者バウドリーノはこの騎士が到着するのを見かけて、こう言った『そなたがやって来た理由は心得ているが、そなたの要求していることは不可能です。その幼児はもう亡くなっているのだからね』。この言葉を聴いて、リュトプランド王は自らの祈りの効果を得られなかったためひどく悲しみはしたのだが、主の僕たるバウドリーノが予言者の心を具備していることをはっきりと知ったのである」。

言うなれば、リュトプランド王の振る舞いは正しかったし、この大聖人の教えを了解したことになる。つまり、奇跡というものは現実生活ではあまり多く成就され得ないのだ。賢者とは、必然性を認識している者の謂《いい》なのだ。バウドリーノは、信じやすいロンバルディーア地方の人に対して、奇跡というものはかなり稀なことなのだということを納得させるという奇跡を行なったことになる。

以上でウンベルト・エコの引用は終わる。エコがいかほどの愛情をこめてアレッサンドリアを扱ってきたかということを、よく納得されたであろう。では、「盲人になって……しまえ」（fisti orb...）という章の標題の意味は何かとお尋ねになる方もきっとおられようが、これはこの先で説明する予定なので、どうかしばらく楽しみにしておいて頂きたい。次章ではアレッサンドリア、および小村ながらエコに大きな影響力をもったマンドローニョの歴史をかいつまんでもう少し追跡していくことにしたい。イタリアでもほとんど知られてはいないのが現状だ（日本においては言うまでもない）し、(*)この種の文献は現在ではまずもって埋没同然なだけに、極めて貴重な史料発掘ともなるはずである。

（＊）　エコ文献はヨーロッパ、北米を中心に汗牛充棟の有様だが、不思議なことにこのエコの〝中心問題〟を採り上げたものは皆無である。これだけでも本書のユニークな存在理由は十分にあるだろう。（訳注）

第二章　アレッサンドリア
——ローマ時代から現代まで（簡史）

以下の簡史は、インターネット（イタリア）で公開されているものから採用した（筆者は未詳）。大略を把握して頂ければ幸いである。

ローマ時代　ローマ属領が築かれた正確な時期は分からないが、前三世紀末から前二世紀初頭にかけて、アルプス以南のガリア地方(*)の征服が行われた。ラテン世界は文明・経済・文化の伸張の機会ばかりか、他民族との混淆《こんこう》の機会も創出した。商業はローマ街道伝いばかりでなく、領土の主たる二つの川—ターナロとポルミダ—沿いにも発展した。ローマの現前は数世紀間に領土の社会経済上の布置を著しく一変させた。たとえば、ディオクレティアヌス帝（二四五－三一六）の意志による、農奴《のうど》の創出は、長きに渡りひどく隔絶させられてきたピエモンテ州南部地域の発展に推進力を与えた。ローマ時代になって、大広場の別邸（Forum Fulvil）の中心居住地が重要な発達をみた。ここは重要な宿営地（castrum）となったのである。

ローマ帝国の衰退　五六八年、ロンバルディーア人が侵入し、最初の公国やその家臣たちが創りだされると、ローマの行政組織ははっきりと破綻をきたした。こうした状況にも拘らず、民衆はもう成熟していた文明度や慣習を維持したのだった。

建設の時期　アレッサンドリアの町の誕生をみた領土も七六〇年から一〇〇〇年にかけては、いまだ人口は僅かだったし、より古い定住地を形成していた若干のばらばらのレーギウム——たとえば上記の大広場の別邸、ロヴェレート(Castrum Roboreti)、ベルゴーリョ（Bergolium）、つまりボルゴーリョ）、マレンゴおよびガモンディヨ——は例外だったのである。これらの地域にくっついていたのは、ソレーロ、クワルニェント、フェリッツァーノのような自立した中心地である。当代の政治行政機構は住民の社会文化的な重要な発展を許容していなかったのだが、それでも彼らは近隣住民の中心地との通商を維持して、経験と富を増大させていたし、上記住民の中心地が熟成して後にはアレッサンドリアと呼ばれるに至るものを創出するまでにふくらんだのである。

強調しておくべきことは、アレッサンドリアはそれがきちんと創設される以前にすでに存在していたことだ。平野《アグロ》地域の住民のさまざまな中心地がすでに近隣領域とあまたの関係を結び始めていたのだ（土地の獲得、軍事、通商条約——ガモンディヨ自治体が一一四六年にジェノヴァ共和国と取りかわした——のような、協定や同盟）。同時代か、たぶんそれ以前に、若干の教会も建立された。そのうちでも最重要なものはロヴェレート地区の中心に建てられたサンタ・マリーア・ディ・カステッロ教会である。アレッサンドリアはその誕生の黎明《れいめい》期にすでに、ターナロ川とボルミダ川の合流地点で戦略上の位置に恵まれてきたことになる。

創設　この町は一二世紀後半に、キヴィタス・ノーヴァの名をもって、既述したロヴェレート、ボルゴーリョ、マ

（＊）以前はゴール人が占拠していたイタリア北部地方のこと。（訳注）

レンゴ、ガモンディヨの町々から成る既存の都市中枢を基に誕生した（後の二つは当時代はアグロ・トルトネーゼに属していた）。これには当時のモンフェッラート諸侯、アレラミクス家に反抗を企てていた、ソレーロ、大広場の別邸、オヴィーリョ、クワルニェントの近隣領主たちが加勢したのだった。この面で住民は、赤髯王の主要な同盟相手たるモンフェッラート侯爵領とは対立していた、ロンバルディーア同盟の加盟自治体から支援されたのである。

この町が正式に創設されたのは一一六八年であり、同年に、法王アレキサンデル三世に表敬して現在の名称になった。この法王は当時フリードリヒ赤髯王を破門していた神聖ローマ帝国に反抗して、ロンバルディーア同盟が起こした行動を広く支持していたのである。

フリードリヒ赤髯王の攻囲　一一七四年一〇月二九日、アレッサンドリアは皇帝軍の攻撃を受けた。こうして長期の攻囲がはじまったのであり、これは一一七五年四月一二日に、アレッサンドリアの人びとから攻撃され不意打ちを喰らった、赤髯王の部下の降伏をもって終了した。

一一八三年コンスタンツの講和条約の後、帝国の命令に基づき、この町はカエサレーアなる名称を帯びたが、これが続いたのは短期間だけだった。一一九八年には自由自治体《コムーネ》になる。

一二二〇年頃、アッシジのフランチェスコがフランスに向かう途中、アレッサンドリア近辺に滞在したのだが、そのとき当地で民衆を脅していた狼を調教した。このエピソードを表わす浅浮き彫りは、今日でも大聖堂の中に保存されている。

中世期のアレッサンドリア　この町は二世紀以上もの間自由自治体の状態を維持したが、近くのカザーレ（いまだモンフェッラート侯爵領の一部だった）やアスティおよびパヴィーア（この両方とも、アレッサンドリアが拡大するのではないかと恐れていた）と紛争状態に陥るのだ。

アレッサンドリアの防備はしっかりしていた。でも屋根と堅固な壁はたんなる藁と泥で出来ており、北イタリアではずっと藁のアレッサンドリアとして知られてきた。こういう主張は実際には否定されるものなのだ。実は藁のアレッサンドリアなる呼称はたんに書き違えに起因しているらしい。赤髯王の書き物ではアレッサンドリアは侮辱を込めて、実は頴《えい》のアレクサンドリア（Alexandria de palea）、つまり沼のアレッサンドアと規定されていたのである。ここから palea が誤ってイタリア語化されて paglia（藁）になったのだ。その後ヴェルチェッリや、とりわけミラノと同盟を結ぶに至り、後者とは続く数世紀の間運命をともにした。一二一五年には、これら三つの都市はカザーレを攻撃して破壊した。

伝統的に軍事都市であったから、アレッサンドリアも修道生活の影響を受けた。とりわけウミリアーティ会(*)の運動が重きをなした。この修道会は法王アレクサンデル三世からも承認を受けた。この法王はこの新しい町の中に織物、とりわけ羊毛を加工するための新技術を導入した。

一三一六年、グエルフィ党員とギベリン党員がモンフェッラートとアスティに対して絶えず闘争し、アレッサンドリアをヴィスコンティ家の保護下に置くことを選んだ。そして、一三四八年にはこれを自分の領土に併合してしまった。引き続き、アレッサンドリアは対フランス戦争でヴィスコンティ家を支持し、ジャン・ガレアッツォの支配下にあったミラノ公国の一部に入ってしまう。

一四〇二年、ジャン・ガレアッツォが没すると、この公国はファチノ・カーネのカザーレ人たちから攻撃され、その結果、アレッサンドリアは一四〇四年に征服されてしまった。この町も公国も、ジャン・ガレアッツォの未亡人ベアトリーチェ・ディ・テンダがフィリッポ・マリーアと再婚すると、再びヴィスコンティ家に復帰した。

（＊）原始キリスト教の清貧をモットーとしていた。（訳注）

ミラノ公国の配下のアレッサンドリア　アレッサンドリアは引き続きミラノ公国の運命に従い、一五世紀中葉にはスフォルツァ家に移ってしまう。この時期にはまず、一再ならずフランス人たちの侵入の犠牲になったし、一五三五年にはスペインの支配下に陥り、そして一七世紀はずっとそのままだったのであり、ジェノヴァとロンバルディーアとの間の重要な拠点と化したのである。

一七〇七年、アレッサンドリアはサヴォイア家の領土エウジェニオにより征服されてヴィスコンティ家の支配は終わり、一七一三年のユトレヒト条約の後、ピエモンテの人ヴィットーリオ・アメデーオ二世の配下に入った。アメデーオはこの町の戦術上の位置を考慮して、政治生活を再編し、総督の地位や軍隊組織を開設してこれを一新させることにより、近代風の要塞都市へと発展させようとした。そのため、厖大なとりでを建設したのだが、このために町の近郊ボルゴーリョ（Bergolium）全域を放棄し破壊させてしまった。当時の同町の人口は約一万五千人にのぼっていた。

一七三二年ヴィットーリオ・アメデーオが亡くなると、カルロ・エマヌエーレ三世が後を継ぎ、英国やオーストリアとの同盟を強化した。さらに、同王はスペイン、ナポリのブルボン王家を攻撃したが、成功しなかった。ブルボン王家の軍隊はサン・ジュリアーノとアレッサンドリアとの間の平原に到達するや、セッラヴァッレ・リバルナもトルトーナも占領し、ピエモンテ兵たちをバッレニャーナ近辺で敗走させて、彼らをサン・サルヴァトーレやヴァレンツァにまで追いやり、クレシェンティーノに釘づけにさせてしまったのである。

一七四六年、カルロ・エマヌエーレの軍隊は英雄的な努力を遂行してから、敵は一掃され遠ざけられたために、ピエモンテ州はヴァレンツァとトルトーナを除きサヴォイア家の手に戻ったのである。

一八世紀末には、ピエモンテ全州がナポレオン・ボナパルトの拡大目標の結果、戦闘に見舞われたのであり、ケラスコの停戦協定以後でも、このコルシカ出身の皇帝の影響力は明白だったし、そして一八〇二年マレンゴの戦い（アルプス以北の軍隊が敗北）の後、(*1) アレッサンドリアは全地方もろとも正式にフランスに編入されてしまい、マレンゴ県の行政庁所在地と化した。

それから一八一四年、アレッサンドリアはオーストリア軍に征服され、同年五月三〇日には、パリ条約の後でサヴォイア王家に返還された限りでは、サルデーニャ王国の一部となったのである。以後の占領政策はみな、とりわけとりでに配慮して、その外部工事を増強したのだった。

アレッサンドリアのユダヤ社会　ユダヤ人は歴代ミラノ公爵たちから、一三世紀初頭にアレッサンドリアの町に定住する権限を得ていた。そして、時代の経過とともに、そこにシナゴーグを創設した。これは同町に開設された職能組合の長と独立した一人のラビによって運営された。こうして、はっきり証明できる歴史資料が欠如しているために漠たる伝承ながら、彼らの到来はこの時期に遡らせられているのである。

リソルジメントとイタリアの統一　リソルジメント（イタリア国家統一運動）の期間にアレッサンドリアは重要な中心地となったし、まさしくこのピエモンテの町から、一八二一年三月の反乱がアレッサンドリア要塞の駐屯士官サントッレ・ディ・サンタローザによって惹き起こされたのだ。このため青年イタリア党[*2]に所属していた何人もの市民が略式裁判にかけられ、陰謀のかどで有罪判決を受けた。一八三三年にその犠牲になった内には、愛国的弁護士アンドレーア・ヴォキエーリもいた。

一八五九年、アレッサンドリアはピエモンテの四つの主要県の一つの県庁所在地に選定された。領域の一部にアスティも含まれていたためである。一八九九年七月二五日、アレッサンドリアは多数派の社会党が評議会を支配するに至っ

（＊1）序章参照。（訳注）

（＊2）（一八三一－四八）マッツィーニの創設した共和主義的な国家統合を目ざした政党。（訳注）

た、イタリアの都市で最初の県庁所在地となった。同日、時計屋のパオロ・サッコが町長に選出されたのだった。

北イタリアにおける鉄道の誕生と、商業の増大のせいで、一九世紀末にはアレッサンドリアはイタリア市場の急所の一つと化した。トリーノ、ミラノ、ジェノヴァの中心を占めるその位置のせいで、アレッサンドリアは大いなる人口増加をみたし、結果、町の領域が拡大したり都市化したりし、産業が目ざましく発展した。それを実証しているのが、化粧品産業のパリエーリ、香水のガンディーニ、銀製品（ゴレッタ。靴屋カレッティの転居後一九三五年にS・マリーア・ディ・カステッロに設立された）、自転車のマイノ、とりわけボルサリーノ（ここの特徴的なフェルト帽の生産は世界中で有名になった）である。

ファシズム期と第二次世界大戦時代　ファシズム期にもアレッサンドリアは重要性を維持した。三〇年代には、イグナツィオ・ガルデッラの設計による結核療養所や、ジーノ・セヴェリーニのモザイクで装飾された郵便局のような、重要な公共建築物が建てられた。

第二次世界大戦中、アレッサンドリアは繰り返し重大な空中爆撃をこうむった。一九四四年四月三〇日、爆弾が庶民地区クリストを直撃し、二三九名の死者と数百名の負傷者を出したし、町立劇場を破壊した。夏の夜な夜なに生まれた〝ピッポ〟伝説は識別するために用いられた飛行機を指しており、これの耳をろうする轟音は北イタリアを恐怖させていたのである。同年六月にはリグーリア地方とトリーノ地方を結ぶ主要道路だったターナロ川とポルミダ川との架橋をひどく損傷させた。実際、アレッサンドリアの蒙った幾度もの爆撃は、まさしくこの連絡路を遮断しようとする試みのせいだったのだ。

一九四五年四月五日のもう一つの爆撃では、一六〇名の死者が出たのだが、その内には、ガリアウドの幼稚園〝加護の聖母マリーア〟の四〇名の幼児も含まれていた。空襲のせいで人口の一％に相当する五百名以上の市民が亡くなった。同年四月二九日、ドイツ人は降伏した。一九四三年から一九四四年にかけて、アレッサンドリアのユダヤ人二七名がイタリア社会共和国のせいで逮捕されて、フォッソーリ強制収容所に送り込まれた。アレッサンドリアのシナーグは略奪されたし、特に一九四三年一二月にはファシストたちによって破壊されてしまった。

戦　後　戦後アレッサンドリアは北イタリアの運命をたどって、当初は一九六〇年代に北イタリアに経済ブームとともに広がった繁栄のあの形や発展を味わったし、また、南イタリアの諸地域出身の人たちの移住が行われ、一九七〇年には住民の数は一〇万を越えるに至った。

引き続いて、経済ブームの効果が収縮すると、アレッサンドリアは人口減少に陥った。同町はまた、一九七〇年代のイタリアを血まみれにした政治環境の報道されるべき事実で動揺させられもした。つまり、一九七四年五月九日から一〇日にかけて、監獄内で悲劇的な暴動が起き、七名の死者と一四名の負傷者をだしたのだ。このエピソードは「アレッサンドリアの大虐殺」として記憶されている。そのほか、ピエモンテのこの町の近くの一軒家で、赤い旅団の一群が最初の会合が開かれ、そのため現場差し押さえが起きた。

アレッサンドリアと洪水　一九九四年一一月六日、アレッサンドリアは大洪水による国家的なニュースで注目を集めた。このため町の大半が水害を受け、広範な居住地帯（特に、オルティ、ロヴェレート、ポルゴーリョ、要塞地区、アスティ、サン・ミケーレ）やあちこちの小村が水没した。この洪水はターナロ川の氾濫にとって惹き起こされたものであり、一一名の死者を出したほか、民家にも、町民の経済構造にも莫大な損失となった。

一九八八年、アレッサンドリアはノヴァーラおよびヴェルチェッリとともに、〝アメデーオ・アヴォガドロ〟東ピエモンテ州研究大学の中心となった。

第三章　マンドローニョ
——アレッサンドリア人の民衆魂の象徴

マンドローニョ魂をウンベルト・エコ並にうまく具現している現代作家アキッレ・ダニーロ・タヴェルナの著書『マンドローニ』（一九八〇，pp.13-21）を繙《ひもと》いてみよう。これほど手際よく、マンドローニョ魂のことを描述している本はほかにちょっと見当たらないし、いかにしてこの世界に無類のユニークな性格が形づくられてきたか、そしてまたU・エコを理解するための最適な文献ともなっているからだ。

うっとりさせるほど美しくて、青々とした風景、山々、ネイヴィーブルーの海、文明豊かな土地——これらを眺めると心は陽気になり、心は輝く。

だが、私が生まれた田舎は海の紺色も、緑の平原もなく、小鳥のさえずりも聞こえず、そこでの唯一見られる光景はというと、澄んだ早朝の、アルプス山脈のあずま屋の形をした高い山頂の眺めだけだ。

私の生国は太陽で燃けた土地や、土でできた家から成っており、産業もなく、貧しい農業しかない。

私の田舎には、歴史も乏しい。城塞も、古い記録も、大きな戦闘の回想録もない。マンドローニョ村は三角形から成る地域の中心に位置しており、そのもっとも高い頂点を成しているのはポッツォーロ・フォルミガーロであり、底辺を成しているのはアレッサンドリア−トルトーナである。一辺二五キロメートルの三角形が一つの地区——フラスケータ

――を取り囲んでいる。

周囲は日に照らされた大平原であり、この地域を構成しているほかの村は、南部はレヴァータ、ポッラストラ、クワットロカシーネ、東部はサン・ジュリアーノ・ヴェッキオ、サン・ジュリアーノ・ヌオーヴォ、カシーナグロッサ、西部はスピネッタ・マレンゴ、マレンゴ、リッタ・パローディである。


フラスケータ　この名称はラテン語の「デーン人の森」[*1]（Silva Danea）に由来する。

数世紀前にはこの地域には森林が繁茂していたのだ。初期の住民はリグーリア人であって、彼らはローマに征服される以前にはイタリアを南北に走るアペニン山脈からポー川に広がる平原に住んでいた。

フラスケータの住民が戦士として初めて登場したのは、「剛胆な首領がエトルスク族に対して初めて勝利をもたらした」[*2]ときだった。

「勇名をはせる戦士マレス（またはマリシュ）が初めて、散在していた人びとを結集したのであり、レヴィ人たちは彼と連合し、全員が勇敢に闘い、トスカーナからの攻撃に対抗して国土を死守したのだった。粗野ながら、自分らをよりしっかりした防衛に導いてくれた人に対しては心の中で燃えるべき感謝を感じていたし、自分らの英雄の名誉ある名前からマリチと呼ばれることを欲したのである。こういうわけで、リグーリアのマリチや、日に日に名声と力を増していったここの人びとから、ターナロ川からアペニン山脈へと延びている地帯や平野全域――現在のフラスケータ――がマレンゴの名で呼ばれたのである。


（＊1）　元来は九－一〇世紀頃に英国に侵入した北ヨーロッパ人を指す。（訳注）

（＊2）　Pietro Oliva, *Marengo antico e moderno*（Alessandria 1842）.

北方に由来する野蛮人にしばらく占領されてから、この地方はローマの支配下に移った。ユリウス・カエサルのローマ人たちにより植民地化されて、この地帯は経済的に発展してゆく。ところが中世初期に再び後退してしまう。

古代文明の諸地方——初期ローマ時代は、トルトーナ、リバルナおよびアクイ、一〇〇〇年頃にはアレッサンドリアと新リグーリア——の中心であったフラスケータは、ミラノおよびジェノヴァの軍隊にとっては戦場だった。

一一七五年にはアレッサンドリア司教区が生じた。一三世紀にアレッサンドリアを当初支配したのはスウェーデンのフリードリヒ一世（赤髯王）のおじで、モンフェッラートの領主ヴィルヘルム三世であるが、一三〇〇年末にはミラノ領主バルナボ・ヴィスコンティが支配した。

一五二五年には、フランチェスコ・スフォルッツァがサン・ジョルジョ市場を開設し、この地区の経済発達を始動させた。

一五三七年にカール五世とともに始まったスペイン人の支配は以後一五〇年間続き、このことはフラスケータにひどい経済的後退をもたらした。活動は縮小し、農業生産も低下し、農民は家を放棄し、この地区は野生化した。この地帯は都から都へと移動する旅人たちにとって危険な所となり、狼や山賊に荒らし回られて、幾世紀にわたりもろもろの伝説で誇張されたような、否定的な悪名を馳せることになった。ニコラ・バジーレ(＊1)に言わせると、「皇帝の名前と神の御名とが混同されていた時代があった。地上で地獄のうめき声を上げていた貧乏人たちの嘆きは、彼らの恐怖や、涙や、苦痛や、激痛と釣り合っていたのである」。

やっと一七〇〇年になって、この地域の経済は変化する。森林に代わって、耕作地となるのだ。フラスケータは人口が増加し、村々が発生し、通商が始まり、ほかの慣習や生活組織を知ったり、意志伝達したりして、協定が結ばれたり、関心が広がったり、経済が強化されたりした。

歴史は続く。一七〇〇年、アレッサンドリアはピエモンテ公国の一部になり、サヴォイア家の領主ヴィットーリオ・

アメデーオ二世の支配下に置かれた。一七九六年のパリ講和条約により、サヴォイア家はアレッサンドリアの支配権を失い、同町はフランスに引き渡された。

一七九九年、ナポレオンがエジプト遠征中に、オーストリア軍がアレッサンドリアを占拠した。

一八〇〇年にナポレオンがイタリアに帰還。そして同年六月一四日――前章でも触れたように――マレンゴの戦いでオーストリア軍は敗走する。

ナポレオンの鷲印の軍旗(*2)に続いて、新しい人生観、自由および社会正義への渇望が表面化してくる。ところが、フラスケータ地方、とりわけマンドローニョ村の人びとの大半は、こういう新しい革命思想を受け容れなかったのである。

歴史が伝説で色づけされたこの時期に、二人のギャングが出現している――スピネッタのマイーノとフラスケータのジュディッタである。

ジュゼッペ・マイーノの波乱万丈の人生はこの地帯のフランスによる占領に起因した状況に位置づけられる（屈辱・苦痛・自由の縮小、のせいで憎悪・反抗・抵抗が浮上した）。伝説では、フランス人たちから新婦クリスティーナが略奪されてから、マイーノは彼らの数人を殺害してフラスケータの森に逃亡したらしい。彼の後には数人の友人や親戚が従い、二〇〇名以上から成るギャングが出来上った。彼らの目標は服従させられた人民がフランス人と闘うのを助ける

（＊1）ナポリ人ながら、アレッサンドリアを愛した。（訳注）

（＊2）ナポレオンの象徴として、マレンゴの記念柱（勝利の一周年記念に建立）の上には鷲が置かれている。（訳注）

ことも含まれていた。

このマイーノなる人物にはいくつかの挿話が絡んでいる。わけても、法王ピウス七世の配下を強奪したことは、フランスにおいてナポレオンを皇帝に即位させるための遠因となった。そのほか、ジェノヴァの政府委員サリチェーティ公使を誘拐したり、フランスの将軍ミローを殺害したりした。

マイーノは一八〇六年四月一二日、警察との衝突でスピネッタにおいて二二歳で殺害された。

ジュディッタはクワットロカシーネ村の大胆不敵な田舎女であって、占領者フランス人たちにとってももっとも手ごわい敵の一人だった。

ジュディッタとは、呼び名であって、洗礼名はミケリーナだったらしい。

語られているところでは、盗みのために教会に侵入した或るフランス兵が、この窃盗を阻止しようとした修道女に暴力を振るったらしい。

ミケリーナはその修道女が殺害されたものと思い、兵士を殺したのだ。当時から、土地の人びとは彼女をジュディッタと呼んでオロフェルネス（*1）に対して味方の人民のかたきを討った旧約聖書のユディット（*2）になぞらえたのである。

フランチェスコ・ガスパローロはマイーノについて述べる際にこう言っている――「今日のわれわれなら全くの無秩序状態からの不可欠な帰結だと誇張して考えることもできようが、彼は筆舌に尽くしがたい非道に対しての怒りをごく自然に爆発させるための、無意識な純然たる一種の装置だったのだ。要するに、地面の砂みたいに、燃えている、野蛮といえるほど獰猛で、ライオンみたいな強力な一つの村人の性格を体現していたのである」、と。

一八一四年四月二〇日、ナポレオンは敗北して、エルバ島に流された。サルデーニャからヴィットーレ・エマヌエーレ一世が再入場。アレッサンドリアとフラスケータは最終的にピエモンテ王国に復帰することになった。

マンドローニョの人びと　マンドローニョ人たちの起源についてはさまざまな説がある。

ギリーニの『アレッサンドリアの歴史』での主張によると、「多数のムーア人がスペイン国王フェリーペ三世やこの王国全土に対して陰謀を企てたかどですっかりこの国から一掃されたため、アレッサンドリアにやって来た」らしい。

コッパ・パトリーニの説によると、「アラブ人がアレッサンドリアの領土にこのように移住したことが、フラスケータの民衆における多様な身体特徴、社会的・商業的関係における独特の思考法や行動様式の起因をなしている」という。

またバジーレの説では、「マンドローニョの村人は、サラセン人たちの襲撃で破壊された昔のレバノンから追放された人びととか、遠方の（海上暮らしや定住していた）リグーリア住民とかの末裔《まつえい》だろう」という。

ファウスティーノ・ビーマの説によると、「フラスケータ住民はもっとも権威ある民族的・歴史的史料に基づくならば、サラセン人の植民地の残滓であり、フラッシネートのこのサラセン人たちは二百年間――九世紀から一〇世紀にかけて――ピエモンテとプロヴァンスの諸地方を荒らし回り、ラテンおよびロンパルディーア系の民衆の上にのしかかることになったのだ」とのことである。

パオラ・ボッカの『フラスケータの歴史研究』によれば、「中世にジュノヴァ共和国が海上で闘っていたとき、海賊たち（アラブ人ないしムーア人）の多くを捕虜にしてから、彼らを不毛な森林地帯に閉じ込めたのだ」という。

またクレーリョ・ゴッジによれば、「マンドローニョの人びとはいかなる移住からも守られた、純粋の昔のリグーリアだ」という。

パロッツィ説によれば、「土地の伝説では、中世初期の未開のフラスケータはムーア人の定住地だった」らしい。

（＊1）　ネプカドネザル王に仕えた将軍の名。（訳注）

（＊2）　ユディットはイタリア語で〝ジュディッタ〟となる。（訳注）

マンドローニョの人びとはその起源はリグーリア系かアラブ系のいずれにせよ地中海にあり、客もてなしがよく、寛大で、強い意志をもっている。友情には忠実であり、また敵を決して忘れはしない。

住民の数は少なかったから、もっと人口の多い他者たちから自衛しなくてはならなかった。

彼らの歴史は辺境の人びと全体に共通している。必ずしも友好的ではない人びとのさ中で生きざるを得なかったから、そこの土地を通過しながら戦ったり、破壊したり、略奪したりした軍隊の横暴を甘受してきたのだ。

マンドローニョの人びとが代表している現実の姿は、資源に乏しい地帯に住みつつも、村に好都合な経済条件をつくりだすすべを心得ていた人びとのそれである。

商人も馬の飼育者たちも、ピエモンテとリグーリアの間で仕事をしてきたし、夜中の移動中に月が空高く昇ったときには、彼らの歌声は燃えた砂漠よりも広大な地平線を想起させるのだった。

夕方には家の戸口の前で、女性たちは集合してアラブ風にあぐらをくんで話し合ったり、僅かな涼風を楽しんだりするのだった。そういう微風は夏の日中には平原の猛暑に対しての慰めとなっていたのだ。

マンドローニョの人びとは創意工夫の才があり、進取の精神に富むと思われてきた。笑い話によく言われていることがある――クリストフォルス・コロンブスがアメリカを発見したとき、ひとりのマンドローニョを見つけて、何をしているの？　と尋ねると、そのマンドローニョはしらを切って答えた、と。(*1)

彼らのしゃべり方はピエモンテ地方の調子を響かせることはなくて、リグーリア地方の方言に左右されている。アイロニーを好み、弁舌がさわやかだ。(*2)

マンドローニョ人たちは一六世紀フラスケータの中心に散在する土と藁でできた家々で村落を形成していたが、実は彼らはすでに幾世紀も前から存在してきた。彼らの土地には森林がはびこっていたのだが、リヴァルタ・スクリーヴィア修道院のシトー派修道会(*3)修道士たちの開墾もあって、耕作可能となったのである。

自由な精神の持つ主だった村人たちはフランスの占領に忍耐強く闘った。

彼らの決議はこう謳っていた――「この村ではわれらが命令しなくてはならぬ、何人たりともここに来て法規を定めてはならない。

われらは賛同すれば、恐れるものは何もあり得ない。われらの意図は、われらの土地を荒らし、われらの家々にあたかも主人みたいに侵入する侵略者たちの高慢さを阻止することであらねばならぬ。

われらを押し動かしているのはもうけが欲しいからではなく、荒掠者に対しての抗議で震えているのだ。泥棒から奪うのは罪ではない。われが主やわれらが宗教と闘う者と祈り合うことはすべきではない。勇気が必要だ。注意と慎重さを同時に働かせなくてはならぬ。そして敗残の外国兵に対しては、その頭にこん棒をくらわせても、その軍服を傷つけないようにしなくてはならぬ」[*4]。

風月第七の一三日（一七九九年三月三日）の日付けで、ポッツォーロ・フォルミガロから市民ボッタッツィはノーヴィ町長にこう書きおくっていた――「マンドローニョ村民だけは今なお活力を保っており、たとえ大半の者は家から立ちのいているとはいえ、服従することにもっとも反抗しております。もうほどなく、彼らの極悪非道や無分別な愚行に

（＊1） イタリア語原語は“fare l'indiano”〔インディアンの振りをする〕。“fare il finto tonto”〔しらばくれる〕とも言う。（訳注）

（＊2） ウンベルト・エコの特徴でもある。（訳注）

（＊3） フランスで一一世紀に創設されていた。（訳注）

（＊4） まさにマンドローニョの原点をここに見ることができる。（訳注）

罰が下ることになりましょう……」。

ただしこのボッタッツィの予見は立証されなかったのである。

第四章　アレッサンドリア対チッチョリーナ(間奏曲)

本章では少しばかり脇道をして、筆者（G・ピアッザ）の個人的体験に触れておきたい。

アレッサンドリア人はまるでローマ人みたいに傲慢不遜だと言われているが、これは正しくない。ただし、アレッサンドリア人は前章でも触れたような歴史上の数々の変遷に順応させられてきたため、未知であれ有名であれ初見の人をあまり信用したり夢中になったりはしない。アレッサンドリア人は芝居や上演をあまり愛好しないし、劇場も一つしか存在せず、プログラムはとびとびにときたま見かけるだけで、オペラ・シーズンといったものもない。それどころか、オペラ歌手のような有名歌手でさえ、控え目の拍手や抑制された感激だけで満足するほかはない。

こうしたことは伝統的な傾向だということを申し上げておかねばなるまい。それに移民の流入もあって、変化する可能性も否定できないからだ。でも町人に根づいた内在性はずっと残るだろう。アレッサンドリアはほかのピエモンテ州の諸都市とは違って、恒例のいかなる祝祭も誇示されたりはしないし、そこでは人びとが集合しいくらかでも目立つ祝典が挙行されたりすることもない。私はもうこの生まれ故郷の町を離れて数十年も経過したし、新しい世代の人たちはほかの多くのイタリア諸都市の陽気な心のこもった文化活動と張り合ってもらいたいものだと願っている。そして確かに事態は徐々に変動しつつあるのだが、それはいつもマンドローニョ風なリズムに従ってのことなのだ！

ご覧のとおり、私はこの〝マンドローニョ風〟(mandrogno) という形容詞によく立ち返っているのだが、この言葉はアレッサンドリアの人たちの祖先から受け継いだ心的遺産なのである。しかしまずU・エコという、郷土愛とエピファニーのこの小説家に立ち返る前に、間奏曲としてもうかなり以前の一九八五年秋にアレッサンドリアでわが身に個人的に振りかかった面白くて示唆的な一つのエピソードを語ることにしたい。

私は父の死後、自分自身、義妹たち、その母親との間で遺産整理の厄介な問題をかたづけるためにこの生まれ故郷に来ていた。日本を発つ前に、日刊紙『スポーツ日本』と毎週セクシー記事を載せる契約をしていたため、性学者としての私は大阪本社発行の新聞愛読者に興味を起こさせられるようなコラム記事（イタリア発のルポルタージュ）をずっと探していた。

そのとき、イタリアの有名なポルノスター、チッチョリーナのポスターが目についたのだ。彼女がアレッサンドリアの中心にある映画劇場でショーを行うというのである。これは私にとり、二回目のインタヴューの機会になると思われた。初回のインタヴューはマルケ州の中心の、山頂にある最古の大学都市カメリーノにおいて、前年に同じく夏に行ったことがあったからだ。この初回のルポは好評だったために、二回目を報告しようと目論んだ次第である。

そこで私は秘書を伴ない一緒に旅し、記事を推敲してくれていたこの助手の分も含めて入場券を購入した。そして期待と不安が入り混った気分で舞台の数列後ろの所に着席し、満員のホールでショーを待った。ショーは何らの妨げもなく始まった。アレッサンドリアの人たちはみな押し黙ったまま楽しんでいた。

ところで、チッチョリーナのマネージャー（スキッキ）の台本には、アーティストが裸体を公衆の面前にさらすことを禁じた法令にあいにく違反するものをも含んでいた(*)。

チッチョリーナはやり手だったから、それ以上のことをしたのだ。つまり、ショーの或る時点で興奮のあまり、ヌードで座席の第一列目に居た観客の膝の上に座ったのである。すわっ、一大事、突如警官と警備員たちがこの違法行為に対してホイッスルを吹き鳴らした。公衆の面前での現行犯というわけだ。

刑法上によれば、エロティックなショーは舞台上では許容されるが、ただし観客を一緒に巻き添えにすれば、法律違反を犯すことになる。ところでスキッキもチッチョリーナ本人もこれが不謹慎なことは知悉していたのであり、こんな振る舞いをあえてしたのも、警察の反応に対して、観衆にこのポルノ女優を防衛してくれるように挑発せんがためだったのである。

これは初めてのことではなかった。ほかの都市でも観衆は激しく抗議したのであり、警官たちはあまり民衆に騒動を起こさせないようにするためもあって、目をつぶったため、ショーは中断されずに続行したのだった！　ところで、このアーティストたちはそうとも知らずに、マンドローニョ特有の反応を見る結果となったのである。法令違反をなじったり、勇敢で放縦なチッチョリーナを光り輝かせたりといったことはしないで、ほとんど全員が声も立てず、唖然としたままだったのである。せいぜい当てが外れたという不平のささやきが洩れ聞こえただけだったのだ。

とはいえ、そのショーは法規により中止させられねばならなかったし、実際に中止させられた。そして、依然ヌードのままのチッチョリーナとそのマネージャーの怪訝《けげん》そうな面持ちのもと、観衆は三三五五に連れだって、ほとんど無言のまま（！）ホールを後にしたのだった。

このとき、私は若い警官に立ち向かい、性学者であることを自己紹介してから、このポルノスターの側に立って、彼女は要するに、自由でけがれのない性器を露出しただけなのだということを伝えた。私はまた、この警官が見かけたことのある警察署の碑板にも記録されている、ずっと何年も以前に立派な警察署長だったアッロアーティの孫なのだということも知らせた。

かいつまんで言うと、この若い警官は私を喜ばせるために違法行為のメモ用紙を破き、そしてチッチョリーナには、

（＊）　映画『薔薇の名前』（一九八六）では、ヴァレンティーナ・ヴァルガスがかなりきわどい演技を行っている。日本ではこれをペトラルカの宮廷風恋愛と「取リ違エ」た御仁がいる！（訳注）

すでに押収していたショー用のエロティックな道具を返還したのである。ポルノスターや、いまなおアレッサンドリア観衆の冷淡な反応にうろたえたままのマネージャーとの長い話し合いの結果、すべてはやっと終わりに至った。（アレッサンドリアの人たちにはポルノスターのいかに挑発的なヌードにさえも熱狂的な反応を惹き起こさせることができなかったのだ。）偶然にもその日はチッチョリーナの誕生日だったため、私たちはチョコレートを持参していた。すると、彼女は二枚の写真のほかに、ショーに使用した造花のバラをお礼にとプレゼントしてくれた。この時点ではいかなるコメントも余分だ。実際、私たちはほかならぬアレッサンドリアに居たのだから！

第五章　『バラの名前』

これまで呈示したのは、ほとんど未知ながらエコの熱愛する町アレッサンドリアの歴史・文化的情報の鳥瞰図である。これからはいよいよわれらが偉人の全小説を点検することにする。まずは筋に焦点合わせするために事件展開を要約してから、次に作者が意識したか、しなかったか、いずれにせよ彼のマンドローニョ精神を中心としてコメントすることにしたい。この作業は先述したとおり、エコと私（G・ピアッザ）とはお互いに共通の文化遺産があるおかげで難業とはならないですんだ。以下続けて読まれんことをお願いする。

あら筋

「プロローグ」では、作家が異国に滞在中、北イタリアの大修道院で中世期に展開した謎めいた出来事に関してのベネディクト会修道士の写本を読んだことを物語っている。読んで夢中になり、写本を預けてくれた人物との関係がとぎれる前にメモ帳に写しにかかるのだ。書誌的探索を行って、本文中の欠落した部分や若干の証拠を回復してから、作家はメルクのアトソンの出来事を語り出すのである。

一三二七年一一月末のこと。英国フランシスコ会修道士バスカヴィルのウィリアムとその弟子メルクのアトソンは北イタリアの山中にこっそりと建つ、クリュニー会戒律を遵守したベネディクト会大修道院に赴く。この大修道院でデリケートな会合が催されることになり、皇帝ルートヴィヒの同盟者で清貧思想を支持しているフランシスコ会士と、当時アヴィニョンを本拠としていた法王庁の使節とが主人公として出席する。二人の修道士（ウィリアムはフランシスコ会士で、〝退職した〟異端裁判官であるし、その弟子アトソンはベネディクト会の見習僧である）がこの会合に赴く。ウィリアムは皇帝により、清貧主義者のテーゼの擁護者として参加する任を負わされていた。時を同じくして、大修道院長（アヴィニョン使節の到着が自らの大修道院への管轄権を縮めはしまいかと怖れていた）は、雪嵐に遭った若き同志アデルモの説明し難い死が議題になりはしまいか、自分に罪を着せられはしまいかと心配になり、悲劇的な殺人事件――修道士たちはわけても超自然的な謎の原因をそれに帰していた――を明るみに出すウィリアムの詮索能力に信用を寄せるのだ。大修道院では、反キリストの到来に関しての夥しい信念が流布していた。

この元異端裁判官には、ほぼ完全な行動の自由が認められていたのだが、ほかにも変死事件が続いて起きることとなる――アデルモの友人で、ギリシャ語の翻訳家である若い修道士ヴェナンツィオの死や、若いアデルモとみだらな男色関係を結んでいた司書助手ペレンガーの死が。ほかの修道士たちも大修道院の中で死ぬことになるのだが、それは法王使節と皇帝から派遣されたフランシスコ会士たちとがカトリック教会の清貧問題について討論中のことだったのだ。

ウィリアムはこれらの死が、大修道院の誇りたる図書館の中で大事に保管されているギリシャ語写本と結びついていることを発見する。この大修道院には、ドルチーノ派の元会員二名――食料貯蔵庫保管人ヴァラジーネのレミージョと、奇妙な言葉を話す友人サルヴァトーレ――も存在している。レミージョは土地の貧しい少女（この食料貯蔵庫保管人から、性関係を結んだ代償に食物を受け取っている）と不法な関係を保ち続けていた。若きアトソンもこの少女と知り合い、こうして肉体の快楽を発見するのだ。

状況は異端審問官ベルナール・ギュイの到着で複雑化する。彼は少女とサルヴァトーレが一緒のところを発見し、黒猫の存在からきっかけをつかみ、彼らが悪魔的儀式の信奉者だととがめ、謎めいた死人たちの責任を彼らに負わせる。哀れなサルヴァトーレは拷問にかけられてから、ドルチーノ派としての過去を自白する。するとベルナール・ギュイはレミージョ修道士、サルヴァトーレ、田舎娘を起訴し、有罪判決を行い、三人とも大修道院で起きた死人たちの犯人だと言明するのだった。

気掛かりな雰囲気の中で、さんざん歴史的・哲学的な脱線を行い、探索的推理やアクション・シーンを重ねてから、ウィリアムとアトソンは図書館の迷路に入り込み、宿命的な写本（アリストテレスの『詩学』第二巻の最後の残存コピー）が保管されている場所を発見する。それは喜劇や笑いを論じたものだった。とうとう高齢のホルヘは、司書マラキアスが死んでから、毒塗りページで詰まった写本をウィリアムに差し出して、彼を殺そうと試みる。ところがウィリアムは手袋をはめた手でページをめくる。すると老修道士ホルヘは狂乱の極に陥った末、もう誰も読めなくするために写本の毒塗りページをむさぼり食ってしまった。ウィリアムとアトソンが彼を阻止しようとすると、ホルヘは放火し、彼を誰も鎮圧できずに、大修道院全体が火の海に呑まれてしまった。アトソンとその師匠はとうとうこの廃墟を去るのだが、アトソンは数年後そこに戻って来て、より一層の孤独を発見するのだ――かつては殺人と陰謀、毒物と発見がなされたまさにその現場において。

この小説のこうした要約は、多くの読者には復習に見えたことだろうが、これを読んだ後で今度はこの多国籍的な大修道院の内にマンドローニョ人を探すとしよう。すでに名前からしてそれと分かるのは、アレッサンドリアのアイマーロだ。彼は小説の初めの数ページから博学なマンドローニョ人の緻密で鋭敏な批判力のある人物として登場している！

肯定的で賢明にも直観力が働き、偉大な愛書家のウィリアムと、作家が競っていること、このことは読者の目には一目瞭然だし、このアイマーロは修道院に対する批判において、アレッサンドリア人を押し通している。つまり、慣習を重んずる市民ながら、平等主義的熱狂を欠き、正確かつ覚醒した、気取らずにかつあまり呑み込まれることなしに事実確認を行っている。引き続き、以下ではこの小説をこういう青ざめたエピファニー的な出会いの中で語らせることにしたい。

「俺はこんな思いに耽っていたし、ウィリアムがミルクを飲み終えたとき、お互いに挨拶をやり終えた。このアレッサンドリアのアイマーロとは筆写文書室の中ですでに識り合っていたし、この人物については、顔の表情が絶えず冷笑に通じている印象を受けていたし、あらゆる人類の軽薄さを確信することには成功したためしがなかったかのようだったし、それでもこういう宇宙的悲劇には大した重きを置いてはいなかった。『それじゃ、ウィリアム修道士、あなたはこういう狂人たちの巣窟には慣れておられるのですかい?』『儂の見るところ、ここは聖性と学識で賞讃すべき人物たちの場所のようだが』とウィリアムは慎重な言い方をした。

『そうでした。修道士たちが修道士の仕事をやり、司書が司書の仕事をきちんとやっていたときにはね。でも今はご覧のとおり、あの人たちは天国に逝ってしまって』。それから上階を指して言った。『あの盲目の、半ば死にかけているドイツ人があの死人の目をした、盲目のスペイン人のうわ言に忠実に聴従しているんです。どうやら毎朝反キリストが訪れて、羊皮紙写本をひっ掻いたりしているらしいのですが、入ってくる新書はごく僅かのようです……。自分らはこちらに居ますが、あの都会では動きが起きています……。かつてはこの大修道院の力で世の中は治まっていたんです。ところが今日はご覧のとおり、皇帝が手を回して配下の者たちを私らの所に送り込み、敵に立ち向かわせています〔中略〕。でもこの地方の物事を管理したいときには、町々に滞在しているのです……』。

『世の中には確かに新しくいろんなことが出来《しゅったい》するものじゃ。ところでどうしてあんたは修道院長に責任があると思うのかな?』

『だって、院長は手元の図書館を他国者《よそ》に託し、大修道院を図書館防禦のために建てられたとりでとして管理しているのですからね。ここイタリア地区のベネディクト大修道院はイタリア人がイタリアの物事を決める場所であって然るべきでしょう。今日イタリア人はもう一人の法王も出さなくなっているのに、何ができましょう?……』

『でも、修道院長はイタリア人だね』とウィリアムが言った。

『修道院長はここじゃ何の力もありません』とやはりせせら笑いながら、アイマーロが応えた。『頭《かしら》の地位にあるのは、図書館の書棚です。もう虫に喰われています。法王をないがしろにするために、大修道院はフランシスコ会の小さき兄弟修道士たちが侵入していてです。……しかも皇帝にご機嫌取りをしようと、北方のすべての修道院から修道士たちがここに呼び寄せられているんです。まるでここじゃ有能な写字生も、ギリシャ語やアラビア語に通じた者も居らず、フィレンツェやピサには進んで規律を守ろうという金持ちで寛容な商人の息子も居らず、また命令は法王の力と威厳を高める可能性を提供するだけになっているみたいです』。〔中略〕ところで、この蛇の巣のふたを取られてみては？　あなたは夥しい異端者たちを焼いてこられたのですから』。

『儂は誰をも焼いたりしたことはない』とウィリアムが素っ気なく返答した。

『私がこんなことを申したのも』とアイマーロは微笑しながら続けた。『大猟ですよ、ウィリアム修道士。でも夜間にご注目なされよ』。

『どうして日中じゃいけないんだい？』

『ここは日中じゃ、良い草で体を癒しますが夜間には悪い草で心が病むのです。アデルモが誰かの手で深渕に突き落とされたとか、ヴェナンツィオが誰かの手で血まみれにされたとは思わないで下さい。ここじゃ誰かの意志で修道士たちがひとりでどこに行き、何をし、何を読むかを決めるというようなことはありません。もし地獄の力とか、地獄の友の妖術使いの力が用いられるとしたら、それはやじうまたちの心を動転させるためなのです……』。

『あんたが言わんとしているのは、薬草採集をしている神父のことかね？』

『いや、サン・テンメラーノのセヴェリーノは立派な人です。もちろん、彼はドイツ人ですし、マラキアスもドイツ人です……』。そしてもう一度中傷する気持のないことを示した後で、アイマーロは仕事のために出て行った」。（『バラの名前』原書、p.133）

さて、読者諸兄はマンドローニョ魂の知識をすでに貯えておられるのだから、ここに示したアイマーロこそはアレッサンドリア人を理解するもう一つ別の途を開いてくれたことになろう。ところで、晩年のエコはこの第一の小説にあまり感謝の念を抱いてはいなかった。マイナーな作品に自らの名声を帰さなければならないことにいささかうんざりしていたらしいのだ。実際には、彼はこの第一作に対しては映画化に同意したし、それを楽しんで、台本や演出では協力すら惜しまなかった！　ところが第二作の『フーコーの振り子』では何が起きたか？　何とあの有名な英国の監督S・キユーブリックがその映画で作品を不朽にすることを彼に申し込みさえしたのだ。エコは『振り子』の中には数多くの個人的な思い出が詰っており、或る種の語り的恥じらいのせいで、これらの思い出は映像化されるべきものではなかったからなのである。

こんな説明はおそらく未公開だろうが、これは一九九〇年の秋、彼が初来日の折に会話を交わしたとき私に直接話してくれたことなのだ。だから『バラの名前』は自然なマンドローニョのしぶきを欠いているのであり、それだからこそおそらくエコにとっては、読者たちから圧倒的な歓迎を受けたにもかかわらず、この作品は非人称的な、体験されざる小説だったのであろう。さて今度はわれらの大作家の絶対的な傑作『フーコーの振り子』の検討に移るとしよう。次章をご覧頂きたい。

第六章　『フーコーの振り子』

あら筋

語り手の私、カゾーボンは当初学生だったが、後にミラノで若き職業出版社主となる。一連の出来事を経てから、テンプル騎士団の神話に、自己の真の文化・職業的な存在理由を見いだす。しかしながら、この神話から分岐してくる一連の流れは、いわゆる西欧文明のもっとも隠された、もしくはもっともつまはじきされた部分に該当するものだった。これらの流れを発見することにより、われわれは小説の中のその他の人物——善人もいれば、悪人もいるが、すべての者が何かに関心を抱いている——を知ることとなる。それぞれの主人公たちが探し求めているものを手中に収めようとする貪欲さから、善人たちも、もっとも弱い悪人たちもいわば破滅へと追いやられるのだ。実際、カゾーボン、ベルボ、ディオタッレーヴィはたんなるゲームから陰謀計画を生じさせるのであるが、この〝脱臼〟は欲張りのアリエーにはこの陰謀計画を本当らしく思わせてしまい、彼は先頭に立って、この疑似フリーメーソン的秘密結社を牛耳っている真の目標を追求しにかかるのである。

『フーコーの振り子』なる表題の基となった振り子は、何時間でも自由に振動して、地球の自転を表示するものである（この現象の説明をエコはマリオ・サルヴァドーリ[*1]から得たのだった）。フーコーの振り子の一例はパリの国立工芸学院[*2]にあるのだが〔写真⑯参照〕、小説もここに端を発している。因みに、最後の若干のシーンでは、主人公がこの振り子に死の細工を仕掛けている。

書物の大半はこの話題について書かれており、どうやらこのミステリーを中心にして、陰謀論の個人版を表明することに焦点があるらしい。エコはこの策謀を避けて、あまりテンプル騎士団員たちをめぐる歴史上の謎に深入りすることはしていない。実際、本小説はポストモダン文学に頻出している大がかりな地球的陰謀に対しての、一つの批判、パロディー、脱構築（ディコンストラクション）と見なすこともできよう。

主な筋は陰謀〝計画〟の委細を供してくれるけれども、書物の中心は作中人物たちの伸展や（マヌーツィオの原稿を嘲笑する）懐疑的な編集者たちから、うぶな魔性者たちへと徐々に彼ら自身が移行していくことに置かれている。この意味では、披瀝されたこの陰謀論は真剣な提示というよりも、筋の策略と化している。

ベルボの書き物は本書全体にわたって頻出するテーマである。小説全体はカボーゾンが一人称で物語っており、ベルボの言語処理プログラム・アブラフィア上の資料がとぎれとぎれに出てくる。これらの個所は離心的に書き記されており、大半はベルボの幼年期、彼の絶えざる挫折感、ロレンツァへの妄想を扱っている。彼の幼年期のこの間奏曲は、カルトや陰謀の謎めいた世界とくっきりした対照を示している。ベルボは文学を創造しないようにとひどく留意している。それというのも、この書き物が自らの情念だということがむしろ明らかになるとはいえ、自分が文学創造には値しないと思うからだ。こういう無意識の絶えざる自己卑下への態度は、ベルボが結局は計略の（再）創造にむしばまれてしまうことを考えれば、本書中に見いだされる全般的なアイロニーの調子と調和していることになる。

カゾーボンは学者だ。ベルボは内面の平和を探求しているが、カゾーボンの探求は知識である。カゾーボンは超自然的なさまざまな出来事に関与しているために、その人柄の内に、科学的な知や人間の体験の不確実さが詮索されていく。彼の語りは厳密なリアリズムを放棄して、小説の進行につれてますます超自然的なものへと傾斜していくのだ。

その本業が（その自費出版社を通して）夢を売ることにあったギャラモンは、ついに客の著者たちの作り上げる幻想世界を信じるに至る。しかしながら、彼は依然として〝魔性者〟だったのかも知れぬし、情報を嗅ぎつけるためにその出版活動を企てたのかも知れないのである。

このような乏しい概説をしたことを、読者諸賢にお詫びしたい。とにかく、『振り子』はエコの傑作であるから、どうか初めから終わりまで辛抱して読了するようお願いしたい。さて、小説の登場人物はミラノで出くわしているにせよ、ベルボは究極の主人公であるし、骨の髄までマンドローニョ人なのであって、彼の"ma gavte la nata"(糞ったれ)は語りの命運を決したし、この作家のぬぐい消せぬ文化的帰属を明るみに出しもしているのである。

この先では、エコが幼時から自分を育《はぐく》んでくれた地方全体のことや、そのただ中に置かれたこともあるパルチザンの戦闘〔写真⑤参照〕を回想するのを彼がいかに好んでいるかを把握するよう読者諸兄を仕向けるべく、章句を掲げておくことにしたい。エコが本小説を映画化させて欲しいというS・キューブリックの申し出を拒絶したという話をもう一度思い起こしてもらいたい。それは彼がいつも象徴的価値を置いてきた、幼年期の思い出がこの小説にはぎっしりと詰っているからにほかならないのだ。

「ディオタッレーヴィもベルモも二人ともピエモンテ出身であって、そういう能力のことをよく論じ合ってきたものだった。ピエモンテの人びとは丁寧に話に聴き入り、相手の目を見つめ、そして『なるほど』と儀礼的な関心を示すかのような調子で言うやり方を受け継いできている。それは本当は相手に対して深い叱責対象になっているのだぞと感づかせるという能力だ。二人に言わせれば、私は野蛮人だったのだが、こういう枝葉末節からはいつも免れてきたらしい。

(＊1)(一九〇七―一九九七)イタリアの技師。エコの知人。

(＊2)一七九四年に創設された。

『僕を野蛮だと決めつけるのですか？　——と私は抗議した——生まれたのはミラノでも、家系はヴァッレ・ダオスタ地方の出身ですよ……』

『悪ふざけは止しな——と二人は応じた——ピエモンテ人なら懐疑的な態度からそうとすぐ分かるもんだ』。

『僕は懐疑的な人物なんですよ』」。(*Il pendolo di Foucault*, p.33)

ピエモンテ州はエコの小説ではほぼ常に現前している。以下は戦時、幼時期の思い出である。

『いいですね、カゾーボンさん——とベルボはそのとき言うのだった——直線に逃げちゃいけません。ナポレオン三世はトリーノのサヴォイア王家に範をとり、パリ市を取り払ってプールヴァール大通りに一変させてしまったけれど、今日ではみんなから都市計画の英知として賛美されています。〔中略〕大衆の集まりに参加するときには、地区のことをよく知らないなら、前日に地区のことを再確認しておくのです。小路が分かれている角を突きとめておき、そこに身を置けばよろしい』。

『ボリヴィアで講習を受けたのですか？』

『生き残りの技術は幼児のときにしか習得できません。〔中略〕私はパルチザン戦闘のひどい時代を＊＊＊で過ごしたのです』。そしてベルボは私にモンフェッラートとランゲとの中間にある村の名を挙げた。〔中略〕

『つまり、あなたはいわゆるレジスタンスをなさったのですね』。

『傍観者としてです』と彼は言うのだった。しかも私には、その声にかすかな困惑が感じ取れた。『一九四三年には私は一一歳でしたし、終戦時には一三歳になったばかりでした。写真みたいに周到な注意をもって何でも追いかけるのには十分でも、進んで参加するのにはまだ早すぎたのです。私にはどうしようもありませんでした。じっと眺めているだけでした。それから逃亡したんです、今日みたいにね』。(p.93)

そして、いよいよマンドローニョの人むき出しのベルボが登場するのだ。

「ベルボは通いなれたバルにでも居るような様子をしていた（し少なくとも十年は顔を出していた）。カウンター席であれテーブル席であれ、よく会話に首を突っ込んでいたのだが、どんなことが論じられてもほぼ決まってしゃれをとばして、熱気を冷ますのだった。〔中略〕『本当にそうだったの？』とか『まあ、そんなことを本気で言ったのですか？』とか。どうなったのかは私には分からないのだが、語り手をも含めて、その時点で誰もがその話を疑いだすのだった。ひょっとして、肯定を質問に、質問を嘲笑にしてしまう彼のピエモンテなまりのせいだったかも知れない。ピエモンテ人ベルボの彼には、話相手の目をあまり凝視しないで話す癖があったが、でも相手の視線を避けているわけではなかった。ベルボの視線は対話から逸れることはなかった。ただあてどなくさまよい、空間の不安定な一点の、人が注意してこなかった平行線の収束点にふと集中するのだ。こうして相手はそれまで無関係な一点にさては愚かにも焦点合わせてきたのではないかという思いをさせられるのである。

しかも視線ばかりではなかった。一つの身振り、たった一つの間投詞だけで、ベルボにはよそに人を釘づけさせる力があった。たとえば、カントは近代哲学のコペルニクス的改革を遂行したことを誰かが証明しようと夢中になり、この主張に命運を賭けたとしよう。すると、ベルボは相手の前に座っていながら、ふと自分の両手を眺めたり、自分の膝に目をやったり、瞼を半開きにしてエトルリア人の微笑を浮かべたり、あるいは、しばらく口を開けたままで、目を天井に向けたりしてから、軽くどもりながら、『へぇー、あのカントがね……』と言うかも知れない。あるいは、話がよりはっきりと侵犯行為に陥り、先験的観念論の核心に触れたりすれば、『何だって？　彼はあんなことを全部本気でやりたがっていたのかなあ……』。〔中略〕（p.51）

次は、ピエモンテ人としてのベルボがよく表れている箇所を見てみよう。

「『もう沢山だ』（O basta basta là）とベルボが声をあげた。こういう洗練された驚愕表現が示している心を理解できるのは、ピエモンテの人だけである。これをどんな言語や方言の相等語に置き換えても（《何言ってるんだ》non mi dica.《おい、まさか》dis donc.《冗談を言うなよ》ane you kidding?）、この無関心の極みを表わした意味を示すことはできない。この宿命論が強調しようとしているのは、相手が完璧な信念のこり塊りであり、浅はかな神の落とし子だということなのだ」。(p.120)

では、マンドローニョ魂はいずこに？　以下の引用をご覧頂きたい。

「タクシーを呼び止めた。道中、ベルボは私の腕をつかんで言うのだった、『カゾーボンさん、ひょっとして考えが一致しているかも知れませんが、私の心はひねくれており、とにかく、私の地方じゃ《ずけずけとものを言わぬほうがまし……》と言われていましてね。方言で上演されるクリスマスの喜劇があるんです。少年の頃よく見物に出かけました。自分の住んでいる所がベツレヘムだかターナロ川の岸辺かも知らぬ羊飼いたち(*1)が出てくる、信心深い道化芝居なんです……。東方の三博士が登場して、羊飼いの子どもの少年に、親方の名は？　と訊かれて、ジェリンドだ、と答えるのです。すると、それを知ったジェリンドが少年に棒叩きのお仕置きをするのですが、それというのも、誰から訊かれても名乗ってはいけない……という理由からなのです〔後略〕』」。(p.124)

もう一つ引用しておこう。

「何と申しましょうか、カゾーボンさん。たぶん私は彼にうまく真相を語ったと思うのですが、この地方の連中は強情なもので、決して後退したりはできないのです」。(p.138)

エコの化身たるベルボは〝ジェニス〟の体験も回想している。

「『ドン・ティーコね、私はあれがあだ名だったか名字だったかは知りませんでした。青少年集会所にはもう戻らなかったので。〔中略〕ドン・ティーコが十歳から十四歳までの少年を全員かき集めて、楽団をつくったのです。年少組はクラリネット、ピッコロ、ソプラノ・サキソフォンを、年長組はボンバルドンと大太鼓を担当していました。〔中略〕ドン・ティーコはジェニスが一人不足していると言っていました』。

〔中略〕『ジェニスとは楽団の合い言葉で、小型のトロンボーンの一種で、正式には変ホ長調のアルト・ビューグルと言います。〔中略〕トランペットではしっかり呼吸して吹く必要があり、アームストロングみたいに唇が丸くタコのように硬くなっていなくてはなりません。〔中略〕頬を膨らませる必要はなく、あれはただ舞台上で見せかけや風刺漫画をやるだけのことです』』。(p.261)

“Ma gavte la nata”、これぞウンベルト・エコの小説およびアレッサンドリアらしさの道徳的な鍵である。

「彼〔アリエ〕のオフィスで。これを聞いて今度はベルボは自制心を無くしてしまっていた。少なくとも、彼は自分でコントロールできなくなったかのようだった。アリエーが立ち去るのを待って、口の中で呟いた――『尻の栓を抜け《マ・ガウテ・ラ・ナータ》』(＊2)。ロレンツァは共犯者のように陽気な素振りを依然として示したまま、それはどういう意味なの？　とベルボに訊いた。
『トリーノの方言さ。栓を抜きたまえ、という意味さ。プラグを引き抜かれたらいいかがでしょう、ということなんだ。高慢でそりく

（＊1）文藝春秋版（邦訳）『フーコーの振り子』では、この羊飼いはベルボと一緒に芝居を観に出掛けたことになっている（！）。アレッサンドリアに羊飼いなど居ないのに。コンテクストの取り違エだ。

（＊2）「自信でふくれている者に対して、その栓を外せば、シューとしぼみ、普通の人間に戻ることを言う」。（F・パンサ／A・ヴィンチ『エコ効果』（拙訳、而立書房、二〇〇〇）、一五三頁）

り返っている人物を前にして、そういう増長慢心は厚顔無恥で腫れ上がっていると思われるし、またこういう度外れなうぬぼれが膨張した体を生かせているのはたった一つの栓の力だけなのだし、これが括約筋に挿入されたため、空気より軽い誇りがすっかり消失するのを妨げている。だから本人にこの栓を引き抜くようにさせて、自らが不可逆な尻すぼみを追求するように強制されるのだ。この審判には、鋭い静止の笛声、外側の残存ガス袋の貧相にやつれてしまった姿、当初の威厳のやつれた姿、血の気のない亡霊が伴うことも稀ではない(*1)』

『あんたがそれほど低俗な人とは思わなかったわ』。

『やっと分かったかい』」。(p.399)

マンドローニョの人ベルボの英雄的な最後の言葉は「抑制すれども屈すべからず」(frangar sed non flectar)(*2)ということなのだ。これはピエモンテ地方に特有の勇気と、懐疑的態度との表明であり、エコの小説や哲学を理解するための鍵を成すものでもある。

「『さあ、話してごらん』とアリエー。『話してみるのだ、こんな一大勝負から引っ込むんじゃない。黙すれば身の破滅だよ。話せば勝利に加われる。わけを知りたければ、実は今夜、君と私とはみんなホドという、光輝と威厳と栄光のセフィロートに居るんだ。ホドは儀礼の魔術を行い、ホドとは永遠が開示される瞬間なのだ。私はこの瞬間を幾世紀も夢見てきたんだ。君も喋ってくれれば、その開示の後、《世界の主》と言明できる僅かな人間に加えてもらえよう。ひざまずくがよい、そうすれば高位に就けるだろう。命令するとおりに話すのだ、言うとおりに話しなさい、私の言葉は《有言実行》(efficiunt quod figurant)だからな!』

それで、ベルボはもうどうしようもなくなり、呟くのだった、『尻の栓を抜け……(糞ったれ)』。

アリエーは拒否を覚悟していたけれども、この侮辱に顔面蒼白となった。『何と言ったの？』とピエールがヒステリックに訊いた。『何でもないんだ』とアリエーが約言した。両手を広げ、諦めと妥協を交じえた態度で、ブラマンティに向かって言うのだった――『あんたの出番だ』」。(p.467)

ベルボの最後の二つの〝ノー〟を掲げておこう。

「最初の〝ノー〟は、アブラフィアとその秘密を犯そうとする者に向かって言ったもの。『パスワードは？』が質問で、その答え、知識の鍵は〝ノー〟だった。つまり、真実のようなものがあるとしたら、それは魔法の言葉が存在しないばかりか、それをわれわれは知りもしない、ということなのだ。でもそのことを認める術《すべ》のある者は、何かを（つまり、せめて私が知り得たことぐらいは）知りうるのだ。

第二の〝ノー〟は、ベルボに差し向けられた救いの手を拒否して、土曜の夜に彼が叫んだものだった。彼はどんな地図でも発明できただろうし、私が彼に示してやった地図を一つ用いることもできたであろう。しかも、《振り子》があんな風に吊るされてあった以上、あの狂気の連中には《世界の臍《へそ》》はとても突きとめられなかっただろう。そして仮に突きとめたにせよ、それが本当ではないと分かるのにもう数十年を空費したであろう。ところがベルボは〝ノー〟を貫いて、屈することを欲せず、死ぬことを選択したのである」。(p.493)

次章でも、ピエモンテ地方の、マンドローニョ人としてのエコという、同じテーマに回帰することになろう。

（＊1）エコのホームページ（初期）では、この方言が自分の〝根底〟だということをはっきりと明言していた。しかるに、このことに着目した批評家は現われなかったのである。（訳注）

（＊2）イタリアでは出版社の〝モットー〟としてよく使われてきた。

第七章　『前日の島』

あら筋

ロベルト・デ・ラ・グリーヴェが一六四三年七月から八月にかけて、難破して数日間いかだで漂流するが、とうとう或る船にはい上がって助かるのだ。島から約一マイル離れた入り江でダフネ号が漂流していたのだ。この船は明らかに無人船だった。周囲の環境を観察しながら、探索するにつれて、彼は力を回復し、手紙を一婦人宛てに認《したた》めるために、眼前の出来事を物語ったり、過ぎ去った挿話を回想したりする。彼は目を病んでいたため、日没後になってから初めて活動にかかるのだった。泳ぎ方を知らないため、「見捨てられた船上で難破した」という状況に置かれたのだった。実をいうと、ダフネ号は少し前に放置されたものらしく、食料も、十分な水の蓄えもあったのである。

このダフネ号は記憶の舞台と化するのであり、一行一行が彼に話の新旧の挿話を想起させていく。この新世界が既知の世界と対置されるのだ。時間が停止されるなかで、カザーレ・モンフェッラートの戦闘や攻囲の記憶が次々と移り変わってゆく。この戦闘の背景を成していたのは、マントヴァ公国の継承のさまざまなごたごた（一六三〇年頃）であって、この継承はフランス軍とスペイン軍との対立により、モンフェッラートに多くの災いをもたらしたのだった。当時の時代精神から、新領土の征服は女性の征服に比較されるのだ。そこから質問――「愛が征服欲をかきたてるのか?」

――が発生する。このことは以後のさまざまな省察をかき立てる。

ロベルトのさまざまな思い出の内には、リシュリューとマザランの時代（一六・一七世紀）に関わるパリの生活が出現しているし、サロンの論戦では当時の認識、哲学、慣習、風俗、文学が滲《にじ》み出ているのである。ロベルトは多種多様な色彩の翼をもつ小鳥たちの小屋を発見する。その中には卵を産む、思いがけぬめんどりもいた。ダフネ号上には菜園もあった。日光を浴びたり周辺の世界を観察したりすることにもだんだんと成功していく。

ところが船は無人ではなく、誰かが秘んでいて、知らぬ間に植物に水をやったり、卵をくすねたり、品物を移動させたりしていることに気づく。物置きには夥しい時計も見つかった。ロベルトは定点――つまり、グリニッジ天文台の対子午線（大圏最遠点）――探求のための粘り強い国家間闘争のことを知っていたため、警戒し始める。ダフネ号は（自分がこれまで航海してきた船と同じく）植民地建設国家にとっての肝要な問題（つまり、経度の問題）を解決する目的で送り出されたのかも知れないのだ。記憶をたどりながら、ロベルトはかつてアマリッリ号で行った旅を再構築していく。

その記憶は航海の技術、方法や、さまざまな問題に関する情報であふれていた。とりわけ記憶していたのは、いわゆる〝武器の軟膏〟を用いて経度を測定しようという難題の対象として、乗客の目のつかぬ所に隠された、負傷した一匹の犬を発見したときのことである。「……その犬は英国で傷つけられており、科学者バードはこの犬がいつも傷つけられた状態にあるように留意していた。他方、ロンドンでは或る人が毎日、決められた当該の時間になると、何かを罪深い武器に当てたり、犬の血で汚れた布切れに当てたりして、反応を起こさせるのだ――症状が緩和されることもあれば、一層ひどく苦しむこともあろう……」。

ロベルトはとうとうダフネ号上で共生している人物に出くわす。老イエズス会士、カスパル神父だった。確認したところでは、この船は地中海から出港して、アフリカを周航し、ソロモン群島に到着することになっているとのこと。彼の航程では、オーストラリアに到着するはずだったが、結局入り江に着岸したのだという。カスパル神父は或る昆虫に刺されて、膿疱《のうほう》ができ、高熱をだしたため、乗組員は感染を恐れて島に逃げ出し、船上にはこの老人だけを残したのだった。ところが、島の乱暴者たちは乗組員や船長を次々と殺害してしまう。だから、カスパル神父ただひとりだけ取り残されたというわけなのである。

彼の目的は、以前に〈島〉の上に設置してあったマルタの望楼に到達することだった。ロベルトはこの師匠の良き弟子として、この新世界と一緒に、そこの動物たち、植物、諸特徴をも発見する。このマルタの望楼は道具一式を備えた装置であって、陸地の経度を測定するのに確実な方法を供してくれていることがだんだんと分かってきた。それは一種の巨大な時計、生きた書物なのであり、宇宙のあらゆる謎を解き明かすことを可能にするものなのだ（詳細は *L'isola del giorno prima*, pp.285–286）。逆に防揺設備（Instsumentum Arcetricum）はガリレオ・ガリレイが下準備し、カスパル神父が現実化したものであって、船内から経度を測定する確実な方法なのだ。対話を重ねる内に、ガリレオの発見や、コペルニクス説や、プトレマイオス説についてもふんだんな情報が披瀝されていく。

〈島〉に何とか到達しようといろいろ試みるのだが、この二人の難破者は泳ぎができないものだから、どんな物や戦略に訴えても無駄に終わる。最後に残ったのは、水中鐘だった。老神父がその鐘の中に入り込む。ロベルトは彼が再浮上するのを待ったが無駄だった。ロベルトはいろいろと仮説を不安げに練り上げてから、考え込むのだ。

「確かにカスパル神父は言ったのだ、あの彼が目の前に見た〈島〉は今日の〈島〉じゃなくて、昨日の島だって。子午線の向こう側はまだ前日だったのだ！　だとしたら、あの海岸はまだ昨日だったのだから、今日水中に潜った人物があそこで見れたはずがあろうか？　あり得ないに決まっている。老人が海に潜ったのは月曜の午前だが、船上では月曜にせよ、あの〈島〉ではまだ日曜だったのだから、自分が老人を目撃できるとしたら、それはあの老人が上陸する頃、つまり自分の明日〔火曜日〕の午前頃――〈島〉の上ではやっと月曜日になったばかりの頃――のことだろう……」。

「……だから、自分はもう一日待たなくちゃならない、彼は子午線を越えるや否や、日曜日にバックしただけなんだ……してみると、僕が見ている〈島〉は日曜日の島なんだ」。

「対蹠《たいせき》地点の子午線上での不可思議な奇跡はすべて、昨日と明日との間に起きるのであって、昨日と明後日とか、明日と一昨日との間に起きはしない」。「今やはっきりした、カスパル神父はあの海からもう決して脱出することはあるまい」。

ロベルトはひとりぼっちになり勇気をなくして、「この幽閉状況からの唯一の脱出法は、乗り越えられぬ〈空間〉にではなく、〈時間〉の中に探し求めるべきだ」と分かるのだ。「自分の明日への恐ろしい歩みをくい止める」には、〈島〉に到達せねばならないのだ。

そこで、泳ぎ方を覚えようといろんな試みを繰り返すことになる。

これまでの千変万化を追考してみて、すべての不幸の原因が兄弟フェランテにあると思い当たる。愛人との離別のせいで鋭い痛みを感じているはずなのだ。

ロベルトはさまざまな出来事の一部始終について小説を書くのが弁済になると思いながらも、他方では、息抜きに泳ぎを試みて、それに習熟していく。フェランテも或る島に閉じ込められていて、ちょうどロベルトも切り離されているのと同じように、女性から離されてもう二度と到達することもないであろう、第二のダフネ号を眺めているのでは、と考えてみるのだった。次の瞬間には、こんなことを想像するのだった――夢の中でのみ可能な世界の話だが、フェランテが解放されて、絶えず新しい島の発見を目指して太平洋に向けて進む速い船上で、女性と再合流する情況を。

そうこうする内に、ロベルトはダフネ号と〈島〉との間に介在するサンゴの障害物にぶつかる。移動しようとして、魚で負傷する。

高熱を出し、だんだんとうわ言を言ったり夢みたりするに至るのだ――地獄や、ユダやデーターを変えてのいろいろな結びつきを想像してみる。この精神錯乱状態の中では、ユダもフェランテも同じなのだ。

発熱から回復して、ロベルトは死の意味を省察し、「私は生き返ったが、生命から脱出するのが定めなのだと悟った」と主張している。ロベルトの考想した小説は徐々に拡がりを見せているし、著者のウンベルト・エコの小説類型学に関する省察も頻出している。ロベルトは死が切迫しているのを自覚して、ダフネ号上の小鳥たちを解放してやり、時間を消すために時計を海に投げ入れ、船に放火し、海中に身投げするのである。

さて、以上でわれわれは詩的霊感にあふれた第三作の梗概をいつもマンドローニョ的ながら、高貴な鍵で読んだことになる。ここでもはっきりとかつ伝統に則って、作者はたいそう馴染み深いこの地方のいろいろの人物を選んでいる。全体が一七世紀の哲学やすばらしい詩的記述に傾注されている。つまり、エコはその書き物において学者としての真面目《まじめ》さを放擲《ほうてき》したことは決してないのだ。彼が私（G・ピアッザ）に個人的に語ってくれたところによると、『振り子』の執筆中、腕に時計をはめ、言及した距離や場所を正確を期して辿ってみたとのことである。

私が彼と大阪で会ったとき、彼は私のトリーノ訛りに驚いたのだが、私がもっと驚いたのは彼がすっかりひげを落としていたことだった。本書に収録した多数の未公開写真でも、ひげの無いウンベルト・エコがご覧になれるであろう。後にも先にも決して見られない代物である。彼が説明してくれたところでは、その本当の理由はフィジー諸島での海中探索のためだったのであり、厳密にはロベルトが乗っていた船の傍の雰囲気を把握するためだったのである。だから、これはいつものエコらしく、真面目かつ献身的な小説家として必然だったことになる。以下、マンドローニョ人としての性格が確認される箇所をより具体的に例示しておこう。

「ポッツォ・ディ・サン・パトリーツィオ家はこのアレッサンドリア人との境界にグリーヴァの広大な地所を所有している小貴族の一家だった（当時、アレッサンドリア人はミラノ公国の一部に属し、だから、スペイン領に従属していた）が、政治地理学とか気質からすればモンフェッラート侯爵の下臣だった。父親は妻とはフランス語を話し、農民とはイタリア語を話し、ロベルトに対しては、剣術を教えたり、乗馬に連れ出して収穫を荒らす鳥たちをのろって畑の中を駆け回ったりと、場合に応じて異なる言葉を使い分けていた。〔中略〕彼の心の放浪癖に火をつけたのは、城の南塔で埃にまみれているのを見つけた、中世ロマンスや騎士道の詩であった。」

次は父親のもっともながら、厳しいが愛情のこもった教育法である。

「父親はその土地の男たち特有の寡黙な厳しさで息子を扱ったとはいえ、もちろん愛情を込めてそうしていた。ときには――五歳そこそこのとき――息子を抱き上げて、『お前は儂の長男だぞ！』と誇らしげに叫んだことがあった。〔中略〕父親ははっきり断言するかのように言ったのではなく、未公開の封土譲渡ででもあるかのように、『お前』を強調して、『ほかの誰でもない、お前が儂の長男息子なのだぞ』と言いたかったらしい」。（p.24）

次に掲げるのは、とりわけ最前にもわれわれが我田引水しておいたアレッサンドリア地方のマンドローニョ的な呼び掛けを引用している有名な箇所である。

「『殿、平時に儀礼で敵を負かすのは、戦時に武器で負かすのに劣らぬ名誉です』とスペイン語で言ってから、立派なイタリア語で続けた、『殿、お通り下さい。われらの兵士の四分の一に貴殿の勇気の半分があれば、われらは勝利するでありましょう。天が私に戦場で貴殿に出会う喜びと貴殿を打倒する栄誉とをどうかお授け下さらんことを』。

『盲人になって死んでしまえ』（Fisti orb d'an fisti secc）とポッツォは歯の間で呟いた。これは彼の地方の言葉で、今日でも行われている願望表現であって、それが念願しているのは、おおよそ、話相手がまず失明し、その直後に首吊りするがよい、という意味なのだ」。（p.32）

もう一つ、今日的な情報を提供しよう。ピエモンテ人は口ぎたない不敬の言葉を吐くのが伝統になっているが、それに対して、南部イタリア人は神を大いに怖れているものだから、好んで性的な悪口雑言に訴える——もちろん、昔の話であり、それも男性だけしか使いはしないのだが。

「エマヌエーレ神父はあまり年老いていなくて、ロベルトに言わせるとたぶん、四十歳ぐらいだったし、『威厳があり愛想のよい、人を引きつける、赤みがかった顔つきをしていた』。〔中略〕悪態をつくのは、農民たちから受け継いだ悪習だったし、モンフェッラートの田舎の地主は、自分と対等の者を前にして、はしたない人間みたいな話し方をするのを、軽蔑の印と見なしてきたのである」。（p.82）

第八章 『バウドリーノ』

あら筋

一一五四年、赤髭帝フリードリヒがいまだ無冠のままイタリアに侵略したとき、ポー川流域の森と霧の中に迷い込み、若い農民バウドリーノに助けを乞う。こうして、フリードリヒはこの男の案内で自軍に戻った。この少年に好感を抱いたため、フリードリヒは彼を養子にすることにし、宮廷に連れ帰ることにした。

こういう導入の後で、舞台は一二〇四年のコンスタンティノープル寇掠《こうりゃく》の光景に移る。もうすでに六〇歳代になったバウドリーノが、十字軍の手からビザンティン帝国の歴史家・高官のニケタス・コニアテスを救出する。二人ともこの高官の住居に避難するのだが、その間にコンスタンティノープルは何日も燃え続けるのだが、その後二人は変装してこの都を脱出することに成功。その間、バウドリーノはニケタスに自らの来歴を物語った。

それで、以下に続いているのは、パリのソルボンヌ大学での勉学時代のバウドリーノの生活、継母ブルゴーニュのベアトリクスへの恋心、イタリア問題に対する皇帝の顧問としての関与、アレッサンドリアの創建、バウドリーノが若干の友人たちと一緒に、フリードリヒの率いる第三次十字軍に参加したこと、などである。

以下の続きはすべて、極東の一大キリスト教国家の伝説上の王＝司祭たるプレスター・ジョンの神秘の地への探索が導きの糸となっている。聖地パレスチナへの道中、フリードリヒは謎めいた事情で死亡したため、バウドリーノもその友人仲間も熱望していたプレスター・ジョンの王国探索の企てを中止する。幻想的な生き物が住む未開の地を通過する旅は幾年も続き、とうとう或る日のこと、旅人たち一行はプレスター・ジョンの王国への入口たる、プンダペッツィムに到着する。

主人公たちは奇妙な生物――ブレンムス、サチュロス、パノッス、巨人、スキアポデス――の棲みついた世界にぶつかる。これらは司祭ヨハネ（プレスター・ジョン）の次期後継者助祭ヨハネの下臣だった。この司祭の国に接近できることを期待して、バウドリーノはヒュパティアという雌サチュロス（つまり、半女・半雌ヤギの生物）――ヒュパティア族に属しており、歴史上のヒュパティアの子孫――に恋し、そしてハンセン病にかかった助祭ヨハネと友情を結ぶ。しまいにプンダペッツィム王国は、白フン族の攻撃が切迫しているとの報せに動揺する。バウドリーノの仲間らにより実行された防御の試みにもかかわらず、プンダペッツィムの住民は侵入者たちにより打ちのめされるのであり、ほんの奇跡のせいで、バウドリーノと若干の生き残りの仲間がやっと救出された。けれどもバウドリーノのヒュパティア探索に戻りたい、とのしつこい説得にも耳を貸さずに彼らは帰国することを主張した。この非常時に、バウドリーノの手に託されたのは、瀕死の助祭の肖像を包んだ長い聖骸布《シンドネ》だった。

帰還の旅は新たな数々の冒険に満ちたものだったが、バウドリーノもその仲間一行もコンスタンティノープルに戻るのである（まさしくここでは、パウドリーノとニケタスとが出会う以前の、フリードリヒ死去の真相や最後の検討にわれわれは立ち合うことになる）。柱頭行者のような苦行をしばらくしてから、バウドリーノは自分の一生をプレスター・ジョンの王国とヒュパティア探索に奉じるべきことを理解して、心中にこの希望を抱きつつ、新たに東方へと向かうのだ。

『バウドリーノ』は、このタイトルからしてもいわばアレッサンドリアの英雄伝説《サーガ》であり、n乗ものマンドローニョ魂の塊りなのだ。この町に生まれた者にとっては、それが伝統や伝説として広く知られることは名誉なことなのである。だから、ウンベルト・エコはその登場人物をすべて、自らの地方——主としてピエモンテ——の出身にしているのだ。主人公は？　バスカヴィルのウィリアムは？　『バラの名前』の素晴らしいところがここにあるとしても、エコの真の小説はいまだ知られてはいなかったのであり、彼本人は晩年には、このあまり感心しない書物の成功にいささかうんざりしていたのである！（これはエコ本人が筆者（G・ピアッザ）に語ったことだった——編訳者注）その証拠は『バウドリーノ』の出だしの手紙であって、この原稿はマンドローニョの人にとってであれ、ピエモンテの人にとってであれ、そのままが愉快この上ない代物なのだ。さっそく見本を呈示しておこう。

僕の書き直したこれらの文書が見つかってもどんな書記官長だって意味がわかるまい何故《なぜ》ならこれはフラスケータの人が話すコトバ《レングワ》だが誰もそれを筆記したことがないからだ

でもこれが誰も理解できないコトバであるのなら僕の手になるものだとすぐに感づくだろう何故ならフラスケータで我々が話すコトバは下品で人間の話すものとは思えないと誰もが言うからだ僕はうまくこの文書を隠さなければならない

やれやれ書くのはなんて大変なんだ五本の指全部がもう痛くなってきた

僕の父ガリアウドはいつも言う僕がワラワの頃より誰かが単語を~~い~~~~四~~~~四~~~~五~~V個言えばすぐにそれを復唱できたのはロボレートの聖母マリアのおかげなのだとたとえそれがテルドーナやガーヴィの話し言葉であれ犬語同然のメディオラヌム〔ミラノのこと〕のであれだ従って僕が生まれて初めて会ったドイツ人はテルドーナを包囲していたドイツ人だったのだが野蛮人も田舎モンもみなシッシ《ラウス》とかマイッタネ《ミン・ゴット》とか言うので僕も半日後にはラウスとかマインゴットと口にしていた奴らは僕に言った小僧《キント》きれいなフロウエを探してこいや俺たちゃ一発槍テイ相手の了解なんかはどうでもいいオメエは俺た

ちにどこにいるかを言えばいいあとはこっちでつかまえる
僕がフロウエって何だいって聞くと奴らはドミナだのダウナだのフェメナだのと言い換えたあげくにワカルカ《ドゥ・フェアシュタン》と大きなオッパイの手振りをしてさらに言う何故なら包囲網を敷く俺たちはオナゴにごぶさたテルドーナのオナゴたちは中にこもったきり俺たちが入城さえすればなんとでもなるが今んとこ城壁の外には姿を見せないからだ奴らはそれからさすがの僕も鳥肌が立つほど口汚く罵った
この薄汚ねぇスウェビ族めと僕は言ったオマエラなんかに女の居場所を言うもんかオレはスパイじゃないぞマスでもカイてろい
えらいこっちゃ奴らは今にも僕を殺そうとした
殺そうとしたあるいはアヤめようとしたとラテン語でネカーバントと書いてはみたがコチとらラテン語を解するわけじゃなし何故ならラテン語の本を読む勉強はしたからラテン語で話しかけられればわかるもののその言の葉《ウェルバ》をどう書けばいいのかわからない
くそ忌々しいことに僕はラテン語で馬と書くときエクウスとエクウムのどっちが正しいかわからず間違えてばかりだが僕らの地方では馬をカバッロではなくチヴァウスというので間違えっこない何故なら誰ひとりカヴァッロとは書かないからというか読み書きが全くできないから
とにかくそのときは無事ですみドイツ人たちは僕には指一本触れなかった何故ならちょうどそのとき再攻撃だ突撃するぞと叫びながら兵隊たちがやって来てそのあと大混乱となり僕はわけがわからなくなったからだ従者があちら矛槍《ほこやり》をかつぐ歩兵はこちらと右往左往ラッパが鳴りブルミアの木々のように高い木造のやぐらが石弓射手と投石兵を乗せたまま台車のように動き梯子《はしご》を持った兵にも巨大な匙《さじ》のようなもので投石する兵にも雨アラレと矢が降り注ぎデルトーナ〔テルドーナのこと。現トルトーナ〕の人々が城壁から投げつけるありとあらゆる物が僕の頭をかすめていった、戦闘だ！
僕は草むらに隠れて聖母マリアよ我を助けたまえと祈ったがしばらくしてすべて静まりかえるやパピーア〔パヴィーアのこと〕の

言葉を話す人々が僕の脇を走り去りながら口々にデルトーナの連中を血の海ができるほど大勢殺してきたと叫んでいた彼らは五月一日の祭みたいに陽気だったミラノ人と同盟を結ぶとどうなるかテルドーナはこれで思い知っただろうと言わんばかり

（『バウドリーノ』堤康徳訳、岩波書店、二〇一〇、上、四―五頁）

非ピエモンテの人にはほとんど解読不能な意味が完璧に書き尽くされているため、翻訳では、こういう支離滅裂な原文のおかしさがどうしても失われてしまう。繰り返すが、どうしても対訳で点検する必要があるだろう。教養のあるアレッサンドリア人だけしかこのいわばラブレー的な書き物の滑稽味と博学振りを把握できないであろう。以下では、マンドローニョ地方に生まれたことを誇りにしているバウドリーノの〝信条告白〟の若干を掲げておこう。


「このコンスタンティノープルはなんとすばらしい都だろう。驚きに満ちている」とバウドリーノは螺旋《らせん》階段を降りながら言った。「この豚どもが跡形もなく破壊してしまうのはなんとも残念だ」

「この豚ども？」とニケタスは聞き返した。「あなたもそのひとりではないのですか？」

「私が？」バウドリーノは驚いた。「私はちがう。この服からそう判断されたのでしょうが、これは借り物です。あの連中が市内に入ってきたとき、私はすでに城壁のなかにいました。ところで松明はどこにあるのですか？」

「あわてなさるな。まだ段がある。あなたはどなたですか、お名前は？」

「アレッサンドリアのバウドリーノ。アレッサンドリアといってもエジプトではありません。今はチェザレーアと呼ばれる町。いや、もはや名前すらない、コンスタンティノープルのように誰かに燃やされてしまったから。それは向こうの、北の山々と海の間にあって、メディオラヌム〔ミラノ〕のそばなのですが、ご存じですか？」


（『バウドリーノ』上、二八頁）

「騎士殿」とバウドリーノは洗練された言葉づかいで答えた。「私はフラスケータの生まれですが、何年も前に家を出ましたので、ここでこんなことが起きているとは夢にも思いませんでした。私の名はバウドリーノ、ガリアウド・アウラーリの息子……」

（『バウドリーノ』上、二〇四頁）

この手紙を原文イタリア語で読んでいくと、アレッサンドリア生まれの人間には笑いを催さずにはおかない。ラテン語とアレッサンドリア人の俗語との入り混じったチャンポンの言葉遣いになっているからだ。この言語表現にはマンドローニョ人の読み・書き・聴き・喋るという四能力がすべて発揮されている。本当は原文と対訳で読む必要があろう。もう少し引用しておく。

ぼくは腰を抜かした大変だ聖バウドリーノが本当に現れて僕を地獄に落とすつもりだぞ彼はしかしすまんが小僧っ子《クライネ・キント・ビッテ》と言った僕はすぐに彼がドイツ人の貴族で霧のために森で迷子になり仲間とはぐれたのだとわかったすでに夜も更けていたから彼は僕に一枚の貨幣を見せた僕はそれまで貨幣など見たことがなかったが彼の国の言葉で答えるのを喜ぶ彼にドイッチュ語でこのまままっすぐ進めば沼に落ちるのはお日様を見るより明らかだと言った

ナイフで切れるほどの霧の日にお日様を見るよりもなんて言うべきじゃなかったが兎に角も彼は理解した

僕は言ったトイツ人たちがレバノンスギが咲くような常春の国から来ていることを知っていますがボルミダ川とターナロ川の合流する沼地ここパレーアでは霧が出るのですそしてこの霧のなかをシャルルマーニュが戦ったアラビア人の孫の孫にあたる悪党がいまだにうろつき外国人を見るや顔面をなぐって髪の毛すら持ち去ろうとしますそれゆえ父ガリアウドの小屋にいらっしゃれば熱い一杯のスープと馬小屋のワラの寝床でもてなしましょう明日の明るいうちに道を案内いたしますその貨幣が頂ければなおのこと大変ありがたい《グラッチェ・ベネディチチ》です私どもは貧しいけれども正直者ですから

こうして彼を父~~ガネアウド~~ガリアウドのもとに連れてゆくとなんてオマエは馬鹿なんだと父はわめき始めた通りすがりのどこかの馬の骨にワシの名前を言うなんて何を考えてやがるんだもしかしたらモンフェラート侯の家来で作物やまぐさや豆類の十分の一税あるいは飼葉税や家畜の賃貸料を要求してくるかもしれんで若《も》しそうなればワシらはオシマイだと言って棒をつかもうとした

あのお方はドイツ人でモン・フェラートの人ではないと言うと父は闇夜を歩くよりもさらに危険だと言い返したけれど僕が貨幣のことを話すとすっかり怒りがおさまった何故ならマレンゴ村の出身者は牡牛のように頑固だが馬のように柔軟でもあるからで父は儲け話の匂いを嗅ぎつけて言ったヨイカいろんな言葉のできるオマエがこう話すんだ

一つ、我々は貧しいが正直者である

それはもう僕が言った

かまうものか同じことを繰り返せ一つお金には感謝いたしますが馬の飼葉の分がまだです一つ熱いスープにチーズとパンと百薬の長を一杯付け加えましょう一つ今夜はいつもはオマエが寝ている~~とび~~火のそばで寝てもらうオマエは馬小屋で寝ろ一つ貨幣を見せてくださいあっしはできればジェノヴィーノ金貨を頂きたいあなた様は家族同然です私どもマレンゴ出身者にとってお客様は聖人様です

客人はハッハッと笑って言ったおぬしたちマレンゴ人はさすがに抜け目ないのうしかし取引は取引だ余はおぬしたちに二枚この貨幣をやろうそちはジェノヴィーノ金貨をよこせというが馬鹿をぬかすでないジェノヴィーノ金貨一枚でおぬしたちの家も家畜も買《カウフェン》えるわ黙ってこの貨幣を取っておけこれでも充分な稼ぎになるではないか父は黙って客人が机に置いた二枚の貨幣を取ったマレンゴ人は頑固者だが柔軟でもあるからだ（客人は）狼のようにガツガツと喰ったそれも一匹ではなく狼二匹分の喰いっぷり父と母は僕がフラスケータに行っているあいだ一日じゅう腰が折れるほど働いていたので床についた客人《ヘル》は言ったこのぶどう酒は美味だも少しくれんか小僧《キント》火のそばに寄って話してくれおぬしは何故ドイツ語がそれほど達者なのか

親愛なる兄弟イシングリーノそなたの頼みどおり我が年代記の最初の数巻を送らん
　よもや人間の過ちにより
この箇所も消去できなかった
さてその夜の話に戻ろう何故ぼくがドイツ語を知っているのかあのドイツのお方が尋ねたところだった僕は彼に言った僕は使徒のごときコトバの才に恵まれマグダラのマリアみたいに幻視の才に恵まれています何故なら僕は森に行くと乳白色の一角獣にまたがった聖バウドリーノに会えるからです螺旋《らせん》形のその角は馬の鼻面にあたるところにあります
（『バウドリーノ』上、八―十一頁）

　さて、小説のなかほどでエコはわれわれにガリアウドと牝牛ロジーナの伝説を再度呈示している。彼らは狡猾な嘘をついて、赤髭帝の攻囲からアレッサンドリアを解放したのだった。

　その傍らには、手あたりしだいに刈り取られた小麦や種の袋が続々と届けられ、それを次々とバウドリーノが、哀れな牝牛に食べさせようと、鼻先に置いていた。しかし、もはや牝牛は、呻きながらうつろな目で周囲を眺め、反芻のしかたさえ忘れているようだつた。こうして、結局、そこに居合わせた数人が別々に脚と頭を抑え、さらにほかの者たちがむりやり口を開かせると、牛は弱々しく鳴いて拒絶したが、ガチョウと同じように、喉に小麦を押しこまれた。やがて、おそらくは生存本能から、あるいは、最良の時代の思い出に衝き動かされて、神の恵みを舌でかきまわしはじめた。そしてそれを、自らの意思によって、また、まわりの者にも助けられながら、飲みこみはじめた。
　それは楽しげな食事ではなかった。ロジーナが、まるで出産のときのように、呻きながら食べていたので、おのれの動物の魂を神に返そうとしているのかと、居合わせた者全員が一度ならず思った。だがやがて、生命力がよみがえり、四つ足で立ち上がると、真下に置かれた餌の袋に鼻先を突っこんで、ひとりで食べつづけた。要するに、そこにいた全員が見ていたのは、やせ細り、寂しげな、一頭の珍妙な牝牛だった。背骨がくっきりと浮き上がり、それを包む皮から飛び出そうだったのにたいし、水がたまった腹部は膨れて丸くなり、十頭の子牛を胎内に宿しているかのように張っていた。

「むりだ、うまく行くはずがない」ボイディは、その見るからに痛々しい異様な姿に首を振った。

「どんなまぬけでも、この牛が太っておらず、腹に餌を詰めこんだ牛の皮にすぎないことに気づくだろう……」

「太った牛だと信じたとしてもだ」とグアスコが言った。「飼い主が命と財産を失う危険をおかしてまで、のこのこと牛を牧草地に連れ出すなどと、誰が思う？」

「友人たちよ」とバウドリーノが言った。「忘れないでほしい、牛を見つけるのが誰であろうと、どこが太っていてどこがやせているか、気にしているひまもないほど、包囲軍が飢えていることを」

バウドリーノの言うことは正しかった。九時課の頃、ガリアウドが城門を出て、城壁から半哩ほど離れた草地に向かうやいなや、林から、ボヘミア人部隊が出てきた。あたりに生きた鳥がまだいれば、それを捕まえるつもりだったにちがいない。しかし彼らがそこで見たのは牝牛だった。飢えた自分たちの目が信じられなかったものの、ガリアウドのほうに突進し、すぐに両手を上げて降参した彼を、牛といっしょに陣営まで連行した。たちまち、そのまわりに、頬がこけ、目が顔から飛び出そうな兵士たちが群がった。哀れなロジーナは、すぐに喉を掻き切られた。手馴れた手つきのコモの男が、たった一撃で、アーメンを言う間もなく、一瞬前まで生きていたロジーナを屠《ほふ》ったのだ。ガリアウドが本当に泣いていたので、どうやらこれは現実らしいとみな納得したのである。

牝牛の腹が割かれると、期待されたとおりのことが起こった。餌が急激に胃に送られたため、ほぼ原形をとどめたまま地面いっぱいに広がり、それが小麦であることは誰の目にも明らかだった。驚きは飢えをうわまわった。いずれにせよ、空腹は、兵士たちの初歩的な推論の能力まで奪ってはいなかった。包囲された町で、牛たちまでこれほどの贅沢ができるというのは、人智を超え、神の摂理にも反することだった。飢えた兵士がひしめくなか、ひとりの従卒が、自らの本能を抑えて、上官たちにその驚くべき事実を報告すべきだと決断した。その知らせはたちまち、皇帝の耳に入った。そのそばではバウドリーノが、平静をよそおいながら、内心は緊張し、一報が届くのを今か今かと待っていたのだった。

一枚の布にくるまれたロジーナの亡骸《なきがら》と、あふれ出た小麦とともに、足かせをはめられたガリアウドがフリードリヒの面前に連れられてきた。息絶えてまっぷたつにされた牝牛は、太っているようにもやせているようにも見えなかった。唯一はっきりとわかったことは、その腹の内側と外側にあるものだった。フリードリヒはそれを無視できない徴候とみなし、すぐに農民を問いただした。「おまえは誰だ？　どこから来たのか？　その牝牛は誰のものか？」ガリアウドは、ひとことも理解できなかったとはいえ、きついパレーア方言で答えた。知らない、おれはそこにいなかった、おれは関係ない、たまたまそこを通りがかっただけだ、その牝牛を見るのは初めてで、そう言われなければ、それが牝牛だということもわからなかった。当然フリードリヒにわかるはずもなく、バウドリーノに向かって言った。「おまえは、獣のしゃべるようなこの言葉がわかるはず。なんと言っているか教えろ」

バウドリーノはガリアウドとのやりとりを訳した。「牝牛については何も知らず、町の裕福な農民から、牧草地に連れてゆくように頼まれた、と申しております」

「それはもうよい、牝牛が小麦をたらふく食べていた理由を尋ねよ」

「どの牝牛も餌を食べてから消化するまでは、腹がふくれるものだと申しております」

「ばかをぬかすなと言え。さもなくば、あの木に首を吊るすぞ！　あの町で、あの山賊が住む町で、牝牛にいつも小麦を食わしているだと？」

「干し草とわらが足りねぇから、わしたちゃ、牛には小麦を食わす……それに、アルビオニも」とガリアウド。

「そうではないと申しております。包囲戦で干し草が不足している今だけだそうです。それに、餌がすべて小麦というわけではなく、干したアルビオニもあると」とバウドリーノ。

「アルビオニだと?」

「ピセッリ、つまりドイツ語でエルプセ〔エンドウ豆〕です」

「なんだと、余はそれを、鷹についばませ、犬に噛ませておる。小麦やエンドウ豆ではなく、干し草が足りないとはどういうことだ?」

「城内では、周辺部の牝牛をすべてかきあつめたために、世界の終末まで焼いて食べるだけの肉が今やあるとはいえ、牝牛が干し草をすべて食べてしまったせいで、人々は肉を食べられてもパンが食べられず、干したエンドウ豆などもってのほか。というのは、貯蔵してあった小麦の一部を牝牛に与えたからです。何でもそろっているわが方とはちがい、彼ら哀れな籠城軍は、あるもので間に合わせなくてはならず、だからこそ、牝牛に少し草を食べさせようと外に連れ出したそうです。これらの餌だけでは健康を害し、回虫がわいてくるので」

「バウドリーノ、おまえはこの痴れ者の言うことを信じるのか?」

「私はただ彼の言うことを訳しているだけです。少年時代の記憶では、牝牛が小麦を好んで食べたかどうかたしかではありませんが、この牝牛の腹がそれでいっぱいなのはたしかですから、目撃証拠は否定できません」

フリードリヒは髭をととのえ、目を細めてガリアウドを見つめた。「バウドリーノ」と彼は言った。「この男とすでに会ったことがあるような気がする、ただし、だいぶ昔のことではあるが。おまえは彼を知らないのか?」

「父上、私はこのあたりの人間ならみんな多少は知っています。ですが、さしあたっての問題は、この男が誰かを問うことではなく、本当に城内には、まだ多くの牝牛がいて、みんなこんなに多くの小麦を食べているかどうかです。というのは、率直な意見を言わせていただければ、父上をだまそうとして、最後の牝牛に最後の小麦を詰めこんだのかもしれませんよ」

「それはもっともだ、バウドリーノ。そんなことは考えてもみなかった」

「陛下」とモンフェッラート侯が口をはさんだ。「あの田舎者どもに、われわれ以上の知性があるとは思えません。これは、私たちの想像する以上に食料が豊富にあることの明白な証拠にちがいありません」

「そうだ、そうだ」とほかの貴族全員がいっせいに声をあげたので、バウドリーノは考えた。これだけ多くの者たちがこぞって嘘をつき、しかもおのおのが他人の嘘を重々承知という事態は見たためしがない、この包囲戦にみんながうんざりしている証拠だろう。

「まさしく余の見解どおりだ」とフリードリヒは抜け目なく言った。「敵軍がうしろに迫っている。ここロボレートを征服したところで、別の軍との対決を回避することはできまい。町を陥落させて、城内に侵入しようと考えてはならない。このように粗悪な造りの城壁は、わが方の品格にふさわしいものではあるまい。よって、みなの者、余は次のような決断を下した。哀れむべきこの町を、哀れな牛飼いどもにくれてやろう、そしてわが方は、もっと別の戦いにそなえよう。下された命令が適切であることを願う」それから皇帝の天幕を出るときにバウドリーノに言った。「あの老人を家に帰してやれ。嘘をついているのはまちがいないが、嘘つきをみんな縛り首にせねばならぬとしたら、おまえはもうとっくにこの世にいまい」

「帰っていいよ、父さん、うまくいったよ」とバウドリーノは、ガリアウドの足かせをはずしながら、声を殺してささやいた。「トロッティに伝えてくれ、例の場所で今夜待っていると」

（『バウドリーノ』上、二五二―二五七頁）

もう二箇所、素晴らしい引用を行い、バウドリーノの実父ガリアウドに話させよう。そして木製のお椀がいったいどこに消えて行ってしまうのかを追跡することにしよう。

父はぶどう酒をなみなみとついだ木の椀を脇に置き、おっくうそうに手を動かして顔から蝿を払いのけながら、力なく横たわっていた。「バウドリーノ」とすぐに口を開いた。「わしは一日に十回も、今は亡きあの女に腹を立て、雷の矢で射抜いてほしいと天に願ったものじゃった。ところがどうだ、天の雷に打たれて死んでから、わしはもうどうしてよいかわからん。この家に何があるかもさっぱりわからん、片付けをしていたのは母さんだからな。堆肥用の熊手も見つからんから、牛小屋はまぐさよりも糞のほうが多いしまつ。そんなわけで、わしも死ぬことに決めたしだいじゃ、そのほうがよかろう」

息子が反対してもむだであった。「バウドリーノよ、このあたりの人間がみな頑固なことくらいおまえも知っておろう。いったん頭に入れた考えを変えさせるのは絶対にむりだ。わしはおまえみたいなグウタラとはちがう。おまえら旦那衆は、日によってあっちに行ったりこっちに来たり、けっこうな暮らしぶりじゃないか！　他人を殺す算段しか頭にないようなやつらなのに、いざ自分が死ぬとなると、小便をチビリやがる。わしのほうは、蝿一匹殺さぬように清く正しく生きてきた、聖女同然の女のかたわらでな。だが今、死ぬと決めたからには、死ぬ。わしの言うとおり、死なせてくれ、わしはもう充分満足じゃ、このまま生きながらえても、醜態をさらすだけ」

ときおりぶどう酒を飲んではまた眠りに落ち、再び目を開いて尋ねた。「わしは死んだのか？」「いえ、父さん」とバウドリーノは答えた。「幸い、まだ生きてます」「ああ情けない」と父は言った。「あと一日の辛抱、明日にもわしは死ぬぞ、安心せい」そして絶対に食べ物を口にしようとしなかった。

バウドリーノはその額をなで、蝿を追い払ってはみたが、どのように瀕死の父親をなぐさめればよいかわからず、またその一方で、彼の息子が、けっして彼が考えるようなうすのろではないことを証明したくて、もう何年も前から取り組んでいる神聖な事業のこと、司祭ヨハネの王国にどれだけ行きたいと思っているかを語りかけた。……

（『バウドリーノ』下、一二五―一二六頁）

読者諸兄に拝聴頂きたいのは、次のようなマンドローニョ的な考え方である。

するとボイディが口を開いた。フラスケータの言葉で話すのは久しぶりだった。「バウドリーノ」と彼は言った。「おれはあいつらみたいに空想家じゃないし、おもしろい話もできない。この世にないものを探しにいく人間がいるとは、笑わせてくれるじゃないか。大切なのは、この世にあるもの、ただし、それらをやたらに人に見せてはならん、妬みとは、獰猛な獣だからな。おれを信じてくれ、そのグラダーレは神聖なものだ、というのは、質素だから。およそ神聖なものすべてが質素なように。おまえがそれをどこに置きにゆくかはわからんが、おれが言う場所を除けば、すべて場違い。いいか、おれはこんなことを思いついた。おまえの親父さん、ガリアウドが死んでからというもの、アレッサンドリアの住民がこぞって、町を救った者に像を建てようと言いはじめたのをおぼえてるだろう。この手の話がどうなるかわかるな。さんざん話題にはなるが、いつまでたってもぜんぜん実行には移されん。ところが、おれは小麦を売りに方々歩きまわっているとき、ヴィッラ・デル・フォーロのそばの今にも崩れそうな小さな教会で、どこから来たものやら、じつにみごとな像を発見したんだ。像は、腰の曲がった老人をかたどり、両手で挽き臼《うす》のようなものを頭上にもちあげようとしてる。建築用石材か、あるいは、大きなチーズの塊か何かかもしれんが、とにかく老人はそれをもちあげることができずに、体をふたつに折っているらしい。そこでおれは考えた、この種の像には何かの意味があるはずだが、自分にはまったくその意味がわからない、だがそもそも、誰かが何かを作っても、その意味は他人があとで勝手に考えるもの、どんなふうにも解釈できる。見ろ、なんという偶然だ、とおれは思った。こいつはガリアウドの像ともなりうるぞ、大聖堂の扉のうえか、その脇に、小円柱のように嵌《は》めこめばいい、頭のうえのあの石がちょうど柱頭に見える、敵の包囲をひとりではね返した彼そっくりじゃないか。それでおれは像をもってかえり、干し草置き場に入れておいたんだ。この話を知人にしたところ、そいつはまさに名案だとみんなが言ってくれた。その後、良きキリスト教徒はエルサレムに馳せ参じよ、なんて、雲をつかむような話がもちあがり、おれも参加したというわけだ。後悔先に立たず。さて今からおれは故郷に帰るが、久方ぶりの再会だけに、どれだけ歓迎してくれることだろう、まだこの世にいる仲間たちは。若い者たちにすれば、おれは、エルサレムまで皇帝に従った男。夕べに火を囲み、魔術師ウェルギリウスよりも豊富な冒険譚を聞きたがるはずだ。ひょっとしたら、死ぬ前に、執政官《コンソレ》にだってしてくれるかも。家に着いたら、誰にも何も言わずに干し草置き場に行き、像を見つけ、頭上の例のやつに、なんとか穴を開け、そのなかにグラダーレを押しこむことにしよう。さらに、それをモルタルで覆ってから、裂け目が見えないように石の破片をかぶせ、大聖堂に像をもっていく。壁のなかにしっかり塗りこめば、世々限りなく《ペル・オムニア・セクラ・セクロルム》そこにありつづけ、誰も引きずり降ろしたり、おまえの親父さんのオツムのうえに何があるか見たりできまい。わが町は若く、妙な気を起こしてはならんが、天の祝福は誰の害にもならない。おれが死に、子供たちが死んでも、グラダーレはずっとそこにあって、町を守りつづけるだろう。誰もそのことは知らんほうがいい、神様だけが知っていれば充分。おまえはどう思う？」

「ニケタス殿、これこそ、この椀にふさわしい結末です。それはひとつに、何年も忘れたふりをしていたとはいえ、私しか本当の来歴を知らなかったからです。あんなことをしたばかりの私は、自分がこの世にいる理由さえわからなくなりました。これまで何ひとつ、まともなことをしたためしがないのですから。グラダーレをもっていれば、さらに愚行を重ねるかもしれません。善良なボイディの言うことはもっともでした。彼といっしょに帰国したいところでしたが、アレッサンドリアで何をすればよいでしょう、コランドリーナの数々の思い出に囲まれながら、ヒュパティアの夢を夜ごと見ろ、とでも？　私は名案を思いついたボイディに感謝し、持参したぼろきれで再びグラダーレを包みましたが、遺物箱には入れませんでした。旅の途中、山賊に出くわすかもしれない、と彼には言いました。金ぴかの聖遺物箱を見れば、奪われるに決まっているが、どこにでもあるような椀なら触りもしまい。さあ行けボイディ、この偉業に神のご加護がありますように。私はここにひとり残らねばならん、さあ行け。こうして彼も去りました。周囲を見まわし、ゾシモスがいたことを思い出しました。姿が見あたりません。いったいいつ逃げたものやら、ひとりが殺してやるともうひとりに言うのを聞いて、もめごとを避けるほうが得策だとこれまでの経験から判断したのでしょう。勝手知ったる場所ゆえに、手さぐりで、こっそり逃げたのです、こっちの頭がほかのことでいっぱいなのをいいことに。さんざん悪事をはたらきはしたが、彼は罰を受けています。これまでどおり路上で物乞いができますように、そして、神の憐れみがあらんことを。こうして、ニケタス殿、私は死者たちの廊下を引き返し、〈詩人〉の死体を飛び越え、競馬場付近の火事の炎が見えるところで地上に出ました。その直後に起きたことはご存じのはず、そのすぐあとに、私はあなたと出会ったのです」

(『バウドリーノ』下、三二三―三二五頁)

アレッサンドリア出身でない人は右のような素晴らしい発見がよく理解できまい。大聖堂を出ると、右側の角に今日でも小さな石像が見つかるのだ。ガリアウドなのか？　誰にも分からないのだが、エコはこれを活用して、不格好で謎めいたこの女身像柱《カリアティード》の中に埋め込まれた木の椀をもって、聖杯《グラダーレ》を不朽化しようとしているのである。

第九章『女王ロアーナの謎の炎』

あら筋

ジャンバティスタ・ボドーニ（通称ヤンボ）が文学の教師になり、妻パオラ（やはり文献研究――古本屋のこと――をしている）と一緒にミラノに居住している。夫は発作を起こし、数日後に目覚めるが、自分の過去の歴史に関する記憶（挿話的記憶）をすっかり無くするのだが、学校で学んだ基礎知識のような、他の多くの知識（意味的記憶）は残ったままだった。

失った記憶を回復すべく、妻に促されて、ヤンボはランゲとモンフェッラートとの間にある幼年期の家に出かける。そして、自分の記憶資料がいろいろそこで見つかるのだ。古いノート、昔読んだ本、レコード、幼少期の漫画を再発見して、少しずつ自分の過去の一部を取り戻していく。つまり、一九二〇年代から一九四〇年代にかけての漫画・小説・楽譜の厖大な検査をやり直すことになったのだが、その中には本小説と同名のチーノ・エ・フランコの漫画本も含まれていた。(*)

（＊）副題は「チーノ・エ・フランコの新しい冒険」となっている。（訳注）

ヤンボが先の教歴期間中に探しても徒労に終わっていたある一冊の古書を祖父の書庫に発見したのだが、これがまたも発作を彼に起こさせて、無意識状態に陥ってしまう。ところがこの状態で、欠如しているままだったすべての記憶を回復することに成功するのだ。しかしジャック・ロンドンの同名小説（エコの教養の土台となったテクストの一つ）の主人公マーチン・エデンみたいに、「彼が知った瞬間に、知ることを止めた」のだった。

そして、われわれはエコの第五の小説に到達したことになる。これは小説というよりも、愛書家の一マンドローニョ人の感傷日誌だ。おそらく日本語に翻訳されはしないであろう。読者諸兄がこの時代の諸関係に通暁していることはあり得ないからだ。欧米の読者には、或るページはもう古めかしくなっているにせよ、アルプスの向こう側に漫画文化が存在するために、いまだに了解され得よう。この小説はひどく自伝的であり、作家の心底話なのであって、彼と時代も国も同じくした読者にはたいそう分かりやすいものなのである。以下、要約も引用も僅かしか挙げていない。できれば、諸兄に最も霊感を呼び起こす言語――ひょっとしてイタリア語！――でこれを読まれたし。

「事情を話すと、君は学校のすぐ後ろに住んでいたから、下校時には角を曲がるだけで帰宅していたんだ。少女らは校長の鶴の一声で、男子生徒の後ろから下校した。だから、男子たちは学校《リチェーオ》の階段の前でばかみたいにじっと待ち続けない限り、決して彼女に会えはしないという窮地に追い込まれていたんだ。たいていは俺たちも少女たちも公園を横切って、広いミンゲッティ通り〔コルソ・ラ・マルモラ（大理石通り）〕に入らなくてはならなかったし、それから銘々が自分の道を辿って帰ったのだ。彼女はというと、広大なミンゲッティ通りに住んでいた。それで、君は下校時には公園の奥まで俺と同伴する振りをしながら、少女らが出てくる時間を見計って、後ろを振り返り、彼女が級友たちと一緒に下校するときに彼女とすれ違ったんだ。君はすれ違いざまに彼女を見つめれば、それで十分だったのだ。最高の日々だった」。

「俺は満足していたのさ」。

「いや、そうじゃなかったさ。当時、君はいろんなことをやりだしたんだよ。君は率先して校長に申し出て、教室に入って行って何か知らないが、切符を売る許可を得たんだ。そしてたぶん渡すお釣りが見つからなかったからか、どこかの銀行で三〇秒留ったかのような振りをしたんだ。君のなじみの歯医者がちょうど広大なミンゲッティ通りにあり、その歯科の窓が彼女の家のバルコニーに面していたものだから、君はよく歯痛を自分で起こしたりしたものだった。君は激しい痛みを訴えるものだから、歯医者はどうしてよいのか分からずに、慎重にドリルで穴を開けた。君は何度も何でもないことでよくドリルをかけてもらっていたし、待合室に居ながら、窓からじろじろ観察しようとしていた。もちろん、彼女がバルコニーに姿を見せたことは一度もなかった。雪が降っていたある夕方には、俺たちはグループで映画館からちょうどあの広大なミンゲッティ通りに出た。すると君は雪合戦をやり出し、君は人から酔っ払いじゃないかと思われるほど狂人みたいにわめいた。君がそんなことをおっ始めたのは、彼女が騒ぎを聞きつけて窓から顔を出すのを期待してのことだったのだが、きっと君は赤恥をかいたろうぜ。彼女が顔を出す代わりに、バルコニーに姿を見せたのは、実はひどい老婆であって、この婆さんは叫んで、警官を呼び寄せたのだった。君は別に楽しいアイデアも思いついた。リチェーオで雑誌を作ったり、出し物やビッグ・ショーを計画したりした。リチェーオの初年次を落第しかねないほど、君は雑誌・台本・セットのことばかり考えた。そしてとうとう成功を収め、全学や家族を含め、世界で一番面白いこのスペクタクルを講堂に観に来てもらう許可を三回も得た。彼女は二夜とも続けて来場した。すぐれた部分は、マリーニ夫人の個所だった。マリーニ夫人というのは自然科学の先生であって、細身で髪は後頭部で束ねており、胸は張っていなくて、べっ甲ぶちの大めがねを掛けており、いつも決まって黒い上っ張りをまとっていた。君も彼女みたいにやせていたし、それで彼女のまねをするのが一つの特技になっていた。君の横顔は彼女そっくりだった。君が入場したときには、カルーソも及ばないくらいの拍手かっさいがわき上がった。マリーニ夫人は授業中には、ハンドバッグからのど用のドロップを取り出し、三〇分間はほっぺを左右に揺らせるのだった。君がハンドバッグをあけ、口の中にドロップを入れる振りし、それから、舌を左右のほっぺに当てて揺らせると、ほら見たことか、舞台は爆笑の渦と化し、優に五分間も笑いころがせ続けたんだ。君は舌をちょっと動かすだけで、何百人もの観客に笑いの発作をもたらせていたんだ。君は英雄になっていた。でも明らかに君が興奮していたのは彼女がそこに居合わせていたから、そして君のことを見物していたからだったのだ」。(『女王ロアーナの謎の炎』Bompiani

2004, p.287）

もう少し、読者諸兄にとり興味深い、エコの幼少期の記憶を付け加えておこう。『振り子』とともに、『女王ロアーナ』は作者の生涯の或る期間をリードしていた若干のエピソードの内密な日誌なのだ、二冊のエコにとり親密なこれらの書物が、一〇歳年少ながら、隣人・同僚としての筆者（G・ピアッザ）の個人的体験にもいかに身近なものであるかということは、以下ではっきりとご覧になれるだろう。邦訳されることはまずないと思われるため、やや長目ながら、見本訳で呈示させて頂く。

〔ヤンボは〕待つしかなかった。僕が目覚めると、みんなを驚かすことだろう。でもそれでは今輪際目覚めることができまいし、それでこういう思い起こしの覚悟をしなくてはならなくなった。または、もう少しこの状態を続ければ、自分は消え失せてしまうであろう――だから、この瞬間を利用しなくてはならなかった。

ふと考えることを止めたとしたら、いったいどうなってしまうことやら？　この現世のごく控え目な態度にそっくりな、あの世の別の形が再現するのだろうか、それとも暗黒と無意識がいつまでも続くのだろうか？

許された時間をこんな問題に向けて空費すれば、僕は愚か者となろう。誰かが、たぶん偶然にも、自分が何者だったかを想起するための機会を与えてくれたのだった。これを利用するとしよう。もし詫びるべき何かがあれば、改心の実を示すことにしよう。(*1) でも、告解するにはまず、僕が何をやったかを思い出さなくてはならなかった。でも自分でもどれほどいい加減なことをやったかは分かっていたし、僕が誘惑したパオラとかいう未亡人たちも、もう僕をゆるしてくれることだろう。つまるところ、周知のように、地獄があったとしても、そこは空っぽだろう。

この夢を見る前に、僕はソアーラという田舎町で屋根裏部屋の中にブリキ缶の蛙を発見していたのだ。その蛙にはアンジェロ・オルソというぬいぐるみの名が付いており、文言「オジモ博士のドロップ」も刻まれていた。言葉はそう書かれてた。今でも目に浮かぶ。

オジモ氏はコルソ・ローマという大通りの薬屋だったし、卵みたいに禿頭で、空色の柄付き眼鏡をかけていた。母が僕を連れて注文しに行き、薬屋に入る度に、オジモ氏は脱脂綿のガーゼしか買ってくれなくとも、高所のガラスの容れ物（香しい白いビー玉が詰っていた）を開けて、ミルク・キャラメルの小さな包みを僕にくれたものだった。それをみなすぐに食べてはいけないことを分かっていたし、少なくとも三、四日間は持たせる必要があったのだ。

よく覚えていないが一四歳下だったろうか――最後に外出したとき、母は異常に大きいお腹を見せた。でもオジモ氏を最後に訪ねた後のことだが、或る日のこと、僕は地階に降ろされ、ピアッザ氏(*2)に預けられた、ピアッザ氏は森みたいに、生々した様子の動物たち、オウム、狼、猫、鷲でいっぱいの大部屋に住んでいた。僕に説明されたことなのだが、彼も動物たちもひとりで死ぬときに初めて、埋葬してやる代わりに、わらで覆ってやるのだ、とのことだった。あるときには、僕を自分の傍に座らせてから、彼はいろいろの動物の名前や特徴を説明して楽しませてくれたのであり、そこでどれだけか分からないほどの時間を過ごしたものだった。この素晴らしい墓地では、死は崇高で、古代エジプトみたいに思われたし、そこだけでしか感じられぬ芳香がしたし、たぶん化学者が準備したものと思われたが、ほこりまみれの翼や、なめし皮の匂いも漂っていた。僕の生涯でもっとも素敵な午後だった。

誰かが僕を受け取りに降りて来て、再び上階に上がらせ家に戻らせられると、僕が気づいたのは、死の王国に滞在していた間に妹が生まれてしまったということである。キャベツ畑に居た産婆さんを見つけて、連れてこられていた。この妹が白いレースの間から透けて見えたのは、うっ血したスミレ色の丸いたまだけだったし、その中央に黒い穴が一つ開いていて、そこから鋭い引き裂くような声が洩れてくるのだった。これは別に不都合というわけじゃないのだよ、と教えられた。妹が生まれるときにこんなことをさせるのは、こ

（＊1）カトッリク教会ではよく行われて来たことである。（訳注）

（＊2）これはエコが私（G・ピアッザ）のことを思い出したからなのか!?

ういう叫び方こそ、今やママとパパと兄とを持てて妹が満足しているということの表現法なのだから、とのことだった。

僕はひどく取り乱してしまい、オジモ氏に貰ったミルク・キャラメルを一個すぐにあげたいと提案したのだが、生まれたばかりの赤ん坊は歯がなくて、ママのおっぱいしか吸わないんだよ、と説明してくれた。僕としては、白い小球を投げてあの黒い穴に入れてやれば、さぞかし素晴らしかったろう。きっと僕は勝利しておまけとして赤人魚でも貰えたろうに。

僕はおもちゃの戸棚に駆け寄って、ブリキの蛙を取り出した。赤ん坊は生まれたばかりだったが、緑色のこの蛙はガーガーと鳴きながらお腹を見せて、赤ん坊を楽しませることしかできなかったからだ。無駄だった。それで僕は蛙を元に返し、がっかりして戻ってきた。それじゃ、この新しい妹はいったい何の役に立つというのか？　ピアッザ氏の古ぼけた小鳥たちと一緒に居たほうがましではなかったか？

ブリキの蛙と、ぬいぐるみの天使みたいな熊さん。屋根裏部屋の中で、僕の脳裡にこれらのものが浮かんだのは、もうすぐにミルク・キャラメルを欲しがる僕の遊び仲間になっていた妹と結びついてるせいだったのだ。

「ヌッチョ、止してよ。天使の熊さんがもうお手上げじゃないか」。このぬいぐるみへの虐待を止めるよう幾度いとこに頼んだことか。でも、彼は僕より大きかったし、司祭寄宿学校へ入れられていて、日中はずっと制服づくめの生活だったから、町へ戻ったときには、不快な気分をぶちまけていたのである。おもちゃでの長い戦いの終わりには、彼は天使の熊さんを争奪し、それを床の背もたれに結びつけ、筆舌に尽くせぬ笞刑《ちけい》にかけるのだった。

天使の熊さんはいつから所有していたのか？　これがやって来たときの記憶はグラタローロに言わせると、僕らがまだ個人的記憶を整序することを学んでいなかったところで消滅していた。この親しい天使は黄色味がかったブラシ天の生地で出来上がっており、人形みたいに両手と両足が動けたから、坐ったままで歩いたり、両手を天に上げたりできた。大きくて、堂々としており、両目は栗色にきらきら輝き、生気に満ちていた。僕とアーダはこのおもちゃ、人形の兵隊の王に天使の熊さんを選んでいたのだった。

年数が経ち、すり減ってゆくにつれ、この人形はますます大切なものとなっていった。びっこを引いても堂々としており、さながら戦闘を重ねて片目や片腕を失くした英雄みたいに、だんだんと威厳を帯びていった。

スツールも裏返すと、船や海賊帆戦や四角い船首と船尾をもつヴァーニア船になった。〔中略〕もっと遊び続けることもした。ビー玉遊びをしたりした。貧相な遊びだが、他におもちゃのないものには十分なものだった。粘土のもの、クリの実、ガラス（透き通っていて、アラベスクな着色が目についた）のもの、赤い筋模様入りの乳白色のものもあった。第一の遊びは玉入れであって、大通りや中央から、人さし指を親指の上で滑らせ玉を発射させ（ただし、もっと勇敢な者は人さし指の上で親指を滑らせた）、そして歩道に開けた小穴にぴたり命中させるのだった。そのビー玉を一撃で穴に命中させる者、きもなくば、段階を踏んでそうする者もいた。第二の遊びはスパンナ・チェッタ（ソラーラ地方ではチッカ・スパンナ）と呼ばれていた。ボウリングみたいなゲームであって、第一のビー玉に近づくことが大事なのだが、ただし四本指で測った手のひら《スパンナ》の長さ以上に近づいてはいけなかった。〔後略〕（『女王ロアーナの謎の炎』、p.311）

だんだんぼやけていく有名な、追憶に満ちた、エコにはなつかしい霧への賛美を見てみよう。


「君は見えない振りをしているが、そんなはずはない」、と僕はしかられた。僕は秋の霧が待ち遠しい。でも、〔パルチザン時代に〕恐怖の夜を過ごしたあのヴァローン〔ベルギー南部地方〕の霧の中であれば、霧を好むいわれはあるまい。とはいえ、僕を衛ってくれ、最後のアリバイを残させてくれたのもあの霧の中だったのだ。霧で何も見えなかったのだ。

初霧で、僕はだだっ広くて眠気を催す空間も抹消されてしまう、僕の旧い町のことを思い起こした。空間は消失しているのだが、乳白色のグレーがライトに照らされて、そこから角、曲がり角、外観がぱっと無から出現するのだ。一安心する。灯火管制みたいだ。僕の町は萌明かりで見られるように、壁づたいに歩くように幾世代にもわたって計画され、考えられ、つくられてきたのである。こうして町は美しくなり、守ってくれているのだ。（p.383）

〔初恋話〕……きっと彼女は頭で別のことを考えていたらしい。校門の出口に、背が高くてややブロンドの髪を蓄えたひとりの大学生が彼女を待つためにやってくることがあった。ヴァンニ(*)と呼ばれていた(姓だか名だか分からない)し、そのとき彼は首に絆創膏を当てており、友達には陽気な堕落した様子で、実は梅毒にかかったのさ、と行っていた。だが、あるときには、彼はヴェスパ(スズメバチ)を連れてやって来た。

ヴェスパが姿を見せたのは少し前のことだった。僕の父によると、そんな者を持っているのは、わがまま少年だけだった。僕にはヴェスパをもつことは、劇場に行って、橋の上で脚をむき出して佇むダンサーたちを見るようなものだった。彼女は罪に加担していたわけだ。仲間によっては、学校の出口で彼女をつかまえたり、あるいは夕方リチェーオの前の公園に集まり、通常故障している噴水の前のベンチに腰掛けて、長ったらしいおしゃべりに耽ったりした。ある者は売春宿のこととか、ワンダ・オシリスの雑誌について聞き知ったことを語った。そして話を聴いていた者は、ほかの仲間の目には、病的なカリスマを獲得していたのである。

ヴェスパは僕の目には法律違反に映った。彼女は欲求対象ではなかった。僕も彼女を手に入れようと考えるには至らなかったし、むしろ彼女は――後ろの席に女丈夫が腰掛けていたりしたら、人はガール・フレンド一緒に遠去かるものだが、そんなときに何が起きるだろうか、ということの――明瞭かつあいまいな証明だったのだ。彼女は欲望対象ではなくて、満たされざる(しかも、故意の拒絶にとっては満たされなかった)欲求の象徴だったのである。

その日、ミンゲッティ大通りをリチェーオの方向に回って、女友だちと一緒の彼女とすれ違うはずだったが、彼女はグループと一緒ではなかった。急いで通過しながら、僕は嫉妬深い神が彼女を僕から取り上げたのではないか、何か恐ろしいことが――あまり神聖ならざること、または(神聖だとしても)冥界のことが起きたのではないか、と怖かった。彼女は依然として、リチェーオの階段の前に佇んでいた――待ち伏せしているかのように。すると、ほら、ヴァンニが(ヴェスパのところに)到着した。彼は彼女を車に乗せたし、彼女は彼にしがみつき、いつものように、両腕を彼のわきの下に通し、彼を胸に押しつけたままで、立ち去った。(pp.408f)

この小説の最終部分は、すごく追憶を呼び起こすし、かつ個人的な箇所でもある。エコの間近に住んでいたことのあることの私（G・ピアッザ）は、古典リチェーオ（ジョンヴァンニ・プラーナ）の鏡的な変遷を彼と共有してきたのであり、むしろ幼少時代からヴァカンスの数ヶ月間、幼い私にはこの有名な学校（エコの一〇年後に通うことになる）の堂々とした階段を昇り降りして楽しんだものである。この漫画的な物語のフィナーレは幻想的であって、『振り子』にたいそう近いものである。どの登場人物もリチェーオの魔的な門を出入りしている。この劇場的な場景を読者諸兄に明らかにできるのは、写真だけだろう！

僕が前にしていたのは、このリチェーオの入口の門を縁取っているネオ・クラッシック風な円柱に向かって白く上昇していく階段の前である。僕は心が奪われたようになり、大きな声――「君が今見ていることを君の書物のページに書きたまえ。君が書こうと夢見ているだけでは、誰も読んではくれまいから！」と叫んでいる――のようなものが聴こえてきた。

階段の天辺には王座があり、その王座の上には、黄金の顔をした、恐くて冷酷なモンゴル人の嘲笑を浮かべた人物が鎮座しており、頭には炎とエメラルドの王冠をかぶっていた。全員がモンゴル人の明王朝の王に敬意を表して乾杯していた。（p.419）

（＊）筆者の私（G・ピアッザ）もこの通称〝ヴァンニ〟で呼ばれてきたから、ひょっとして、これは私への追憶（？）なのかも知れない。（G・ピアッザ　注）

第十章　『プラハの墓地』

あら筋

書類偽造者で秘密情報員のシモーネ・シモニーニが、一八九七年、パリの（隠蔽物として使用している）古物商の店の上にあるアパートで、もう老人ながら、来《こ》し方のもろもろの事件を日誌に記し始める。こうして、彼は記憶喪失症で無くしてしまったらしい若干の思い出を記憶によみがえらせようとするのだ。第二の登場人物ダッラ・ピッコラ神父のことは、シモニーニには知らないように思えるのだが、自分の住居と共同のアパートに住んでおり、理由は不明ながら、シモニーニの生涯の多くのことに通暁し、シモニーニの日誌の書類に干渉して、いろいろ注釈を施すことになる。これらのメモは主人公のそれと交錯するのであり、主人公シモニーニは（自己同一性の危機により欺かれてしまう読者と同じく）次の確信をする——つまり、二人は身元を同じくする（ただし、後では考え直し、伝記を語っていて、さまざまな不一致に気づき）逆のことも熟考せざるを得なくなっていくのである。第三の声は語り手のそれである。

シモーネ・シモニーニは生涯のもろもろの事実を回想していて、ピエモンテ人として生まれたことを思い出す。ごく早期に母の孤児となってしまい、トリーノで祖父ジョヴァンニ・バッティスタ・シモニーニの許で成長する。それというのも、父親は炭焼き党員(*)に加わっていて、よく留守にしており、内乱の組織に係わったからだ（一八四九年、ローマ共和国を防衛中に死亡する）。このジョヴァンニ・バッティスタは息子とは逆に、ひどい反動主義者で、カトリック教の盲信家だった。そして、孫にはユダヤ人に対する本能的な憎悪を植え付けたのである（主人公シモーネ・シモニーニの名前からして、サン・シモニーノという、伝説では一五世紀に北イタリアのトレントのユダヤ人たちにより、生贄《いけにえ》として殺害された幼児を記念して選ばれたものだった）。だからシモーネは、祖父が呼び寄せたイエズス会士の個人教師たちにより、暗く、抑圧的で反動的な雰囲気の中で成長するのだ。それら教師のうちのベルガマス神父は、シモイネに無感覚、人間嫌い、病的な偏見と嫌悪、脅迫観念的な女嫌いが根付くように適応させるのであり、また、自分が受けた厳しい教育とは反対に、宗教への軽蔑を注入するのだった。ただし、シモーネはアレクサンドル・デュマの連載小説、とりわけカリオストロなる人物を中心とする小説『ジョゼフ・バルサム』やウジェーヌ・シューを愛読するようになる。

一八五五年に祖父が亡くなると、シモーネは自分の相続財産には多くの負債がのしかかっていることを発見し、已むなく法律を勉強したおかげで、公証人レバウデンゴの許へ働きに行くことに決めた（シモニーノは祖父の財産を不当に窃取した責任をこの公証人に帰している）。彼はシモニーニに書類偽造の仕方を教え込むのだが、この技をシモニーニはすぐに熟達してしまい、こうしてサヴォイア王家の諜報部の注目を自分に引きつけることになる。スパイになってシモニーニはジュゼッペ・ガリバルディーの千人隊に加わり、シチリアへと派遣される。そしてここで、作家イッポリート・ニエヴォ（義勇軍の中尉で出納官）と識り合う。後者の信用をかち得たおかげで、サヴォイア王家の情報部の命令（もっぱら書類改竄《かいざん》の仕事だけするよう命じられた）や、この情報部の保管する帳簿に関してマスターすることができた。サヴォイア王家からひそかになされた資金供与を証明できるようなこうした証拠資料を無くしてしまう目的で、シ

（＊）　カラーブリアで一九世紀初期に結成された秘密政治結社。（訳注）

しまう。

モニーニは汽船エルコレ（ヘラクレス）号の沈没を引き起こす。この船で旅していたニエーヴォはもちろん、死亡してしまう。

シモニーニはトリーノに戻るが、諜報部からパリに招かれる。ここで彼はフランス帝政への対抗スパイ活動として働き出す。その間に、デュマやシューの小説に感化されて、彼はまず偽造文書をでっち上げにかかる。当初はイエズス会士の名声失墜を意図したもの、その後はユダヤ人に振り向けられたものを。後者では、プラハの旧ユダヤ人墓地で、ヨーロッパのさまざまなユダヤ社会を牛耳ってきたラビたちが夜間に催していたとされる密会の有様が演出される。ここではラビたちは世界征服やキリスト教破壊のための各人の計画を披瀝する。

本文の偽造に役立った最後の資料、それは反ナポレオン三世の書『マキアヴェッリとモンテスキューとの地獄対話』（ジャーナリストのモーリス・ジョリ著）であって、これを読むようにジョリにより、この偽造者シモニーニに供与されるのだ。このジョリなる人物とは、彼は牢獄で識り合った。彼がフランス政府によりこの牢獄に送り込まれたのは、同政府に関する情報をつかみ、それの危険性を立証するためだったし、その後では、ジョリの自殺を装って、彼を殺害する予定になっていた。やはりフランス諜報部のために、シモニーニは無政府主義の雰囲気の中にもぐり込み、イタリア人ガヴィアーリをリーダーとする陰謀グループ――フランス皇帝に対する反逆的陰謀を企てていた――を逮捕させることになる。

シモニーニはユダヤ人に関する自らの資料を最高入札者に売却する目的で、その間ずっと、種々雑多な資料から引きだされた細部を適当に脚色して富化させ続けた。そして、プロシャの諜報部とも接触し、ヘルマン・ゲーチェという作家と識り合う。この作家はこれを自作の資料として横取りして、小説『ビアリッツ』に組み込んでしまう。だが、フランス－プロシャ戦争の勃発とともに、ナポレオン三世の第二帝政は瓦壊し、シモニーニはパリ・コミューン(*)の凄まじい日々に巻き込まれる。

第三次フランス共和国にすぐ雇われて、シモニーニはそれから数年間、数多くの接点を固めるために働く（その内には、かつての個人教師ペルガマスキ神父もいた。同神父としても、かつての弟子から教会の敵——フリーメーソン団員やユダヤ人——に対抗するための資料を得ることに興味があった）。その間にも、私的な顧客のための簡単な偽造者としての活動で、シモニーニの収益は大いに増加するところとなり、かなりの財産がたまっていった。それでも彼の生活様式は相変わらずたいそう質素で孤独なものであって、いかなる私的関係も開拓せず、もっぱら美食中心の大きな情熱に耽ったのである。

だが、シモニーニの不動心は自分の最良の作品ながら、実はユダヤ人の陰謀に関する偽文書（当初は『プラハの墓地』と題されており、今では『議定書』と改題されていた）を追い求め続けることにあった。この文書では、あらゆる社会層の恐怖と憎悪をかきたてるのに便利な、ありとあらゆる反ユダヤの紋切り型が活用されていた。それら社会階層の内、聖職者にとっては、ユダヤ人はキリスト教に敵対する魔性人、自由思想やフリーメーソンの扇動者とされたし、プチ・ブルジョアにとっては、ユダヤ人は社会主義運動の鼓舞者として描出されたし、最後にプロレタリアートにとっては逆に、ユダヤ人は高利貸し、つまり、世界銀行や財政のパトロンであり、民衆を窮乏させる者と指摘されたのである。

シモニーニは日誌の中で、イエズス会士の名の下に自分に派遣されてきていた、ダッラ・ピッコラ名の神父や、反ユダヤ人の書き物との出会いをも想起している。

この神父は小説『ビアリッツ』から採って提供した資料はオリジナルなものではなかったのだろう、といってシモニ

（＊）一八七一年三月一八日～五月二八日の間、パリに樹立された世界初の無産者階級による政権。（訳注）

ーニをとがめていた（ゲーチェのこの小説はシモニーニの『議定書』からコピーされたものだということが実際に明らかとなる）。この作者ゲーチェはイエズス会士たちにより沈黙させられることになろう。シモニーニは正体が暴露されるのを避けるために、ダッラ・ピッコラを殺害して、その遺体を仮住まいのはきだめに隠す。

しかしながら、物語の中に定期的に挿入され続けるのはダッラ・ピッコラではない。なにしろシモニーニがまたも言葉を取り上げるのは、自分の話を物語るためなのだからだ。ダッラ・ピッコラが接触するのは、悪魔を崇拝する司祭ジョゼフ＝アントワーヌ・ブーランや、とりわけ、著しく反カトリック的な著作を書いた作家レオ・タクシルといった、あいまいな人物たちである（これらの著作で彼は入念なトリックを仕組んでいる）。タクシルはかつてフリーメーソン団に加入していたのであり、カトリック教への奇妙な回宗を偽装することにより、一連の論争的な著作を発表し始め、商業的な大成功を収めた（これらの著作では、さまざまなフリーメーソンの集会で実行されたらしい、秘教的で謎めいた魔法を暴露していた）。

こういう不安をかきたてる儀式の描述をより本当らしくするために、ダッラ・ピッコラはヴァンサンヌの精神科病院長デュ・モリエ博士の許で、ディアーナという名前の、謎めいた過去をもつ若い患者を看護することになる。彼女はヒステリーの発作にかかり、その過程で二重人格という奇妙な症状に陥り、信仰深くてひどいはにかみ屋さんの状態から、みだらで挑発的な態度を帯るまでに至り、彼女がくわわったであろう、幻想的な悪魔崇拝や黒ミサの描写に耽るのである。ダッラ・ピッコラはタクシルと強力して所有していたアパートに、この少女を幽閉し、彼女からいろいろと話を引き出し、これらでもって、カトリックの雰囲気の中に異常な拡がりを見せていた反フリーメーソン的な出版物の流れをかきたてたため、ついにはタクシルにレオ十三世本人との面会を得させるまでに立ち至る。

ある時点で、ディアーナ本人にはヴォーガンなる姓が与えられて、各種書物の著者として紹介されている。つまりダッラ・ピッコラ、タクシル、ブーランは、彼女が元はパラス・アテナ崇拝の会員だったが、後に心変わりして、カトリック教の信仰に戻ったものと想像して、彼女についての物語をつくりだすのだ。だがしばらくしてから、このディアーナの物語の信憑性について最初の疑念が湧き上がり始める。タクシルは（雅号バターユで『十九世紀の悪魔』を公刊した著者）シャルル・ハックス博士――タクシル、ダッラ・ピッコラ、ブーランと共著で、フリーメーソンの面目をつぶすことを意図した刊行物を発表した――はディアーナ・ヴォーガンの改宗の偽りを暴露した上で、自分はカトリック教徒たちの愚行を存分に利用したかったのだと明言してから、センセーショナルな前言撤回を行い、グループを去るのである。

シモニーニはフリーメーソンの情報をことさら収集しようとして、彼の判断では共和制支持の雰囲気にあって、フリーメーソン団員と接触するための良い口実を担保にするのだ。同時期に、ジュリアーナ・グリンカの仲介で、シモニーニはロシア諜報部の外国調査の責任者ピョートル・ラチコフスキーとも接触している。したがって、やはりユダヤの陰謀の証拠を発見しようとぢている帝政ロシアの諜報部オクラーナとも協力し始めるのだ。

そうこうするうち、シモニーニは有名な〝ドレフェス事件〟に巻き込まれ、アルザス地方のユダヤ人系官吏アルフレ・ドレフュスの書体をまねた偽文書をでっち上げることにより（反フランスのスパイ活動の責任を彼に負わせて）、反逆罪の嫌疑を彼に掛けさせて、悪魔島への流刑に処させるのである。

一八九七年三月二一日の夕方（シモニーニの謎の記憶喪失、および彼の日誌への最初の記入の前日のこと）、ダッラ・ピッコラがディアーナと一緒に、黒ミサに加わり、それからブーランの司宰する悪魔の宴《うたげ》（サッバ）に溶け込んでしまい、その最中に彼女はエロティックな熱狂のとりことなり、この神父とセックスする。翌朝、ダッラ・ピッコラはディアーナがユダヤ女であることを見破って怖くなり、女と性関係を結んで、ユダヤ人の幼児の父親になるかも知れないとの思いでわれを忘れてしまい、ディアーナとブーランを殺害して、住居の下にある排水管に死体を隠す。

これらの事件がトラウマとなって、シモニーニの記憶の一部を失わせてしまうのだ。そして、彼がダッラ・ピッコラを演じていたときのあらゆる出来事を脳裡から抹消してしまうのである。実際には、シモニーニとダッラ・ピッコラとは（シモニーニがブーランと接触するようにラグランジュにより強いられたとき、彼はこのダッラ・ピッコラなる人物の脱け殻の下に隠れだしていたのだから）同一人物だった。はなはだトラウマ的な事件による衝撃のせいで、二つの人格が二分されて、一方はもはや他方を自覚しなくなっていたのだった。書記行為を介して記憶を再喚起する方法のおかげで（この方法はいまだ無名の若きジグムント・フロイトとたまたま出会ったために、主人公に示唆されたのである）、シモニーニは自己の生涯のもろもろの出来事を練り直して、二人のパーソナリティの物語を再構成したのである。日誌作成の中断が約一年間続いてから、シモニーニは再び執筆に取りかかり、そして、『議定書』の入手のために追跡し続けているロシア諜報部とのさらなる闘いへと振り向けられ、犯した悪事をばらすぞ、と脅されて、窮地に追い込まれるのだった。

シモニーニはドレフェスを告発した偽文書に自分の名が結びつけられるかも知れぬと恐れるのだが、ラチコフスキーから、フランスの関心はにせ伝票が本物ではないかということにあるのだと安心させられたために、とうとう自分の仕事を終了させ、これをマトヴェイ・ゴロヴィンスキーという名の情報員に手渡すのだった。彼は自分のテクストが全二〇世紀を通して忌わしい影響を及ぼすことになるとは、知る由もあるまい。

日誌の最後のメモは一八九八年一二月一二日のものである。建設中のパリ地下鉄に危害を準備し、ガヴィアーリの仕掛けた爆弾を配置する役目をシモニーニは背負わされていたのである。ところで、この小説はこの危害準備の途中で終わっている。この日誌はふいに中断してしまっているのだから、彼は爆弾を仕掛ける作業中にきっと生命をなくすことになったのかも知れない。(*)

われわれはここでエコの最後から二番目の難業に到達したことになる。この小説ははなはだ論争を捲き起こした書物であるし、読者諸賢は第二部に収録されている、シュタウダーとエコとの対話を読まれれば、さらによく理解されることであろう。以下の引用は専らピエモンテ地方特有のものだけに留めておきたい。こういう美味な料理の健啖家たるウンベルト・エコは、職業的なデテールをもってわれわれにそれを記述してくれているのだ。どうかお目通しされんことを！

私を満足させるのは、つねに性より料理だった――おそらく神父たちの影響だろう。

心にずっと雲が漂っているようで、過去を振り返るのを邪魔している感じがする。ベルマガスキ神父の服を着て《ビチェリン》をこっそり訪れた記憶が、突然よみがえったのはなぜだろう。ベルガマスキ神父のことをすっかり忘れていた。誰だったのか。本能に導かれるままに筆を進めよう。あのオーストリアの医者の話では、自分の記憶にとって、本当につらい瞬間にたどり着く必要があるそうだ。それが、突然多くのことを忘れた理由を説明してくれるだろう。

昨日、自分では三月二十二日の火曜だと思っていた日、私は自分が誰だか完全にわかっているつもりで目を覚ました。カピタン・シモニーニ、六十七歳を迎えながらも矍鑠《かくしゃく》としており（美丈夫と言われる程度に肥えている）、このフランスで、ガリバルディの千人隊《ミッレ》でのあいまいな軍歴を提出して、隊長《カピターノ》だった祖父を偲んだこのカピタンの称号を手に入れた。ガリバルディがイタリア本国よりも高い評価を受けているフランスでは千人隊はかなりの名誉とみなされている。シモーネ・シモニーニは、トリノ出身の父とフランス人の母（実際はサヴォイアの出だが、彼女が生まれた時にサヴォイアはフランスの支配下にあった）のあいだにトリノで生まれた。（『プラハの墓地』（橋本勝雄訳、東京創元社、

（＊）我が国の書評では、末国善己「陰謀論の嘘にどう向き合うか」（『朝日新聞』二〇一六・四・三付読書欄一二面）がよくまとまっている。（訳注）

上、二〇一六）、二八頁）。

ピエモンテ料理はフランスのいとこのそれによく似ているのだが、もっと古くてアルプス以南の地方色豊かである。シモニーニはピエモンテ地方の人物、むしろサヴォイア王家に属していて、全く特殊なスパイ組織に関係するようになる。しかし彼の言によると、二重の聖職者であり、性《セックス》よりも味覚――上等の料理――のほうを偏愛している。まずは彼のレシピを追跡してみよう。

目を覚ましたが、ベッドに横になったままあれこれ考えていた……ロシア人たち（ロシア人だと？）といざこざがあったから、行きつけのレストランに顔を出さないほうがよさそうだ。自分で何か料理をつくればいい。数時間かけて得意料理を用意すれば気もまぎれる。たとえば牛背肉のフォワイヨ風《コート・ド・ヴォー・フォワイヨ》だ。最低でも四センチの分厚い肉、二人分として、中くらいの大きさの玉葱二個、パンの柔らかい部分五十グラム、粉にしたグリュイエール・チーズ七十五グラム、バター五十グラム。パンを挽《ひ》いて粉にしたものをチーズと混ぜ合わせ、玉葱は皮をむいてみじん切りにし、小さなキャセロールでバター四十グラムを溶かしておく。別の鍋で残ったバターと玉葱を軽く合わせる。玉葱の半分をオーブン皿に敷きつめてから塩胡椒で味付けした肉をそこに載せ、脇に残りの玉葱を盛りつけて、チーズを混ぜたパン粉で最初に全体を覆って肉を皿にぴったりと沿わせる。溶かしバターをかけて手で軽く押さえながらパン粉の層をさらに重ねてドーム状に形を整え、またバターを加えて、肉の厚みの半分を超えない程度の白ワインとスープを全体に振りかける。たえずワインとスープで湿らせながら、まるごとオーブンに三十分ほど入れ、ソテーしたカリフラワーを添える。

少し時間はかかるが、美食の楽しみは口で味わうより先に始まっていて、私がしていたようにベッドでぐずぐずしながら楽しむことがその準備だ。愚か者は孤独を紛らすために、女か男娼を寝床に引き入れる必要がある。口に湧く唾液のほうが勃起よりよいとわからないのだ。

（『プラハの墓地』二八－二九頁）

彼の美食料理のレパートリーには〝バーニャ・カウダ〟が不足していたのかも？

祖父が金持ちかどうか私は結局わからなかったが、美食を嫌ってはいなかった。祖父と自分の子供の頃についての思い出といえば、なんと言ってもバーニャ・カウダだ。炭を熾《おこ》したコンロでテラコッタの鍋を熱し、アンチョビ、ニンニク、バターを入れた油を煮えたぎらせ、カルドン（レモン汁を入れた冷水にあらかじめ浸しておいたもの――あるいは、牛乳に浸す人もいたが、祖父は違った）、生のままか焼いたピーマン、縮緬キャベツの白い葉、キクイモ、まだ若いカリフラワー――あるいはゆでた野菜、玉葱、甜菜《てんさい》、ジャガイモや人参（しかし祖父がよく言っていたように、そんなものは貧乏人の食べ物だった）を浸す。食べるのが好きでまるで仔豚のように太っている（祖父は愛情を込めてそう表現した）私を見て、祖父は目を細めていた。

（同、六四頁）

さらに、ピエモンテ地方特有の料理については、どう語っているかであろうか？

私の先生方は美食好きで、その嗜好が大人になった私にも残ったらしい。陽気というより重苦しい食事の席で、祖父が用意させたゆで肉の盛り合わせ《ボッリート・ミスト》の素晴しい出来栄えについて、人のいい神父たちが語っていたのを覚えている。それに少なくとも牛の赤身肉半キロ、テール肉、ランプ肉、小さなサラミ、仔牛のタンと頭、コテキーノ・ソーセージ、雌鶏、玉葱一個、人参二本、セロリ二本、パセリ少々が必要だった。それぞれの肉を種類に応じた時間でゆでておく。しかしそれだけではなく、祖父の言葉にペルガマスキ神父が力強くうなずいて同意したように、食卓に出す大皿にゆで肉を盛りつけたところで、肉に粗塩《あらしお》を少々振り、煮たったスープを杓子で数杯分注ぎかけて、味を引き立たせる必要があった。付け合せはほとんどなくジャガイモくらいだが、決め手はソースだ。ブドウのジャム《モスタルダ・ドゥーヴァ》、ホースラディッシユのソース、辛子入りフルーツソース《モスタルダ・アッラ・セナーペ・ディ・フルッタ》、そしてなんと言ってもバニュット・ヴェルデだ（この点について祖父はきわめて厳格だった）。その材料はパセリ少々、アンチョビ四切れ、パンの柔らかい部分、スプーン一杯のケーパー、ニンニク一かけ、ゆで卵の黄身ひとつ分で、そのすべてを細かく刻んで、オリーブオイルと酢を加える。
記憶しているところではこれらが私の幼年時代、少年時代の喜びだった。ほかに何を望めようか。

（同、八四頁）

それから見事な牛肉のバローロ・ワイン煮を食卓に迎えて「息子はこの牛肉の旨さをけっしてわかりはしないだろう」と言った。「玉葱、人参、セロリ、サルヴィア、ローズマリー、ローリエ、丁子《ちょうじ》、シナモン、杜松《ねず》の実、塩、胡椒、バター、オリーブオイル、それにもちろんバローロ・ワイン一瓶に、ポレンタかジャガイモのピュレを添える。ああ、革命でもするがいいさ……。生きる喜びは失われた。教皇様を追い出したいのか。あの漁師ガリバルディに従ってニース風ブイヤベースを食べるはめになるだろう。もはや世も末だ！」

（同、八八頁）

次は〝ビチェリン〟である。

……しかしお祭りがあるとポルタ・パラッツォの市場はとても賑わった。人々がごったがえして屋台の周りで押し合い、女中は集団で肉屋へ入っていき、子供たちはヌガー菓子《トッローネ》作りの前で足を止めて心を奪われ、大食漢は鶏肉やジビエ、サラミを買い込み、レストランに空席はひとつもない。僧服を着た私は女性のひらひらする服とすれちがっては、聖職者らしく合わせた両手を見つめながら、横目で、小さな帽子、ボンネット、ヴェールかハンカチをかぶった女性の頭を眺めた。行きかう乗合馬車と荷車の騒音、呼び込みと叫び声の喧騒に茫然としていた。
祖父と父親がまったく別の理由で私に隠していたそうした熱狂に興奮し、当時のトリノの伝説的な場所のひとつに足を延ばした。イエズス会士の姿に驚く周囲の反応を楽しみながら、コンソーラタ教会近くの《カフェ・アル・ビチェリン》に行き、金属製のホルダーと取っ手の付いたグラスで、牛乳とココア、コーヒー、さまざまな香料の香りがする飲み物を味わった。私の英雄のひとりでアレクサンドル・デュマが数年後にビチェリンについて書くことになるとまだ知らなかったが、その不思議な場所を二度三度訪れただけで私はその美味な飲み物についてすべてを知った。バヴァレイザから生まれたものだが、牛乳とコーヒーとチョコレートが混じっているバヴァレイザに対して、ビチェリンは（熱々の）三層に分かれたままで、コーヒーと牛乳のビチェリン・プール・エ・フィウール、コーヒーとチョコレートのプール・エ・バルバ、そしてすべてが少しずつ入ったン・ポク・ド・トゥトを注文できる。

（同、九一頁）

右に表われているのは、ピエモンテの人エコそのものである。第二部のシュタウダーとの「対話」もとくと、熟読されたい。

第十一章　『ヌーメロ・ゼロ』

概　要

（Ⅰ）一九九二年六月六日土曜日午前八時（『ヌーメロ・ゼロ』、Milano : Bompoani 2015, p.9）

蛇口から水が出ない。アパートの住人が隣人にブザーを鳴らすと、女性が扉を開けて、何も不都合はないと言う。きっと水道のつまみを閉じられたのだわ、と女性。すると男性は何がどうなったのか、蛇口がどこだかも分からない、と言い張る。それで、女性は部屋に入り、配管を示し、きちんと閉まっていることを示す。女性が出ると、男性はいったい彼女は誰だったのか知ら、と自問する。男性は自分がしたのを覚えていなくて、ただウィスキーのびんをかしげて、就寝する前に精神安定剤を飲んだことだけを思い出す。そのほかのことはなにもしてこなかったし、しかも数カ月以来、シャワーのポタポタ落ちる音と共存してきたのだ。ポルターガイスト現象、奇跡、夢遊病、電気接触、ネズミを除き、残るのはただ人が介在したという仮説のみだ。そう、誰かがきっと部屋に忍び込んだのに違いない。泥棒か？　もしくはただたんに、諜報部員がブラッガドチオ事件のフロッピーディスクか書類を探し求めていただけなのか？　でも、どうして自分が殺されなかったのか？　ひとりに対してはすでにそれを実行済みだし、シメイはもう消され（一）てしまっているのだ……。奴らは何を見つけようとしていたのか？　明らかに――つまり、これ以外には説明のしよう

がない――、奴らは新聞に関わる何か、を探していたんだ。(p.11)

そうだとも――と彼は確信するのだ――こんな状況に陥ったのも、ドイツ語の知識やディ・サミス教授と知己なせいなんだ……。

どうしてこんなもつれに行きついたのか? どうやらディ・サミス教授のせい、俺がドイツ語を知っていたせいだと思われる。(p.12)

彼は五〇歳になっている。妻アンナは結婚二年後に早くも、彼が強迫神経症的なばくちの敗者だと知ってから、見捨ててしまった。実際、彼は大学を卒業してはいなかった。それというのも、アルト・アディジェ地方出身の祖母からドイツ語を学び、ドイツ語の作品を翻訳して時を過ごしたのだが、大学課程に通うことを放棄していたからだ。とはいえあまり勉強しないで過ごすために、ドイツ語課程に登録はしたのだが、グロテスクな〝男爵〟〔教授〕ディ・サミスは彼が卒業する可能性を排除して、ハイネに関する卒業論文を許可せず、また間接的には、フェリオ教授の許で卒論に合格する可能性をも除外したのだった……。その後、翻訳業に飽き飽きして、勉学の再開も考えたのだが、結果としては仕事を次々と渡り歩いただけだった。エンガンディーナではあまりシャープでない少年の家庭教師になったり、地方の日刊紙に文化批評記事を書いたり、原稿の校正を行ったり、ゴースト・ライターをやったり、何の取りえもない作家志望者になったり、出版社のために原稿を読んだり校閲係をしたり、はてはシメイに呼び出されたりと……。

だから、外出しないでここ数カ月間に起きたこと――彼の記憶に刻印されているすべてのこと――を懸命に思い起こすほうがましというわけだった……。

……だから、俺はフロッピー・ディスクを参照するまでもなく、この冒険の出だしに引き返すことにする。少なくともさし当たってははっきりとすべてのことを覚えているのだから。死ぬことの恐怖が記憶を鼓舞してくれる。(p.19)

(Ⅱ) 一九九二年四月六日月曜日 (p.21)

コロンナ(この男の姓)はだから、シメイなる者との面会の約束に赴くのだ。シメイはおそらく決して発行されはしまい(そのことは実際にほぼ確かだった)日刊紙の次期編集長なのだが、コロンナに対して、おそらく決して刊行されないだろう新聞編集部での一年間の作業を物語る、或るジャーナリストについて、メモ形式にして一冊の書物『明日──昨日』を執筆するようにと提案するのだ。だから、コロンナはゴースト・ライターになることだろうし、要するに、闇金融の八百万を受け取ることになろう。シメイの説明はもっとうまかった。つまり、高額の資力のある政治家にして財界人──一見自由で、真実を吐露できそうな新聞で釣って、圧力をかけている一方で、ホテルや地方テレヴィ局や各種雑誌を経営し、コンメンダトーレの勲位保有者でもあるヴィメルカーテ──を立派な客間に招じ入れ。当初は欲しい人々にただで配るために、〝ゼロ号〟だけ発行する予定の日刊紙の編集長に迎えてしまってある。だから心配なことといえば、それは重きを成す世界への入場権をすでにかち得たとしても、このヴィメルカーテなる人物がその日刊紙を発行させないのではないか、という懸念である。だが、シメイとしては仮に本を発行しても、あるいはそれを出させないために闇金を受け取ったとしても、どちらに転んでも儲かることであろう。彼ら二人の側としては、もちろん誰にもこんなことが知られては困ることになるであろう……。コロンナは受諾することにする……

（Ⅲ）四月七日火曜日（p.29）

四月七日、即席のしまりない編集部の第一回会合が催された。総員六名。シメイがコロンナを編集部助手として紹介し、新聞に一貫性を保たせるため記事の再点検を任せる。読者はたいていはあまり教育を受けていなくて、ゴシップ好きの五〇歳代ブルジョアジーが対象となろう。紹介は続いて、有名人のゴシップを探しているグラヴィア誌のための仕事で疲労しているシングル・マザーのマイア・フレージア（二八歳の唯一の美女）の番になった。さらに、スキャンダルを暴くのを得意とするロマーノ・ブラッガドチオ。警察署の報道記事を追いかけるカンブリア。諜報部の雰囲気の中にすっかりもぐり込み、あまり知られていない雑誌に協力しているルーチディ。なぞ解き遊びから出発したパラティーノ。新聞雑誌ゲラ刷りの校正者コスタンツァ。要するに「無頼漢の裏町(*)」みたいだったのだ……。

紹介が終ると、シメイはこの新聞は前日の事件をとり上げざるを得ないが、捜査の進展を見越してどのようなことが起きうるかも告げねばならぬこと等を説明した……。

コロンナは階段でブラッガドチオと落ち合い、ある店で何かを飲むためにかり出される。ブラッガドチオはマイアに対してほめたりけなしたりしながら、ミラノ一番の狭苦しいヴィーア・バニェーラ通りを歩かせた。ここは一九世紀にアントニオ・ボッジャなる者が五、六人を殺害して埋めた場所だった。ついにピアッツァ・メンターナ広場に出てか

（*）乞食やならず者が巣窟にしていた中世パリの裏町。昼間は不具を装っていながら、夜には奇跡が起きたみたいに暗躍していたところから、“Cour des Miracles”と呼ばれていた。（訳注）

ら、ヴィーア・モリージに入り込んだ（二人目の目標たる居酒屋モリージは、ここの、ローマ遺跡と被爆したままで再建されずに放置された建物との間に位置していたのだ）。

飲んだり、前菜を食べたりしながら、ブラッガドチオは相棒に対して、いつもここへ出向いているのは「もうほとんど思い出せないこと——儂の祖父や儂の親父のミラノ——を見れる」（p.39）からなのだということを打ちあけるのだった。

この祖父というのは、ファシスト党の指導者であって、パルティザンの兵隊により処刑されたのに反して、父親のほうは一命を救われたのだが、失業したままになり、アルコール中毒で生涯を終えたとのこと。この父親から、彼本人はいかなるニュースも信用しないことを学んだという。

新聞は嘘をつくし、歴史家も嘘をつき、今日のテレヴィジョンも嘘をついている。（p.41）

俺たちは嘘の中で暮らしているのだし、そして君が嘘をつかれているのだと分かれば、疑いの中で暮らさなくちゃならん。俺は疑っているし、いつも疑っているのさ。（p.42）

こういうわけで、一九六八年には親中国派のグループに加入したのだが、すぐに毛沢東の抑圧政策に幻滅させられてしまう。当時から、彼は陰謀情報の探求に没頭している。目下は、何か人騒がせのものを求めて作業中なのであり、車を買うかどうかという問題はこの調査費用次第なのさ……調査そのものを終えるためにもね。だってさ、車にも不信はつきものだし、いつも何か否定的なものが車の中にも秘んでいるのだからね……。

夕食の時間となり、ボーイたちから二人は追い出された。ブラッガドチオはコロンナに請求書の支払をさせた上、借金も申し込む。こうして二人は識り合いになったのである……。

(Ⅳ) 四月八日水曜日 (p.51)

翌日、シメイは会合で、一九九二年二月一八日付けにて『明日《ドマーニ》』〇／一号を実現させるためにそれぞれの役目を振り分ける。捜査や逮捕者に関しての予想・示唆・予測を忍び込ませることで、この新聞が取り上げるのは二カ月以前の事件ながら、この〝ゼロ号〟を見た人からは信じてもらえるに違いない……。

(Ⅴ) 四月一〇日金曜日

新聞に取り上げるべきねたをみんなが懸命に見つけようとしていたとき、シメイはコロンナに説明させるのだった——たまたま通りかかった人たちの言葉を引用符の囲み付きで引いて事実報告し、その際、同一事実について異なる二つの見解も呈示するように、と。一番よく推敲されているのは、ジャーナリストのスタイルだ。それから——とシメイは読けるのだった——「ニュースが新聞を作るのではなく、新聞がニュースを作るのだ」(p.57) し、編集部は「ニュースのなかった所、見ることができなかった所にニュースを湧き出させることを」勉強しなくてはならぬ。「頑張りなさい」(p.59)、と。

もう一つの訓練は——いつでも有能な師匠であるコロンナに言わせれば——読者からの偽手紙をでっち上げたり、反証したりする技術であって、それははっきり偽りだと証明されたことの価値を損なわせるためにあえて反証するというものである。シメイはその見解の結びとして、反証の主たる武器はいつでも当てこすりだ、ということを明らかにするのだった……。

日刊紙に入れておかねばならぬコラムとしては、もちろん星占いとジョークであり、前者の仕事はマイアに、後者のそれはパラティーノに委ねられた。ジョークを載せる際に中世遍歴書生風な答えを付けるというマイアの考えは、編集部全員の興味をしばらくは引いたが、読者から理解されまいとの理由で没となった。この提案はこの少女に対してコロンナの強い興味をかき立てたのだった……。

文化・ショーの紙面を設けるというアイデアは受け入れられて、マイア本人に委ねられたのだが、彼女は幻滅した。自分としては、文化上のイヴェントや成果のうち、専ら人間臭くてゴシップめいた部分だけに没頭せざるを得なくなることが、明白だったからである……。

(Ⅵ) 四月一五日水曜日 (p.71)

編集部員たちはまず記事にするためのアイデアを懸命になって提案、それから、シメイはコメンダトーレ勲位保有者〔ヴェメルカーテ〕の関心に役立ちうるか否かということで、それをさらに推し進めるか、否かを決めるのだ。そういう次第で、没になったものとしては、男性器の問題が原因であり陥った堕落についての記事を書くとうカンプリアの計画や、ルーチディの素晴らしい記事――幻の騎士図から交付された偽賞状（コメンダトーレ勲位保有者はこの称号をこれらの賞状の一つを獲得したために得ていた）についてすでに準備されていたもの――があった。

マイアの一大レストランについての記事――《わら干し草《パーリア》》という称号を持ち、幾年も人が集まらなかったのにつぶされることはなかった。きっとギャングを利用して、汚れた金を循環させ、それでも税務機関に見つからなかった――のアイデアにも、同種のことが関係していた（踏み込めば、自分らの上にギャングからの報復が及んだり、コメンダトーレ勲位保有者の上に税務機関からの報復が行われるに決まっていた）……。

（Ⅶ）四月一五日水曜日夕方（p.81）

コロンナは悲嘆に陥ったマイアと落ち合う（彼女は提案がお蔵入りになり、星占いや、うわさ話や死亡記事をひねり出してこれらに没頭せざると得ないことに幻滅していた）。二人はミラノのナヴィーリという馴染みの地区の居酒屋で何かを飲みに出掛ける。この居酒屋は以前存在しなかったものだった。コロンナは自分も仕事のことや感情のことで同じように失敗したことを物語ってやりながら、彼女を慰める。両人ともあまりふけては見えないが、初デートは飲むだけに留めた。帰宅途中で、コロンナはもっとミラノを識っておかねばならぬことを悟る……。

（Ⅷ）四月一七日金曜日（p.89）

シメイの提案のうちには、かつての売春宿に関する記事があった。この記事はコスタンツァが今日の路上の売春婦の下劣ぶりに触れた記事であり、これと並んでノスタルジーを誘う顧客ブラッガドチオに託された記事もあった……。

会合の後でコロンナはマイアに合流する。マイアは編集作業にますます幻滅していたため、映画で心をほぐすようコロンナは彼女を諭《さと》すのだった……。

（Ⅸ）四月二四日金曜日（p.95）

編集作業はひどくゆっくりと続いた。電話に関する記事（マイアだけは成功を収めるだろうと思っていた）やパソコンに関する記事のような幾つかのものは却下された。常套句や使用されるべき文言には、不可避な〝失敬〟を付して見直しが行われた。

ルーチディの退廃に関する記事について長い議論をし、マイアによる常套句に反するものを挿入するようにとの提案が却下された後で、ブラッガドチオはなおも居酒屋モーリッジにコロンナをまたも招待し、両手に握られているセンセーショナルなスクープ記事（ムッソリーに関するもの）を語って聞かせる。この首領の最期に関する俗説を要約してから、自説を開示した。ロレート広場で射殺されたムッソリーニは本物ではなくて、ダブルの人物だった！　本物はヴァティカンまたはアルゼンティンで連合軍に無事に引き取られたのだ。その証拠だけは不足しているのだが、さらにどこかの古文書や新聞雑誌を点検したり、古老たちに尋ねたりすれば発見されるだろうし、こうしてロレート広場の死体はムッソリーニのものではなかったことが立証されるだろう……。

（X）五月三日日曜日（p.125）

ブラッガドチオの話は興味深い……。だが、マイアは？　彼女は同僚から思われていたような、半ば自閉症に本当にかかっていたのか？　彼女が他人の考えられることを考えられなかったということは歴然としていたし、また彼女と同じことを他人も考えていたと見なすことも不可能だった……。掘り下げるほうがましだ。だから彼女に家まで同伴すれば、面会の約束を取りつけられる。オルタ湖畔にこの少女の相続した小さな家に入ることになった。道中、マイアの欠陥がまたしても明らかとなったが、コロンナはこんな結論に到達した。

私には、マイアが無防備なあまり、自分の内界に逃避するに至ったらしいこと、そして他人（おそらく彼女を傷つけてきたのだろう）の世界に起きたことは見たくもなかったのだということが感じ取れた。とはいえ、仮にそうだったにせよ、彼女は私に信頼を寄せていたし、そして私の世界に入り込むことはできず（たぶん、欲しもしないで）、私なら彼女の世界に入り込めるのに、と空想していたのだ。（p.127）

二人は行先の家に到着すると、キスし合い、とうとうセックスまでしてから、翌朝にやっと別れたのだった……。

（XI）五月八日金曜日（p.129）

五日、シメイは老人保養所に収容された人たちの状態を調査しており、したがって、コメンダトーレ勲位保有者にも手を出しかねない司法官の評判を失墜させるための記事をひねりだした。パラティーノには、司法官の日常生活の状況写真を撮らせた。素晴らしい出来だった。司法官は公園でタバコをもうもうとくゆらせ、中華を食べ、運動靴を着用していた。それでルーチディは思い直し、コメンダトーレ勲位保有者が力を及ぼしていると思われる人物たちの面目をつぶすのに役立つ書類をひねり出すよう提案する。シメイはコロンナに命じて、留年生を見つけ出させ、彼の力でコメンダトーレ勲位保有者が関係している可能性のある人物一〇名ぐらいを低コストで引き抜かせるのだ……。

サレジオ会(*)会員に残されながら消え失せた遺産に関しての、ルーチディの記事が採用されることに決まってから、コロンナは自分に委託されていた書物の進捗状況について、こっそりとシメイに知らせる……。

（Ⅻ）五月一一日月曜日（p.139）

ブラッガドチオは編集部会の後で、興奮気味に、文書庫の若干の文書をコロンナに差し示した。ブラッガドチオによると、それらはロレート広場の死体ダブル説を確証するものらしい。問題の文書は例の遺体――本物の統領のものとされていたが、ひどく痛めつけられぐしゃぐしゃにつぶされていたから、ほかの誰かのものだったかも知れない――に対して行われた検死報告だった……。

その後、編集部の退廃状態から脱出させるために、ブラッガドチオはマイアに対して、『ドマーニ』は発行されずに終わるだろうと語った。そのほうがよろしいですね。とマイアは応じた。ストレスはなくなるし、計画どおりに生活を変えるための小銭もあったもので……。

（XIII）五月末（p.147）

コロンナとマイアとの関係は順風で前進し、編集作業のせいでたまったフラストレーションに対し相互に慰め合った。マイアは没にすべき提案（たとえば、コメント入り結婚通知）をもうシメイにではなく彼〔コロンナ〕だけに発案したり、ほかのいろいろと興味深いことを暴露して面白がったりして、とびっきりの剽軽《ひょうきん》者振りを発揮した……。

二四日、シメイはファルコーネの特集号を出すという提案を没にした。彼の説明では、ほかにもそんな機会は多々あるだろうし、場合によっては、やはりただ皮相な事柄だけに取り組まざるを得ないこともあろう――他人の不幸を味わうと、俗衆には蜜の味がするものなのだから……

(XIV) 五月二七日水曜日 (p.153)

シメイはルーチディに対し、同性愛者やその圧力団体への反対記事を書かせることにした。彼らの多くは権力のある地位を占め、議会で席を占めるようになっているからだ。もちろん、全文を匿名にし、あちこちで示唆すること。マイアはうんざりして帰宅する。そしてコロンナは統領の物語のもう一回分を吸い込まざるを得なくなる——その遺骸はプレダッピオで埋葬される前に、まずファシスト党員たちによりこっそりくすねられて、それから教会の壁の中に塗り込められたのだから、明らかにそれはダブルの遺体ということになろう。家族はムッソリーニの生存が暴露されてはいけないから、受諾せざるを得なかったのだ……。

(XV) 五月二八日木曜日 (p.163)

〝〇/二号〟のために、シメイはコロンナに対して、現在の不まじめ人たちに、まじめ人たちの政党を対抗させる真剣さや、必要性‐可能性について、基調論稿を執筆させることにした。欲するならば、反政治家キャンペーンをけしかけることだって可能だということを信じ込ませるための魂胆だった……。

午後、ブラッガドチオはサン・ベルナルディーノ・アッレ・オッサ教会内での面接約束を彼にしていた。同教会で、

(＊) 一八四五年、フランチェスコ・サレジオを守護聖人に仰いで、聖ボスコがトリーノに創設した修道会。(訳注)

彼に納骨堂回りをやらせてから、ブラッガドチオは変幻自在な仮説の最終章を語って聞かせるのだった。それによると、一九七〇年にユニオ・ボルゲーゼがジェッリの短剣やP２の協力、ならびにCIAの黙認をもって、反動的なクーデターを生じさせたらしい。この仮説に磨きをかけると、かつて港へ赴いてから、ムッソリーニはアルゼンティンより帰還した（アルゼンティンでは、ジェッリが――よく注目して欲しいのだが――一九四二年にユーゴスラヴィア王から窃取しておいた金の延べ棒二〇トンを消え失せさせていたことに注目）。すべてはすでにあらかじめ手はずが整えられていたし、人員もすべて配置されていながら、それでもクーデターはむだに終わる。なぜか？　ムッソリーニがそうこうする内に没したからだ。だが短剣《グラーディオ》という組織は溶解することなく、左派に対して陰謀遂行の責任をなすり続けたし、こうして、反左翼の鍵による緊張戦術をかきたてていったのだ。ところが一九九〇年以後にはグラーディオの組織は現実に溶解してしまっていたのか？　彼によると、否である。自分の報告書をシメイに示して、『ドマーニ』の一二の各号のために連載記事を書かせることになる……。

その夕方、コロンナはマイアをろうそくの光のともったレストランに連れ出した。それは同僚の話や編集部の仕事を忘れさせるためにほかならなかった……。

(XVI)　六月六日土曜日　(p.189)

木曜日。ブラッガドチオは招かれてシメイの家に赴く。シメイの驚くべき調査の若干の個所を掘り下げるためだった。一方、他の部員たちは創刊号の二四頁分を埋めるための仕事に取りかかった……。

夕方、コロンナはマイアとともに古典音楽を聴いたり議論したりした。彼女はベートーヴェンの第七交響曲の第二楽章をいつも感動して聴くのだった……。

金曜日。事務所に遅刻したところ、コロンナが見たのは編集部に警官が来ていたことだった。バニューラ通りでブラッガドチオの死体が夜明けに見つかったのだ。おそらく何かの取り調べが行われてきた後で、短剣で突き刺し、自殺したものらしい……。コロンナは知っていることを一切洩らさなかった。ついでシメイが彼を呼び寄せて、両人とも危機に陥っており、自分としては移住するほうがましかも知れないということを分からせようとした。もちろん、ブラッガドチオを売ったのはルーチディなのであり、ブラッガドチオは錯綜した足跡の内からたぶんその一つに出くわしたのであろう。ヴィメルカーテは妙な電話を受けてから、計画を畳もうとしていたのだが、その計画についての査定は編集長から聞いていたのだった。書物についてももうこれ以上何も立ち入るべきではないのだろう……。

コロンナはマイアに挨拶しながら、家に翌日まで留まり続けて、電話がかかってくるのを待つように、と言いつけた……。

コロンナは家に閉じ込もり、ウィスキーを飲み、精神安定剤を手に取り、それから目を覚まして台所の蛇口の水の供給量が不足していることに気づく……。

（XVII）六月六日土曜日一二時（p.201）

ブラッガドチオを処分したのは誰なのか？　きっと誰かが家に入って、探し回ったようだから、立ち去るほうがよかったろう。だがどこへ？　オルテへだ！　後方のドアから中庭に面したバルに入る。コロンナがマイアを呼ぶ。一五分後、この少女は時間どおりに現れて、オルテへと彼を連れ出し、そこですべてのことを語ってもらった……。

（XVIII）六月一一日木曜日（p.205）

マイアがさんざん努力したのにもかかわらず、コロンナは家に閉じ込もったまま、刺客でも現われまいかと待機した。幾日間もマイアはブラッガドチオの死と新聞閉刊との符合の可能性、とりわけ、水道を止めたのは日曜日のことだったに違いないこと、について仮説を彼に提起し、まさしく金曜日午後に掃除する習慣だったという事実について仮説を彼にぶつけてみた。それから考えられないことに、コッラード・アウジアスの放送はＢＢＣの……〝グラーディオ〟に関するドキュメンタリーを流したのだ！　ブラッガドチオの仮説はすべてそこで紹介されたのだ。だから——マイアも証言しているとおり——すべてが語られていたのだから、恐るべきことはもはや皆無だったのだ。銀行でお金を引き出し、腐敗や堕落がきちんとした日中の陽光の下で流行している中米または南米のどこか税務天国にでも引越すだけでよいわけだ。

でも、コロンナは自信を回復して、踏み留まり、翻訳業を再開することに決めた。マイアのほうはゴシップ記事にでも没頭すればよかろう。とどのつまり、待つだけでよいのだし、そうすればイタリアも第三世界の国々の一つみたいになることであろう……。

ただ待つだけでよい。きっぱりと第三世界になった暁には、我国［イタリア］は完全に生きられる国となるであろう……。

マイアは儂に平和、儂自身への自信、または少なくとも囲繞する世界に対しての冷静な不信を回復してくれたのだ。

生は辛抱できるものなのだし、甘受するだけでよいのだ。(p.218)

この最終小説、ウンベルト・エコの日誌の細部にまでしゃにむにこだわるには及ぶまい。近い内に翻訳されることだろうし、シュタウダーの対エコとのインタヴューも第二部に収められているから、今回は詳述を期したりはしないでおく。

したがって、本文の引用も不要だろう。とはいえ、コメントの必要上、ベニート・ムッソリーニのいわゆる殺し屋——死刑執行人——に関しての本文だけはそっくりコピーしておくことにする。それはワルテル・アウディージオなる者のことであり〔写真⑥参照〕、ご注意頂きたいのだが、彼はアレッサンドリア出身者なのだ。まずは引用することにし、それから若干コメントを添えることとする。

「……しかもそのパトロール隊は、やはり俗説によると、共産主義の固い信念をもつ男、ヴァレーリオ連隊長と、政府委員アルド・ランプレーディに指揮されていた。

ほかの代替可能なすべての仮説、たとえば、死刑執行人はヴァレーリオではなくて、彼よりもっと重要な誰かだった、といった仮説は挙げないでおく。真の死刑執行人はマッテオッティの息子だとか、発砲したのは任務の真の頭脳ランプレーディだったとささやかれさえした。その他の説もあった。だが正当と見なされるのは、一九四七年に露呈した説、つまりヴァレーリオとは会計士ワルテル・アウディージオのことであり、後に議会に共産党の英雄として登場することになった人物だという説である。私に関する限り、ヴァレーリオであろうとほかの人であろうと、実質は変わらないし、だからやはりヴァレーリオのことを話題にし続けることにしよう。したがって、ヴァレーリオは仲間の射撃隊を率いてドンゴへ出発したのだ。そうこうする内、ヴァレーリオの到着が差し迫っているとも知らずに、ペドロは統領を隠すことを決心する。巡回ファシスト小部隊が統領の解放を試みるのを恐れたからだった。そしてこの捕虜の避難所が、秘密のまま保たれるために、彼は当初は、確かに控え目に移転させることに決めたのだが、このニュースがやや内向けに、ジエルマシーノの財務警察の兵舎にまで拡がることを良しとしたのだった。だがその後から考えてみると、統領を夜間に連れだし、別の場所——ごく少数の者にだけ知られていた——コモへと移動させるべきだったであろう」。

私たちの目標はエコがいかに故郷アレッサンドリアに深い愛着を抱いていたかということや、とりわけ彼自身の小説中の場所や人物を通して、何とかしてマンドローニョの文化・伝統を呈示することにあった。

だが最後の小説に至って、いったいアレッサンドリアはどうなってしまったのか?、と疑念が生じるかも知れない。アクションはミラノに置かれているし、登場人物はミラノ人か、少なくともロンパルディーア人である。では、どういうことになるのか? たぶんエコはそのことに気づいていなかったのだろうが、『ヌーメロ・ゼロ』なるドラマの中にも実はアレッサンドリア人がひとり存在するのだ。それはムッソリーニの死刑執行人であって、歴史の伝承ではこれは連隊長ヴァレーリオなる名前をもつ一アレッサンドリア人パルティザンの仕わざだったと見なされているのだ。俗名〔本名〕はワルテル・アウディージオ、有名な帽子会社——アレッサンドリアの過去の栄光——ボルサリーノの経理士である。私(G・ピアッザ)は個人的にも優しくて従順なアウディージオ氏の母親を識っている。近所に住み、とりわけ夏の夕方には彼女の窓の下で楽しい会話を交わしたことがある。当時は幼児だったし、あまり歴史的な移り変わりについて明確な観念を抱いてはいなかったのだけれども。ふいに、ウンベルト・エコの母親が夕方、教会に向かうため私たちの会話の最中に目の前を通り過ぎたものだった。短いながら親愛な挨拶を交わした。このエコの母親はきちんとしており、度の強いレンズの眼鏡をかけていた。この母親とエコの妹のことはよく識っていたのだが、息子のエコ本人のことはあまり識らなかった。

エコはおそらくアウディージオ夫人のことを識らなかったのだろうが、両夫人は有名な古典高校《リチェーオ》の前の片隅でよく出会っていたものだった! それだから、エコの最後の小説にもマンドローニョの香りが漂っているというわけだ。

ところで、これらのマンドローニョ人、これらのアレッサンドリア人とはいったい何者だったのか? 読者諸兄はこの時点ではもうお馴染みになっておられるであろう。ピエモンテ地方のリグーリア人で、頭が硬くて、真面目で、あまり目立たないが、粘り強くて自由を追い求める。(＊1) それが彼らなのだ。

第一部を終えるに当たり、アレッサンドリアの紋章を示しておこう。これはジェノヴァの二羽のグリフォンにより支えられたサヴォイアの家の家紋なのである。その下にはラテン語のモットー"Deprimit elatos, levat Alexandria atratos"〔アレッサンドリアは権勢家を壊滅させ、下賎の徒を昇進させる〕(＊2) がある。これはまさしくマンドローニョ精神を反映した銘句だ。控え目で真面目な自由さと、自他への敬意とにあふれた生活。真に尊敬すべき人物がやるべきこと、それは最良の自分と土地の仲間たちとのために行動し、しかも不真面目な方法で名誉をつかんだりはしないということなのだ。このモットーをウンベルト・エコは完全に活かしたのであり、そして地味な研究者から、世界文化の星《ほし》にまで昇りつめたのだ。マンドローニョ魂のアレッサンドリアに傾倒して亡くなったエコに対して心底より感謝の意と哀悼の誠を捧げておきたい。有難う、親愛なる友よ！

（＊1） エコの言によると「もっとも非イタリア的なイタリア」がアレッサンドリアだという。（訳注）

（＊2） F・パンサ／A・ヴィンチ（拙訳）『エコ効果―四千万人の読者を獲得した魔術師の正体―』（而立書房、二〇〇〇）、四頁参照。（訳注）

（付記） 第一部は、イタリアで公開のインターネット情報が主たる典拠になっていることをお断りしておく。（訳注）

第二部　ウンベルト・エコとの対話

（対話者　トマス・シュタウダー）

第十二章　ウンベルト・エコ（一九三二─二〇一六）への追憶

私（トマス・シュタウダー）がこの後続の章に印刷されているインタヴューで、二〇一五年九月にミラノでウンベルト・エコに会ったとき、彼はすでに幾分かやつれてメランコリックに見えた。ゆっくりと人生から退いてゆく人に誰でも見受けられるとおりに。彼本人ももうあまり時間が残されていないことをもちろん知っていたし、二〇一六年のためにはいかなる義務ももう引き受けることをしていない、と首尾一貫して語るのだった。エコの学術的・文学的な働きについてはその没後短時間の内におそらく世界的に広く評価されるであろうから、ここでは人間エコへの個人的な思い出の若干に集中することとしたい。

私がエコの『バラの名前』についての私の入場許可請求的なマギステル論文を執筆してこれを彼に贈ったとき、彼は第二の小説『フーコーの振り子』をもう発刊していた。それから一九八九年初頭、彼は私をボローニャ（当時彼はこの大学のダムスで教えていた）に招待してくれた。このときには私はいまだ学生──ドクトル学位論文を執筆中──だったのだが、エコはイタリアで初の記号論講座担当者だった（しかもこの専門分野では国際的な指導者だった）ばかりでなく、作家としてもうすでに夥しい外国語に翻訳されていて、ほかの小説のあらゆる出版記録を打ち破るメガセラーの張本人でもあった（『バラの名前』はすでにショーン・コネリー主演で映画化（一九八六）されていた）。だから私たちの間には或る種の落差があったし、そして当時彼の前に押しかける好ましからざる大量のファンから守るために、エコへの接近は大学事務室からきつくチェックされたのだった。だから私はエコに対して畏敬をもって会った――私は彼の多面的な関心や知識のことを心得ていたし、彼を現代の唯一にして最後の百科全書的学者だと見なしていた――のだが、彼本人は自らいかなるうぬぼれにも陥ってはいないことが判明したのである。彼と対話していて、厄介な事態を明解かつ楽しく提示するその特異な才能に当時においてもすでに私は心を打たれたのであり、このことこそは今日の見地からしてみると、彼の各種小説の成功ばかりか、学生から彼が大学教員として慕《した》われていた訳も説明がつくのである。彼の若者に寄せるもったいぶらない開放性は、彼が私との初めての出会いの終わりに、一九八六－八七年度に行われた「ヘルメス的記号過程の諸相」についての講義のタイプスクリプトをコピーして私のためにドイツへ後に送付してくれたことでも明らかだ。なにしろこのおかげで、私は『フーコーの振り子』における秘教主義者たちの陳述を理解することが容易になったからである。

　翌年からエコの逝去に至るまで、私は定期的に彼が小説を公刊した後で面会してきた。ただし二〇〇二年には計画外だったが、二〇世紀後半のイタリアの精神生活においてははなはだ重要な位置を占めている彼の伝記について長い対話を試みたことがある。[*1] そのほか、彼の作品をめぐっての国際会議――とりわけ、一九九六年にフランス、一九九七年にスペイン――で彼に会う機会があった。ノルマンディー（セルジーの〝旬日〟はその長期間と楽しい雰囲気で有名だ）では、一〇日間ずっとエコと一緒に過ごすことができ、夕べは日中の学問的報告と同じように興味深かった。エコはフルート演奏の力量を示してくれたほか、当時もう六〇歳を越えていながら、城の地下室で踊る若者たちの間に混じり込んだりするのだった。

　シウダー・レアルでも私は一緒になることを許された（そのとき、カスティーリャ＝ラ・マンチャ大学から、エコは大いなる学的華麗さをもって国際的な名誉博士号を授与された）。〔写真⑦⑦'⑧参照〕エコは逝去に至るまでに約四〇の名誉博士号を取得するはずだったのである（もう二つの名誉博士号が、マリオ・アンドレオーゼによるエコ埋葬式での報告では、二〇一六年に授与されることになっていたのである）。

これらの国際会議では――たとえばトロントにおいて――エコはいつもすべての発表に同席して、発表のそれぞれに短いコメントをし、会議の終わりには数日間の成果をすばらしい綜括を行った上、独自の考察で補足するのだった。〝並の〟作家ならこんな形ではとても対応できはしなかったであろう。私にとって印象的だったのは、エコがこういう機会にいつも夥しい名士に取り囲まれていながらも、決まってより若い、いまだ大したこともない学者たちとの対話を好んで求めたことだ。彼は私たちの健康状態（快適に過ごしたかどうか、等）を、ありがたいことに尋ねてくれたし、そのことに或る程度は――彼本人が会議のきっかけでもあったから――責任を痛感していたのだった。

ウンベルト・エコは記号論学者や小説家としてばかりか、社会参加の知識人としても重要性を有している。この追悼の辞では、彼の政治参加の始まりと展開の全容を追跡することはできないが、少なくとも二〇〇二年イタリアで発生した「自由と正義」なる市民権運動での指導的役割だけは想起しておきたい。この運動はベルルスコーニの絶対的なメディア支配によるイタリア民主制の危機を警告するものだった。エコは数々の論稿で現代社会における知識人の役割について見解を述べていた。議会で党派の議員たちを選出させて、自らの意見を押し通した――たとえばレオナルド・シャーシャとクラウディオ・マグリスがそういうことを試みた――のを、エコは無効だと拒否したのだった。この知識人エコにとっては、政治の外で獲得した「象徴的資本」（ブルデューの用語）を道徳的権威のある観察者の立場から厳正に干渉するために用いることのほうがより有意味なのだ。ここでのエコの明白なモデル、それはドレフェス事件で「余は弾劾す」を公表したエミール・ゾラである。(＊2) 私がアンジェラ・パルヴィヒとの共著『二〇世紀後半のイタリアの知識人

（＊1）『ウンベルト・エコとの対話』（谷口／ピアッザ共訳、而立書房、二〇〇七）、第五章「エコの伝記の節目」参照。（訳注）

（＊2）後続の「『プラハの墓地』をめぐるインタヴュー」（一三七－一七一頁）参照。（訳注）

たち』(二〇〇七)を刊行したとき、もちろんエコに関する論考も収めておいた。
世俗の哲学者として――エコは大学での勉強を終える頃すでに長年の熱心なカトリック信仰を放棄していた――全人類に不可避な死に対して早くから理性的に取り組むことを、最重要課題の一つと見なしてきた。第三の小説『前日の島』では、彼は主人公ロベルトに同じような考察を行わせている。「哲学者だけが死というものを進んで恐れることなく、果たすべき義務として考えることができる。〔中略〕自分は長らく哲学論議を行ったのも、はたして自分の死を生涯の傑作に仕上げることができるかどうか、ということにあったからなのだろう」。
私がこのエコ第三の小説について対話したとき、作中に〝死〟のモティーフが目立っていることに言及すると、彼の答えは、実はこれは虚しさ(vanitas)の徴候のさ中にあったバロック期に事件展開を置いたことを明らかにするためばかりか、彼自身が絶えず老いていき、そのため死への省察への重みがますます増してきていることも絡んでいるのだろう、というものだった。[*1] この折に、彼は私のために、実はトンマーゾ・カンパネッラの『太陽の都』に由来する引用をもうすでに自らの墓碑に探しだしており、これを遺言書中に採用したことを明らかにしてくれたのだった。それは、「待って、待って。――いや私にはできない、私にはできない」という文言だったのである。[*2]
『ヌーメロ・ゼロ』について対話した後、クワットロ・モーリへの途上、エコのピアッツァ・カステッロの住居の近所にある彼の行きつけの飲み屋仲間の一人を介して、もうあまり長く待たされることがないであろう、地上での生存からの別離という暗い考え方をしていることを知っていた私は、作品を通して獲得してきた不滅性にエコの目を向けさせる必要を痛感したのだった。ところが、エコの簡潔な返答はあまり感動的な響きを漂わせるものではなかった――「おや、不滅性……かい」。エコの生涯の末期にあってはるかに重要だったのは、おそらく家族や、とりわけ、多くの時間を好んで一緒に過ごし、対話時には私に幾つかその逸話を自ら語ってくれたことのある彼自身の孫[*3]のほうだっただろう。〔写真⑨参照〕こうした純粋だが実質上私的な価値――こういう偉大な精神の持ち主にあっては決して自明というわけではないし、人は通常こういう人物の優先権をそのほかのパラミーターに則って推測することであろう――への執着は、すでに『フーコーの振り子』に予め出現している。そこでは、カゾーボンの連れの女性リアが体現しているのは、たんに一種の生え抜きの理性だけなのではない。彼女はテンプル騎士団員たちの表面では秘密計画とされているものを欺瞞だと暴露し、それとともに、本小説の中枢を成す、その根底たる秘教的思索の基盤をも剥奪《はくだつ》しているからだ。彼女は妊娠すると生活の維持へと傾斜するし、カゾーボンは死を目の当りにして最期に、中枢が自分の子供なのであり、自分の生涯でこの子が最重要な意味を持ったことを悟っている――「もうリアも赤ん坊〔大事なジューリオ〕も俺の〝賢者の石〟ももう見られないと考えるとつらいわい。でも石は太陽からも生き延びるのだ。〔中略〕くそっ、でもやっぱりつらい。しかたがない、やがて死ねば、それも忘れられようぞ」。

エコが好んだのは、その百科全書的な知識を拡げることばかりではなかったし、（私も彼の小説へのインタヴューのほかに、自分がはたして学問に従事してきたのだろうかと自問したのだったが）彼はまた注意深い聴き手でもあったのだ。だから、私たちは『ヌーメロ・ゼロ』についての対話の後での会食でも、第一次世界大戦のテーマについてさらに長々と論じ合ったのである（このテーマの文化的受容については、私は二〇一四年に論集を編んだことがある）。

彼はまた、私があちこちで客員教授をし、少なからざる発表も行っているにも拘らず、相変わらずいかなる名声もかち得ていないでいることを彼に告げると〔写真⑫参照〕、慰めの言葉をいつもかけてくれた。そのとき、イタリアでも事態はより容易なわけではなくて、彼の弟子たちの幾人かにも同様のことが生じている、と応えたのである。

私のエコとの最後の接触は――遠方においてながら――二〇一六年二月初頭に行われた。このとき私はエコの諸小説

（＊1）『ウンベルト・エコとの対話』（前出）、一〇五頁参照。（訳注）
（＊2）同書、同頁。
（＊3）長男ステーファノの子エマヌエーレのこと。写真⑨参照。（訳注）

に関して書かれた学位論文に対してクレルモン＝フェラン大学で催された口頭審査をする審査員としてまさしくフランスに滞在していたのだ。シャルーの「論文指導教員」の宿舎で、ミヒャエル・ネールリヒ（すばらしいエコ伝記の著者）(*1) や、ジャン・プティトーと一緒に、ここでの結果について共同での挨拶状をイタリアのエコ宛に送ることにした。私はエコがこの手紙を受け取り読んだものと確信している。彼の親族からの報告によると、彼は逝去する前の僅かな日々の二月一九日には、いまだ在宅してデスクワークをしていた〔写真⑪参照〕とのことだからだ。

ウンベルト・エコは多くの人びとにとり、知的・道徳的な手本だった。彼の逝去は大いなる損失だという決まり文句ではやや陳腐に響くけれども、彼の場合にはまさにこれこそがぴたり当てはまる。とりわけ彼の例外的な人生行路の所々でいくらかでも近くに居たような人びとの全員が彼の逝去を痛ましく感じるはずだ。(*2) 私はエコと知己になれたこと、そして彼が二〇一一年には或る出版物の中で私を友人とさえ呼んでくれたことを幸甚に思う次第である。

（＊1） Michael Nerlich, *Umberto Eco* (Hamburg: Rowohlt Taschenbuch Verlag 2010) : *Umberto Eco. Die Biographie* (Tübingen: Francke 2010) がある。これらについては、シュタウダーが書評を書いている（二〇一一）。写真も一部この本（前者）からのものを使わせてもらった。（訳注）

（＊2） 日本では、和田忠彦（「朝日新聞」（二月二三日付)、「日本経済新聞」（三月二七日付)、河島英昭（「読売新聞」（三月三日付)）等が追悼記事を寄せている。（訳注）

第十三章 『プラハの墓地』をめぐる対話

シュタウダー あなたの新しい小説を、[*1] 翻訳出現のリズムに則って、次々と数多くの国々で紹介しなくてはならぬのは、骨が折れることではありませんか？[*2] しかもいつも同じ質問が繰り返し提起されるのではないですか？〔写真⑫参照〕

エコ 事実、これはまったく骨の折れることです。通常、翻訳はすべてが一度に公刊されるのではなく、何年にもわたって次々と積み上がっていくのです。今回もイタリアの出版者は大変な目に遭いました。彼はすべての海外出版者に本小説の原稿をすぐさま同時に発送したのです。今や、これらいずれの国においても翻訳者はただちに着手し、どの外国語訳も同年に出版されるのですから。もっとも私はこれら翻訳が公けにされるすべての国々を旅することは決してありませんが。たとえば、私はフランス、合衆国〔写真⑩参照〕、ドイツへは旅しますが、トルコとかギリシャには行きません。こんなことをすると、時間も力も奪われますし、いろいろと問題がひどく蒸し返されるだけですから。

シュタウダー あなたのためにドイツのロマンス語学者ミヒャエル・ネールリヒが最近ドイツ語で献じた大がかりな伝記の著者献本はきっとお持ちのことでしょうね……。[*3]

エコ はい、持っています。

シュタウダー ネールリヒの主張によりますと、ドイツの文芸欄の批評は過去においてあなたの各種小説に主として敵意ある態度を示してきたとのことです。その理由は、理性的に構築されており、作家の私的感情よりもテクスト間相互関連性を弄んでいるような文学に対しての、ドイツ文化の或る種の無理解にあるのでしょう。ヴィルヘルム・ディルタイの解釈学[*4]はその精神科学の自然科学との境界設定が一九世紀末以来ドイツ語圏全体ではなはだ強く受容されてきました。[*5]そこでは、文学作品は作家の個人体験に基づいております。読者や解釈者はこの体験を追体験すべきなのであり、そのためには、鋭敏な悟性というよりも、むしろ感受能力が必要とされます。こういう後期ロマン派の経験は数十年間ドイツに文芸学の方法論の中に表れていたのですが、ネールリヒによると、あなたの小説類のアリストテレス的構想とはほとんど相容れないものなのです。[*6]ここからして、夥しいドイツ書評家たちの非難、つまり、あなたの作品は感情に乏しくて人工的であってたんに学識に基づく〝教授小説〟だとの非難が出てきているのでしょう。[*7]

エコ　私は残念ながら、自分の小説が出版されたさまざまな国々でどういう書評が出たのか完全な展望を持ち合わせてはおりません。その限りでは、私はドイツ語圏内での自分の作品に対する新聞の反応が肯定的なのか、否定的なのか判断できません。ただ承知しているのは、ドイツの書籍市場が世界的であり、そこでは私の作品がもっともよく売れているということです。その限りでは、私はドイツの読書界での不成功を嘆いたり、したがって、書評がすべて酷評に過ぎないものだったと嘆くこともできません。

シュタウダー　あなたがドイツで沢山の愛読者をもたれていることには何らの疑いもありません。でも文芸欄の批評の文学趣味が必ずしも一般大衆のそれと、無条件に同じということはあり得ません。

エコ　了解。でも、作家はその作品の受容はどうにもなりません。万人を正当化することはできませんよ。

シュタウダー　ある批評家からのあなたの小説に対する懐疑的な態度のもう一つの理由は、ひょっとしてドイツにおける伝統的な、学界と文学サークルとの鋭い分離に求められるかも知れません。私見では、両分野での交流や相互浸透はイタリアのほうがはるかに容易だと思います。イタリアの現代文学では、あなたのほかにも、同時に大学教授をしている重要作家が沢山居りますもの。たとえば、アントニオ・タブッキ[*8]やクラウディオ・マグリス[*9]のように。

エコ　はい。イタリアではこれら両世界の間で真の浸透が行われています。ほかではたとえば合衆国では、ひょっとすると大学で〝クリエイティヴ・ライティング〟を教えている作家が見つかるでしょう。私の印象では、ドイツにはとりわけ自立した作家が居るように思います。たとえばギュンター・グラス[*10]は大学でいかなる活動もしていません。

シュタウダー　さて、『プラハの墓地』に戻りますと、おそらくカール・ポパー[*11]もその著書『開かれた社会とその敵』（内田詔夫ほか訳、未来社、二巻、一九八〇）でもって名付けられている、普遍的な謀叛説への批判的分析のための資料（あなたも今度の小説で優先して扱っておられます）が根底に所在しているに違いありません。第二次世界大戦中に執筆され、一九四五年に出版されたこの著書は、歴史主義（ポパーにとっては、史的推移の合法則性と予見可能性への迷信）との闘争から生まれてきましたが、それはまた、この年代の全体主義イデオロギー、とりわけ、ファシズムとスターリン主義――謀反を企むユダヤ人、といった人為的な敵対者像を構築して、配下の住民をうまく統制できるようにした――に対抗する世界観的抵抗から産まれたものでした。

エコ　もちろんです。カール・ポパーは私にははなはだ重要です。ですが、暗い謀反の懸念への批判はすでに私の第二の小説『フーコーの振り子』の中心になっていました。こんなことを申し上げる必要はありませんね。あなたはすでに最初から私の小説活動を追跡しておられるのですから。

シュタウダー　『振り子』の折にあなたはチェスタートン[*12]をよく引用されましたが、後者の有名な言葉は今回も『プラハの墓地』にも合致することでしょう。

エコ　「人がもはや神を信じなくなるや否や、あらゆる可能なものを信じ始める」[*13]。

シュタウダー　この警句は、あなたの小説の主人公シモニーニが生きた一九世紀のような実証主義の時代、ユダヤによる大謀反という妄想が広く拡散していた時代のための説明となり得るでしょう。

エコ　一九世紀の実証主義はアーサー・コナン・ドイル[*14]みたいな人物を産みだしました。彼は昼の間はずっと冷静な合理性に基づく探偵シャーロック・ホームズの話をし、夕方には心霊術的な会議に出向くのです。こういう態度は当時の学者たちには決して稀ではなかったのでして、彼らの自然科学で教育された冷静さは、往々にしてタロットとか占星術の予言信仰で補償されてきたのです。ところで私の小説が扱っている呪術なる考えの起源がここに求められるべきかどうかは、私には疑わしいです。なぜならすでに一八世紀にバリュエル神父[*15]（イエズス会士で、したがってとても実証主義者どころではありませんでした）がユダヤ人全体をさまざまな陰謀の噂と結びつけていたのです。ですから、ポパーは正しいと認められるのです。つまり、いわゆる犯罪者たちと同定されるとか、または初めてそういう者を創り出してきたりしてきた謀反説は古代にもすでに存在したのです。でも私もあなたに同意するでしょう――迷信の特定の形態はきっと実証主義の風土の中でこそ特別にうまく栄えることができたのでしょうから。

シュタウダー　私はもう一つ、『プラハの墓地』の理解に有用と思われる、チェスタートンからの引用を発見しました――「増悪だけが愛をいつも個人感情たらしめる、人びとを縛りつける志向なのだ[*16]」と。

エコ　厳密にはラチコフスキー[*17]も『プラハの墓地』の中でおおよそそう言っているのです。私には彼がチェスタートンを読んだのかは分かりません。〔笑〕実際、増悪は集団現象でして、ユダヤ人に対してばかりか、たとえば、戦時にはフランス人のドイツ人に対しての増悪としても現われています。愛を云々できないときでも、一国民全体の増悪というものが存在します。愛はいつでも個人的で排他的なものなのであるのに対して、増悪はできるだけ広範な支持者や拡大を追求するものなのです。こういう二分法のことは私はこれまであまり考えたことがありませんでしたが、それが興味深い考え方であることは疑いありません。

シュタウダー　あなたの新しい小説の中心テーマをやや抽象的、哲学的に挙げようとすれば、こう言えるでしょう――ユダヤ嫌いやすべての比較しうる現象が他性の存在論にその根源を見つけうるだろう、と。たとえばそれはサルトルが『存在と無』の中で書き記したり[*18]、レヴィ＝ストロースが構造人類学で書いていたことです[*19]。一人の個人または一つの社会のアデンティティーは、自らを肯定するためには常に劣等と規定される別の他者への敵意を必要とするのです。

エコ　ええ。でもこういう他性は或る種の近さが必要です。われわれヨーロッパでは、イヌイトたちに対して人種主義的なルサンチマンを誰も抱いてはおりません。彼らはわれわれより遠く隔った故郷に留まっていますからね。それに対して、白人移住者に由来するオーストラリア人の内にはアボリジニーに対して、一種の人種主義的態度を取っている人たちがいます。ですから、他性のこういう否定的な形は直接の隣人に対してのみ現われるのです。イタリア人がアルバニア人やルーマニア人に対して人種主義的な嫌悪感を覚えたのも、これらの他国人がイタリアへやってきたときだったのです。歴史的に見れば、ユダヤ人は間近かな他性の理想型でしょう。彼らは西欧文明の中で生活しながらも、内部では独自の言語や独自の習慣を保持してきているのですから。彼らがかくも頻繁に幾世紀にわたって人種主義的攻撃の絶好の的になったのも、大部分はこのことで説明がつきます。

シュタウダー　ここではヘーゲルの『精神現象学』に言及できるでしょう。本書では、支配的意識と被支配的意識との相互作用がすでに話題になっています（「主人と家来」の概念を介して）。周知のように、ヘーゲルはサルトルの実存哲学の基礎になっていますが、他者への抑圧の絶対的要求の実現に役立つ、こういう個人の権力志向は、ヘーゲルにとり人間心理の中核だったのです。

エコ　もちろんです。人種主義的な他者嫌いは劣等と規定される相手をでっち上げますし、それによって自分の優越感が満足させられることになるのです。これに対して、自らの自意識を支えるために、他者たちを悪く言ってはいけない教養人士は、原則として人種主義者では決してありません。

シュタウダー　この関連で重要なのは、あなたが二〇〇八年に行われた「敵をつくる」と題した講演です（最近、それが表題になった、あなたの論集も出ました）。その中であなたは他者と一線を画すことが人には必要だと語っておられます。

「敵をもつことはわれわれのアイデンティティーを規定するためばかりか、われわれの価値体系を測定したり、それを対峙させてわれわれの価値を示したりする際に障害を生じさせるためにも大切なことなのだ。だから、敵が居ないときにも、それを自分でつくり出さねばならないのである。[*20]」

同じ講演の中で、あなたは女嫌いも他者を周縁化する形態だと述べておられます。これも外人嫌いと同じような心理型に従って作用していますから、こういうことは『プラハの墓地』においてシモニーニがユダヤ人に対してばかりか、女性に対しても反感を覚えている理由の説明ともなりましょう。

「性的な敵意——性的な人権主義とも言える——にあっては状況は異なる。支配したり書いたりする男性——書くことにより支配をする男性——にとって、女性は当初から敵と思われてきた。[*21]」

あなたは同じ講演の中でサルトルにも言及されている事実に鑑み（あなたは彼の戯曲『傍聴禁止』に触れておられます）、あなたは女嫌いのテーマに彼の生涯の道連れたるシモーヌ・ド・ボーヴォワールを関連づけておられるのではないかと思いました。彼女の論説『第二の性』はジェンダー問題について掘り下げた解明を行う際に今日でも無視できませんから（とりわけ、サルトルと主要な哲学上の基本的仮定が共通している場合には）。

エコ　私の主人公シモニーニに関しては、彼は実際には反ユダヤ主義者であるばかりか、女嫌いでもあるのです。この人物の性格は、不信の風土で刻まれたその幼年期を考えればよくお分かりになるでしょう。でも、私の作者としての課題は、彼にできるだけ反発を感じさせる人間性を付与して、それにより、彼の外人嫌い的で憎悪に満ちた言明を間接的に失格させることだったのです。この理由から、私は彼に大食いや、あらゆる種類の食物への病的な強迫観念をも含めて、ありとあらゆる悪徳を帰したのです。食事へのこういう度外れは読者の皆さんには反感を覚えさせたことでしょうが、私の小説の或る読者は不思議なことに、シモニーニの料理上の空想を全く刺激的に感じ取ったのです。〔笑〕

シュタウダー　こういう反応は実に面白いですね。でも私もあなたの小説を読んでいて、コックのレシピやメニューのコンビの詳細な列挙の精確な働きはいったい何なのか、と自問したのです。

エコ　これらの彩《あや》では、食事が性の補償となっているのです。

シュタウダー　本小説のソースにもう少し溯りますと、きっとノーマン・コーンが一九六六年に刊行した本に触れなくてはならないはずです。この分野では古典となっている『大量殺戮の理由――ユダヤの世界陰謀とシオン賢者の議定書』です。（あなたは第一の小説『バラの名前』を準備中にもすでにこの英国人史家の別の本『千年王国の追求』（一九五七）を参照されていました。）『大量殺戮の理由』では、『プラハの墓地』の中でも重要な役割を演じている歴史的人物にいろいろと出くわします――ヘルマン・ゲッチェ、モーリス・ジョリー、オスマン・ベイ、セルゲイ・ニルスといったように。あなたの小説では主人公の祖父になっている、シモニーニなる者のバイエル神父宛の手紙（この中ではシモニーニは神父をユダヤ人に由来するらしい危険に絡んでいることを確かめようとしています）についてさえ、コーンは語っています。

エコ　はい。ノーマン・コーンのこの本は私には重要なものでした。そのほか、同じテーマについてのアンリ・ロランのもう一冊[*22]も私にはさらに役立ったのです。コーンのモノグラフィーのほうがもちろんよく知られていますし、私はそれをずっと以前に読んだことがあるのです。でも最近になって初めて、確かめたのですが、ロランの記述のほうがはるかに精密かつ詳細なのです。コーンが亡くなったとき、私は彼への追憶に「ミネルヴァの小袋」[*23]を割き、彼もロランも故郷の秘かな使命のために働いていた、という興味深い事実を示唆しておいたのです。ですから、両人とも著者してばかりか、当時の職業活動でも謀叛説に関わっていたことになります。〔笑〕

シュタウダー　コーンのテーゼに該当することをロマンも主張していますから、偽せの『シオン賢者の議定書』の成功と流布を理解することができるためには、第一次世界大戦後の時代のヨーロッパ諸国民の気分を考慮しさえすればよいことになります。

エコ　少なくとも、ヒトラーを際立った代表者とするドイツの反ユダヤ主義は、一九一八年の軍事的敗北以後にひどく高まりました。スケープゴートが見つかり、そのためにユダヤ人が差し出されたのです。でも、フランス人も一八七一年にプロイセン（プロシャ）軍によって征服されてからは、はなはだ似たような状況に置かれていました。当時の気分が陰謀説への信念を助長したり、〝ドレフェス事件〟(*24)の発生を可能にしたりしたのです。

シュタウダー　ちなみに、世界に及ぶ陰謀への恐怖は記号論的見地からも分析されています。つまり、この学問の助けを借りて、あなたもそれの制度分析を決定的な形で展開なさいました。『フーコーの振り子』の中でもすでに、あなたはヘルメス的記号過程を、〝解釈の無節操さ〟や恣意的連想による方向喪失として暴こうという意図を持たれていましたね。(*25)

エコ　はい。このテーマは『解釈の限界』のような学問的なモノグラフィーの中でも扱いました。(*26)

シュタウダー　『フーコーの振り子』の中で述べられているような類いの偽造――テンプル騎士団のいわゆる秘密計画――と、『バウドリーノ』の中心にあるあまり悪意のない偽造、つまり、プレスター・ジョンの偽せの公開状とはきっと区別しなければならないのでしょうね。

エコ　はい。バウドリーノは好感のもてる詐欺師なのです。

シュタウダー　ユダヤの世界的陰謀というでっち上げの史的状況は『プラハの墓地』でも描写されていますから、そういうでっち上げはことの本質上、やはりバウドリーノの無害な錯覚よりも『振り子』の災いに満ちた（なにしろ実際に人命を失うのですから）テンプル騎士団の計画とより類似していることになるのでしょうね。

エコ　はい、そのとおりです。

シュタウダー　私見では、あなたは記号論学者としての理論的な立場からデリダ(*27)のポスト構造主義を拒否しておられますね。なにしろあなたの念頭に浮かんでいるような秩序づけられた記号過程は（差延作用 *différance* なる有名な概念で焦点合わせされている）デリダの概念とは相容れないように見えますから。

エコ　ええ。でも私が闘ったのは、デリダの当初のテーゼというよりも、これによりアメリカの信奉者たちが行ってきたことに対してなのです。彼らは彼の前提から極端な帰結を引き出してきたのです。デリダ本人はたいそう用心深かったのです。その後彼の死の前の直近数年間には、無制限の記号過程なる型の意味作用との戯れに傾いたとはいえ。私見では、彼独自の思想はアメリカの弁護者によってぶちこわされたのです。

シュタウダー　あなたの今回の新小説の生成を模写するためには、あなたの九〇年代初頭の「ハーヴァード大学ノートン講座」(*29)を参照しなくてはならないでしょう。そこでは偽書『シオン賢者の議定書』に言及されておりますし、しかもこれをほかの偽せドキュメントの脈絡の中で分析されたり、これら文書の成立史を描述されたりしていますから。(*30)

エコ　はい、そのとおりです。このテーマには私は長年にわたり没頭してきたのです。

シュタウダー　そのほかにも、あなたが「レスプレッソ」誌に発表された、「イタリア人は反ユダヤか？」(*31)なる修辞疑問の付いた論説がありますね。同所ではユリウス・エヴォラ(*32)が一九三七年に『議定書』の新版のために記した序文のことを話題にしておられます。そのほか、ウィル・アイズナーの〝グラフィック・ノヴェル〟『陰謀——史上最悪の偽書〈シオンのプロトコル〉の謎』（門田美鈴訳、いそっぷ社、二〇一五あり）へ寄せたあなたの序文(*33)も重要です。そこであなたはこの話が語られる値打ちがあるのは、「それがもたらしている大嘘や増悪」と闘わねばならないからだ、と主張されています。

エコ　あなたは何でもご存知だ。もう私に何の質問もするには及ばないですな。〔笑〕

シュタウダー　とはいえ、やはり以下の件につき精密を期してご質問したいのですが。あなたが文学の政治的参加への賛意を表明されたのは、小説家たちの社会的責任の承認と解してよいのでしょうか？

エコ　その際に私が考えていたのは、決して小説だけでなく、エッセイとかそのほかの形のジャーナリズムも含んでいたのです。『プラハの墓地』に関してなら、もちろん申し上げなければならないこと、それは小説というものはプロパガンダを主要目的として書くのは稀だとはいえ、今回は私がこの目標設定にひどく近づいたということです。なにしろ私が確認したところでは、私本人ばかりか、ほかの多くの者——その中にはあなたが挙げられたノーマン・コーンもいます——が学術論文や著書において『議定書』の偽造のことを取り上げてきたのに、それでもこのことが世論にはほとんど影響を及ぼさず、ユダヤの世界的陰謀という、『議定書』にある考えが広く流布してきたのです。ですから、私が希望したのは、この偽造の成立史を小説という面白い形で描写することにより、きっとより広範な読者に届くことにあったのです。『墓地』の翻訳権は——私が聞いたかぎりでは——アラブの出版社からも獲得されたのですから、私の小説はひょっとしてアラビア語圏でも『議定書』の嘘を暴く一助に寄与するかも知れません。

シュタウダー　ええ。この対話を準備する前にも、自分でもびっくり仰天しながらはっきりしたのですが、『議定書』のテーゼは今日でもアラブ諸国で多数の信奉者を抱えていて、その中で言われていることがすっかり真面目に受け取られているらしいのです。

エコ　『議定書』は書物の形で公刊することが禁止されているのに、それでも広く読まれています。インターネットでは、何ら問題なく完全なドイツ語版を発見することができます。イタリアでもオカルトや神秘主義の領域を専門とするすべての書店が今なお『議定書』の翻訳を在庫しているのです。

シュタウダー　あなたのイタリアの故郷でも最近奇妙な本が出ましたね。それはタイトル『アレッサンドリア賢者の議定書。シオン賢者の小説界におけるウンベルト・エコ』でも、その論争的意図は明らかです。その著書はジャンルー カ・カッセリなる者で、以前にも秘教的性質の本を少し出したことがあります(*34)。彼は一方では、『議定書』における真正さの欠如の証拠を知っていることを認めつつ、他方では、それの内容を信用するための合理的なあらゆる論理に反抗してもおります(*35)。

でも私としては全く別のことをも話題にしたいのですが。『プラハの墓地』では、一九世紀末フランスの反ユダヤ主義の最重要な現われたる「ドレファス事件」との関連で、作家エミール・ゾラが一八九八年一月一三日に新聞『ロロール』に発表した「予は弾劾す」なる有名な公開状にも言及されています。ユダヤ系将校アルフレ・ドレフェス弁護のために当時のマスメディアを動かしたこの注力は、今日では近代インテリの誕生時点と一般に見なされています。[*36]

エコ　ええ。この時点からフランスでは〝インテリ〟ということが言われだしたのです。私は『プラハの墓地』を書き記している間に、まさしくこのテーマに関する小論を雑誌 *Alfabeta* に寄せたのです。[*37]〝反ドレフュス派〟が当時〝インテリ〟なる名辞を嘲笑的な響きをもって用いていたのは、ゾラとともにドレフュスを擁護した、自分たちの反対者グループをけなすためだったのです。

シュタウダー　そこで重要と思われる点は、こういうインテリたち――アナトール・フランスやマルセル・プルーストのような作家ばかりか、大学教員、法律家、医者、自然科学者、建築家、芸術家、ジャーナリスト――までもがその公的な意見表明の際に、それぞれの氏名ばかりか職業付でも署名しており、それによってはっきりとそれぞれの社会的地位を示唆してきた、という事実です。ピエール・ブルデュとともにこう言えるでしょう[*38]――インテリたちは自立した文化ないし学問分野での象徴的な財産の生産者なのであり、彼らがそこで獲得した権威を世論という天秤皿に投じるのは、それにより、政治的立場に特別の重みを授けるためなのだ、と。[*39]

エコ　まさしくそうした〝象徴的資本〟をめぐって当時の論戦は行われたのです。「君はどうしても画家としては、歩兵大尉のすることに関心を寄せるべきじゃない」。これに対して、ドレフュスを支持しているインテリたちが、応えたのは、自分らがフランス国の市民である以上、将軍の振舞に意見表明する権利だってあるはずだ、というものでした。〔笑〕

シュタウダー　私の知る限り、あなたはこのテーマで一年の間にいくつもの記事を載せられましたし、御高見によれば、インテリは職業政治家になろうとしてはいけないし、[*40]またインテリはたとえそんなことを実際に要請された特定の状況においてのみ、公衆の面前で立場を明かにすべきなのだ[*41]と言われています。あなたの同僚筆者の若干名があなたの政治談義を集めたときの経験に照らしてみると、こんなことが確かめられます。つまり、彼らは議員としては通常決して特に抜きん出ることはできないし、したがって、彼らの集団の外でのほうが、独立した声としての影響力の可能性は大きかったということが。その一例はクラウディオ・マグリスでしょう。彼は一九九四年に元老院選挙で左派候補として立候補するように説得されました。彼は選出されましたが、議席をたった二年後には自発的に放棄してしまいました。(*42) あなたの個人的な政治参加に関しては、とりわけ、市民運動〝自由と正義〟の枠内でのご活躍が挙げられるでしょう。二〇〇二年にこれの創設メンバーにあなたは数えられていましたし、それを助けてあなたはさらにベルルスコーニと闘っておられます。(*43)

エコ　ええ。私にはこれが一つの戦闘形態なのです。〝自由と正義〟の会員数は二〇〇二年以来だんだんと増加しています。当初は僅かでしたが今日ではこのグループに約二万人の市民が加入しています。

シュタウダー　〝自由と正義〟がもはやベルルスコーニの政党に属さない、新しいミラノ市長を先の春の選挙で選ぶのに軽視できぬ寄与を果たしたことは疑いありません。(*44)

エコ　そう、あなたの言うとおりです。

シュタウダー　もう一度『プラハの墓地』に戻るとして、私はこの小説の中にモーリス・ジョリーがナポレオン三世を引き合いに出している一文を発見しました。(*45) これはしかしながら、ベルルスコーニのイタリアにおけるメディア人民主義へのあなたからのあてこすりとも解することができます――「お分かりでしょう？　普通選挙によって独裁体制が実現できる！　……将来の民主主義がどのようなものになるかをわれわれに告げているのです(*46)」。

エコ　はい。私がこの部分を書きあげたとき、市民の選挙権をベルルスコーニが操作しているメディアにより倒錯させたことを考えたのです。私はここに市民制の危機を見る思いがしたのです。

シュタウダー　もう一つ、お尋ねしたい質問があります。それはこの小説における図説の働きに関わるものです。『プラハの墓地』は豊富な図説の付いたあなたの物語作品で最初のものではありません。すでに『女王ロアーナの謎の炎』でも豊富な（しかもカラーの）図説を含んでいました。私見ではしかし、両方の小説ではイラストの種類が異なるばかりか、もっと重要に思われることですが、それぞれの役割があると思われるのです。

エコ　まず第一に確認しておかねばならないこと――あなたはきっとご存じに違いありませんが――、それは私の以前の小説にも図解が載っていたことです。当初はほんの僅かでしたが、とにかく入っていました。『バラの名前』では、大修道院や迷路の図面が、『フーコーの振り子』ではなかんずく、カバラのセフィロートの樹木が出ていました。その限りでは、私はすでにいつでもマルチメディアの作家だったと言えるのかもしれません。〔笑〕

では、私のこういう傾向は何のためなのでしょう？　それは私が幼年期に読んできた一九世紀の書物がすべて挿し絵入りだったこと、それで正当な小説は図解入りでなくてはならぬという考えが私に出来上がったからなのです。『女王ロアーナ』で見出される挿し絵では二〇世紀三〇・四〇年代のカラーが重きをなしています。でもこうした歴史資料の内でも本小説は文学世界に由来する若干の純粋に想像上のイラスト――たとえば、元はジュール・ヴェルヌの小説に属していたもの――も含んでいるのです。『プラハの墓地』ではどうかというと、ほとんどすべての図説は一九世紀の新聞連載小説に由来するものです。このジャンルは私の最初の読書体験になったからです。ですからこれらの挿し絵の機能に関しては、一方ではそれらは当代の雰囲気を映し出しており、したがって、『墓地』に対して或る点では一九世紀の物語の雰囲気を付与していることでしょう。他方、私はこの元来は虚構的なテクストに付随しているイラストの間に、同時代の若干の資料を隠しもしたのです（たとえば、『自由言論』(*La Libre Parole*)(*47)紙の第一面のような)。読者はこれに呼び覚まされて、独り言をいうことでしょう――「さてはこれはみなでっち上げとは限らぬのだ！　実際に起きたのだ、真実なのだ」と。ですから、『墓地』の挿し絵は二重の機能を果たしているのです。

シュタウダー　私自身が読んで受けた印象では、それらの絵はこの小説が美的な観点ではクリシェーの役を演じており、小説の立脚している立場はアイロニックな、ポストモダンのそれであるということを読者に示すための手段にもなっているというものでした。『墓地』の中に付されたイラストにおける人間描写術は、またしばしばアイロニックでもあり、カリカチェア風なひずみの働きもしていますね。

エコ　はい。当時はユダヤ人の肖像画はとりわけカリチュアの形をとることがよくあったのです。これはその後ナチ体制下でも存続したのです。

シュタウダー　『墓地』にとっての新聞連載小説の下敷き的役割にもう少々深入りしたいのですが、あなたが幼時にとりわけ、祖父の所で見つけられたためにこの種の本を沢山お読みになられたこと……は存じております。[*48]

エコ　はい、そのとおりです。

シュタウダー　そして、あなたは後に『ボンピアーニ年鑑　一九七二年版』の中で、伝統的な語り形式への回帰のようなことを語られていました。[*49]これは新前衛から一九世紀の慰撫的としてあざ笑われた長編連載小説の徴《しるし》なのだ……と。

エコ　数年後の『大衆のスーパーマン[*50]』でもね。こういう問題設定は私もしばしば扱ったことで、そのとおりなのです。

シュタウダー　一九世紀の特定の小説（主としてフランスの）やとりわけアレクサンドル・デュマ（ペール）やウージェーヌ・シューの小説類が『墓地』の間テクスト的基底としてどのように自由に使われていたのかについては、きっとより精密に突きとめられることでしょうね。一方では、看過できないこととして、あなたの小説にはこういうモデルの特定人物への示唆が見つかります。『ジョゼフ・バルサモ』の魔術師カリオストロとか、『モンテクリスト伯』中のブゾーニ神父とエドモン・ダンテスとの身元混同（それは『墓地』のシモニーニとダッラ・ピッコラ神父との関係に似ています）とか。[*51]他方では、あなたはこれら作家のスタイルを模倣もされていますね。今日ではこんなやり方はアイロニーをこめてのみ可能なことですが。

エコ　はい。『墓』は連載小説のスタイルをパロディー化しているとも言えるでしょう。しかも私がことに刺激的に感じたのは、『シオン賢者の議定書』の史料として、一九世紀の若干の小説が実際に数えられている点です。ひょっとして私以前にも誰かがこんな発見をしていたのかどうか全く確信がありません――ジョリーの本[*52]（および間接的には『議定書』の）の見本の一冊がウージェーヌ・シューの『民衆の密儀』であることを。でもきっとデュマの『ジョゼフ・バルサモ』をジョリーの源泉だと同定した人はいないでしょう。この作品から、プラハのユダヤ人墓地での象徴的な謀叛状景は採られていますし、私の小説のタイトルもこれに負うているのです。H・ゲーチェもおそらくそこから採用したのでしょう。(*53)

シュタウダー　ところで、歴史小説一般なるジャンルにも言及するとしたら、まず思い起こされねばならないことは、あなたの幾つかの先行小説——わけても『バラの名前』——にとってはマンゾーニの『婚約者』が重要なモデルになっていたことです。(*54)けれども今回はこれはあまりその場合ではないように思われるのですが。

エコ　ええ、今回は否です。マンゾーニは特に私の当初の作家としての事始めでは、強く影響を受けました。『バラの名前』ではそれがくっきりしています。人は過去の回り道を経て現在を物語ることができるという私の認識は、マンゾーニに負うているのです。

シュタウダー　たしかに。ジャンル史では、マンゾーニのような小説を「放物線状の歴史小説(*55)」と分類できましょう。『婚約者』のプロットは一七世紀にありますが、他方では一九世紀イタリアの政治状況への示唆にも富んでいます。両世紀にはアペニン半島では外国の占領軍が居ました——一七世紀にはスペイン人が、一九世紀にはオーストラリア人が。

私が『墓地』で発見したのは、自伝的要素です。もっとも、こういう要素はあなたの以前の幾つかの小説でもしばしば見受けられますが。

エコ　実はそれは私もそう望みたいところなのですよ!〔笑〕

シュタウダー　それは好都合です。私としては今度の小説の主人公にはひどく反感を覚えます。〔一緒に大笑い〕

エコ　でも私はシモニーニの若干の気持を私自身の体験に基づいて描いたのです。たとえば、シモニーニはしばしば彼がほぼ全人類に覚えている嫌悪のことを話題にしています。こういう病的な態度を共有しなくては、私たちは銘々が特定の人間を嫌悪するとか、彼らへの攻撃に傾斜するとかいった瞬間のあることが分かりません。これは私にも当てはまります。ですから私は自分の悪しき特質をシモニーニに帰したり、それをそこで今一度強化した、とも言えます。ですから、どの小説も常に或る種の自伝的要素を帯びているのです。ジャック・ロンドンにあっては、オオカミが主人公だったりします。[＊56]〔笑〕

シュタウダー　シモニーニがいつでもあなたと共通しているのは、彼がピエモンテ州の出身だという点です。

エコ　はい。でもシモニーニのトリーノは私のそれではなくて、一九世紀のトリーノです。私の主人公の生涯にとりより重要だったのは、私が彼をイッポリト・ニエーヴォの暗殺者にしようと決めたことです。実はこの作家がどういう事情で死に至ったのかは正確には今も不明なのです。これはイタリア・リソルジメントの最後のミステリーの一つなのです。シモニーニをニエーヴォの死と時代的・空間的に結びつけられるようにするために、私はニエーヴォも参加していた有名な〝(ガリバルディの)千人隊〟[＊57]を私の小説中に組み入れねばなりませんでした。『墓地』のこの部分はすでに二〇〇五年に書き上げたもので、当時は二〇一〇年にイタリア国家統一百五〇年祭が催されるとは思いもしませんでした。しかもこの小説は二〇一一年かその後ぐらいに終えられるだろうと踏んでいたのです。ところがそれから『墓地』が二〇一〇年末に出たとき、みんなが一様に叫んだのです――「ああそうか、エコはこれを意図してそんな計画を練ったんだ!」と。実はこれは偶然の符合なのですがね。

シュタウダー　あなたと行った別のインタヴューではこうおっしゃいました――今日のイタリアには〝左翼の愛国心〟とでも呼べそうな新しい類のナショナリズムが存在している。と。

エコ　こういう成り行きになったわけは、以前に右派の政治スペクトルから出た同盟[＊58]が攻撃的な反イタリア主義を唱えていたからなのです。この反動で、当時までは愛国主義マニフェストを回避してきた左翼民主党員が勢いづいたのです。なにしろこの愛国主義は国民感情を培うためになされた過度のファシズムにより評判を落としてきたからです。これはまた私たちの現在の首相の道徳的により完全な人柄とも絡んでいます。ジョルジョ・ナポリターノは現代のやや薄暗い政党パノラマから、一種の輝く人物みたいに抜きん出ているのですから。

シュタウダー　さらに、若干のまとめ的なご質問がまだあります。今回『墓』において初めてあなたの物語類に登場したわけではない、〝ダブルの人物〟なるモティーフも、私には言及すべき解明を要するように思われるのですが。『前日の島』でもあなたは主人公ロベルトにフェランテなる名称のダブルの人物を対置させておられました。このことは、この一七世紀を舞台とする小説では義務だった、バロック美学から説明がつくことでしたが。

エコ　ええ。『墓地』では逆に、このモティーフを再び取り上げたのは、私の小説ではいつも自選的なしばり(＊59)を課してきたからです（これはこれら小説の展開をさらに一つの特定方向に導いています）。こういう条件はいつもいささか異常なものに違いありません。たとえば、『バラドリーノ』は中世コンスタンティノープルでのこの都市の攻囲の期間から始まらざるを得ないように私は装いました。こういう出発点を選ぶための必然性は全くないのですが、私がこう決心した結果、この小説の主人公は特定の物事を体験させられざるを得なくなったのです。

今回の『墓地』で私が課した条件は、主人公がパリの大学病院センター〝サルペトリエール〟（ここに当時シャルコー(＊60)はいました）に赴かなくてはならぬということです。ですから、シモニーニはフロイトとも知り合う結果になったのです。シャルコーの研究対象は当時、分裂性人格でした。また私の小説に登場するブーリュやビュローといった彼の周辺領域のやや奇抜な学者たちも実際に存在したのです。当時は精神分裂症の病理学のために医学的実験が行われたのです。そういうケースは、ドクター・アザムがその女性患者フェリダ(＊61)を実例にして書いていたのです。私が性格づけのために用いた小説中の人物ディアナの特徴は、すべて歴史的根拠のあるフェリダの症候に帰せれるものなのです。

そのほか、本小説の中ではディアーナの挿話につきまとうさし絵も、当時の医学出版物に由来しているのです。このようにして私はシャルコーを中心にした仲間の精神医学的議論を知った後で、偶然にも、どのみちもうシモニーニが偽造者として紹介されていた以上、自己自身をも偽装しかねなかったという考えが思い浮かんだのです。でもこれは本小説の執筆中に初めて生起したことであって、『女王ロアーナ』の中心を成していた記憶のテーマとは無縁なのです。極論すれば、シモニーニは私とは無関係に自らこの病気にかかったのだ、と言えるかも知れません。〔笑〕

シュタウダー　だとすると、あなたの小説の主人公は当時初めて発見された精神病理学の下で悩んでいるわけですね。

エコ　ええ。しかもシャルコーは当時こんなことさえ認めていたのです――女性ばかりか、男性でもヒステリーにかかりかねない、と。私の小説でのフロイトへの言及に際して、ふと思いついたんです、彼の名前を〝フロイデ〟と表記すればひょっとしてフランス人の発音に符合するかも知れない、と。ラカン(*62)もよく〝フロイデ〟と発音していたのです。

シュタウダー　私たちがもう少し取り上げるべき、さらなる面白い点は、あなたの小説における実在の歴史的人物の描写です。例を上げると、イタリア統一の闘士ガリバルディーです。まずデュマ(*63)は彼を輝かしい英雄、いやほとんど聖人に近い者として描き、さらにその外見や自由愛と祖国愛に関してもそのように描きました。(*64)それから後にはシモニーニが彼を見かけるときには、その代わりに、彼は普通の人間みたいになっており、おまけに身体的疾患にかかっています。(*65)

伝統的な英雄崇拝へのこういう破壊はあなたの小説を読んだ限り私には、世界史の有名人を同じように無礼に描く、最近一〇年間のラテンアメリカの〝新歴史小説〟(nueva novela histórica)のことを想起させられました。こういう例はキューバの作家アレホ・カルペンティエールの小説『弓と影』とか、コロンビアのノーベル賞受賞作家ガブリエル・ガルシーア・マルケスの小説『迷路の将軍』におけるシモン・ボリーヴァルの性格描写にも当てはまります。『墓地』ではシモニーニがこのリソルジメントのアイコンに出会った際に、たいそう懐疑的な態度を示しています。

(「父の死後、あらゆる英雄を疑いの目で見るようになった私は、この英雄のこともやはり疑っていた。〔中略〕明らかに彼ら義勇兵は、ガリバルディーとその副官たちにすっかり魅了されていた。まずいことだ。諸王国の幸福と平和のために、魅力にあふれた指導者たちはすぐに排除する必要がある」(同、一四四頁)。

これでもってあなたはそもそも政治上の個人崇拝に対抗なさろうとしているのですか？　それともあなたは小説でガルバルディーを批判せざるを得ないのですか？

エコ　私の世代にとってリソルジメントは、学校で愛国心をもって取り扱われてきたテーマでした。ガリバルディーとカヴール[*66]は聖人のように敬われてきたのです。でも今日イタリア統一過程の歴史研究に携ってみると、ブルボン家の立場から書かれた記述では、ガリバルディーがあまり肯定的に表わされてはいないことが確かめられるのです。近年では、こんな噂話はひょっとして北部同盟のせいで拡がったのかもしれませんが、以前ならほのめかされることさえ決してなかったことですが、ガリバルディーは英国のフリーメイソンから財政上の援助を得ていた、というのです。『墓地』では私がガリバルディーの二面性を呈示しています。つまり、一方では彼の信奉者たちの見地から理想化して、他方ではその反対者たちの見地に立って。そのために、私はこれら両方の対照的な観方がすでに含まれている当代の史料を用いたのです。そのほかに、シモニーニには独自の判断力もあるのです。彼はどっちみちすべての人間を嫌っており、ですからガリバルディーをも嫌悪しているのです。〔笑〕

シュタウダー　あなたの小説における滑稽味との関連では、ロシアの文芸学者ミハイル・バフチーンのカーニヴァル説を取り上げてかまわないでしょう。彼の著作――とりわけ、『ラブレー研究』――のことは、もうすでに『バラの名前』執筆の時点でもご存知でしたね。[*67] その中にも若干の重要な痕跡が残されていました。バフチーンにとっては、笑いはドグマや誤った権威を失墜させるのに資することができるものでした。したがってまた、それは内的自由と自己規定にも役立ちうるものでした。

エコ　ええ。私はいつでもブレヒトの言葉「英雄を必要とする国が不幸なのだよ」（Unglücklich das Land, das Helden nötig hat）[*68]に注目してきました。それというのも、幼時には私たちはいつも英雄的行為を賛美しなくてはなりませんでしたから。それがあまりにも強調されたため、成人して後の私は〝英雄〟という言葉をもう聞くに耐えられなくなっていたのです。

シュタウダー　あなたの学校時代にさらされたファシストの教化法は、『女王ロアーナの謎の炎』におけるヤンボという自伝的な刻印のある人物の回想に基づいてすでに描写されてこられました。でも私としては過去の描写の中にも相違があり、それは公式の歴史記述により生じたのか、それとも文学という助けにより生じたのかということについても取り上げてみたいのですが。もちろん、記憶なるテーマは（戦争トラウマの文学的仕上げとしばしば絡んでいて）近年の実り多い文学上の研究パラダイムの一つとなってきました。フランスの歴史家ピエール・ノラ（〝記憶の場〟なる概念の創始者[*69]）――これは地勢的に考えられているだけではなく、広く抽象的な意味で理解されるべきですが――も最近「歴史と小説――境界はどこで生じるのか？」なる論文においてこの問題提起を行っております。ノラが告白しているところでは、作家ジョナサン・リッテルが二〇〇六年に発表した小説『親切な人々』のおかげで、「史家たちがひょっとしてやらなかったかも知れないような、思いやりの仕方で史実を喚起する[*70]」ことができたらしいです。一千の犯罪を実行者の観点から表示するという、この小説家の文化策略がこの小説にはありますね。

エコ　トルストイの小説『戦争と平和』を通してのほうが、さまざまな歴史書の研究を通してよりも、ナポレオンのロシア遠征についての印象をよく掴めることはもちろんです。とりわけ、かつて書き留められたボロディーノの戦いについての最良の記述がトルストイにおいて見つかります。ちょうどスタンダールやユゴー[*71]が文学的に印象深いやり方でワーテルローの戦いにおけるナポレオンの敗戦を描いた[*72]のとそっくり同じように。

シュタウダー　したがって、『シオン賢者の議定書』の成立に関しても『墓地』のような小説を書くことが正当化されることになるのでしょうね。こういう偽造の状況は歴史的にうまく史料で裏付けられるけれども、あなたにとっての挑戦、それはヨーロッパの反ユダヤ主義の鍵的なこの挿話を読者に魅力ある斬新な方法で語ることにあるのだ、とご存知だったのですね。

エコ　はい、まさにそれこそが私の意図でした。

シュタウダー　今回の小説について、日刊紙「コッリエーレ・デッラ・セラ」に発表された、あなたとの対話の中で、クラウディオ・マグリスは、公けにはとりわけ内容への質問があなたに提起されても、スタイルとか語りの構成といった、『墓地』のより狭い文学性のことはほとんど議論の対象にならないことを嘆いていました。(＊73) ですから、今回の小説の構成法についても少しおっしゃって頂けませんか？　そこに語り手のさまざまなレヴェルが存在することは読者がすぐにも気づくことですが。

エコ　以前の小説の中でも私は相互に入り組んだ語り手の声でトレーニングしてきたのです。記号論学者としての私にはこれはほとんど〝本能活動〟なのです。〔笑〕自分の小説にやや込み入った構造を付与するのは慰めになります。こんなことをしたら、一部の読者にはたぶん少々威《おど》しになる危険を冒すことになりかねませんがね。

シュタウダー　最後に、『墓地』の公刊で昨年イタリアで湧き上がった論争にも戻りたいのですが、ヴァティカンの公式の情報紙『オッセルヴァトーレ・ロマーノ』に寄せた記事の中で、ローマ大学の歴史家ルチェッタ・スカラッフィーアはあなたの小説がこんなふうに誤解されるかも知れない危険を警告していました。つまり、

「物語で反ユダヤ主義者たちの態度をとって反ユダヤ主義を告発するという試みは、彼らの仮面外しに役立つばかりか、物語へのいやます嫌悪をかき立てるのにも役立っている。〔中略〕ユダヤ人の悪意を絶えず書き並べると、いかがわしさの疑惑を生じさせかねない。もちろんエコがそんなことを望んでいなかったにせよ、本書のどのページでもそんな気配がするのだ。ユダヤ人について不快なことを読まされると、読者はこういう反ユダヤ主義者の妄想で汚されたかのようになってしまう(＊74)」と。

エコ　はい。その批判は当時、カトリック教会の側から表明されたものです。でも、イタリアのユダヤ社会の側から私の小説に対して表われた反応は主に肯定的だったのです。ローマの上級ラビ職リッカルド・ディ・セーニの言(＊75)では、自己の「政治的に正しい」立場だけを表明しようという強迫観念は、人びとに対して、反ユダヤ主義的な紋切り型《クリシェー》一般

の史的現象になおも言及することになりはしないか、との懸念を抱かせない。でもユダヤ嫌いの理由づけのためのこうした議論ははるかに広く出回っているのだから――とディ・セーニは続けています――人がそんなものと闘おうとしても、所詮それを黙らせられはしないであろう、とのことです。

ほんの昨日、つまりルチェッタ・スカラッフィーアによる最初の書評の一年後に「オッセルヴァトーレ・ロマーノ」紙上で私の小説に対しての新たな酷評が出たのをご存知ですか？　これははなはだ異例なことです。本書でヴァチカンでは何やら大きな不満を呼び起こしたのに違いありません。〔笑〕『墓地』では法王レオ十三世が良い印象を抱いていないことが、その理由なのだというのは私にも想像できるとしても、これは私の罪ではありません。なにしろ彼は実際に私が描写したとおりの人間だったのですから。

シュタウダー　ご高見では、小説家はただ理想的な読者のためだけに書くべきなのでしょうか、それとも、経験上の読者層をも顧慮すべきなのでしょうか？『プラハの墓地』はインテリ読者に向けられているのでしょうか？　それとも精神的にいささか弱い読者にも向けられているのでしょうか？

エコ　インテリ読者に向けてだけです。ただし残念ながら、私の小説をほとんど理解しない読者も必ず存在します。ですから、シモニーニが嘘つきで詐欺師であり、また彼によりあばかれたユダヤ人の陰謀がでっち上げなのだということに気付きもしません。こうした読者は小説中の人物の主張を作家の意見と同一視する傾向もあるのです。もちろん、これは不条理なことですが。

シュタウダー　もう一つ、私が面白いと思うデテールがございます。『墓地』の三番目の章で、あなたが以前の小説の中でもすでに出ている一文（したがってあなたご自身を引き合いに出されている文）が見つかったのです――「何時間も休まずに書き続けて、親指が痛い」(*76)という文を。『バラの名前』の最後のパラグラフも「筆写室の中は寒い。親指が痛む」(*77)という言葉で始まっていましたし、『バウドリーノ』でもまさしく同じ表現をされていましたね。(*78)これはこういう暗示を見分けられる。あなたのもっとも忠実な読者だけに向けられている〝事情通のジョーク〟(Insider Joke) なのでしょうか?

エコ　もちろんです。でもこれだけがこの種の小さなお遊びというわけじゃないのです。たとえば、私のどの小説にもジェラール・ド・ネルヴァルへの示唆があります。『バラの名前』の冒頭には、ビュコワ神父のことが挙げられていますし、(*79) また『女王ロアーナ』では終わりの辺に、ネルヴァルの詩編『廃嫡者』に由来する「黒い太陽」が出ています。(*80) 今回の『墓地』でもネルヴァルとの関係は不可避でした。なにしろ彼は死の二年前にパリ市のパシー地区にあるブランシュ博士の精神科病院で診察を受けたからです。こういう小さなジョークでも私には固有の楽しみになりますし、少数の読者にもそうなるでしょう。いわばルネサンスの画家たちが、その絵の群衆場面に中に若干の友人の顔を好んで描き込むことにしていたようなものなのです。

シュタウダー　このたびもインタヴューを感謝します。きっと来年にはあなたの八〇歳誕生日を記念しての国際会議で再びお目にかかることでしょう。(二〇一一年一〇月一三日に行われた対話。於フランクフルト・アム・マイン)

〔付記〕
フランクフルトで出会って二週間後の二〇一一年一〇月二八日に、ウンベルト・エコは「レスプレッソ」誌上のコラム〝ミネルヴァの知恵袋〟において本対話の或る内容にはっきりと立ち帰っていた。要旨は次のとおり。

ここ数年間、私はナチズム的な民族主義、敵をこしらえることや、他者ないし異なるものに対しての憎悪の政治的機能、について書いてきた。全てを語ったと思っていたのだが、最近になって友人トマス・シュタウダーとの議論の中で、何やら新しい(少なくとも私には新しい)要素が現われたのだ(この機会に誰が一つのことを言い、誰が別のことを言ったのかもう思い出せないのだが)。私たちはややソクラテス以前の軽妙さでもって、愛憎という二つの対立物が対照的に対峙していることを言い表わさんとした〔中略〕。だが真のポイントは愛は隔離するということだった。かりに私がひとりの女性を狂ったように愛するとしたら、彼女が私を愛し、他の男たちを愛さないように私は要求する〔中略〕。逆に憎悪は集団的たりうるし、全体主義体制ではそうあらざるを得ない。だから、幼時よりファシスト的な学校は私に対して英国《アルビオン》の〝すべての〟子供を憎悪するよう要求していたのだ〔中略〕。それだからこそ、われら人類の歴史は、愛の行動によってではなく、ほとんど常に憎悪、戦争、虐殺によって印しづけられてきたのである。(*)

(*) このインタヴュー(イタリア語)は *Italienisch*, Nr. 67(二〇一二年五月号)に掲載された(初出)。

(*1) 小説の主人公シモーネ・シモニーニは一八三〇年に作者の故郷ピエモンテ〔イタリア北部の州〕生まれであり、レバウデンゴといういんちき公証人の許で文書偽造者としての教えをやり抜き、ひき続き——この分野でのエキスパートとなってから——秘密の政治的任務を帯びてシチリアに旅する。当地では、ブルボン家支配から四名の赤シャツを着用した義勇兵とともにこの島を解放しようとまさに待機中だったガリバルディと出会う。この時点ではすでに(作者はわれわれ読者をさらに一九世紀末までその生涯に付き添わせるのだが)シモニーニはずる賢しくかつ平然として、常に自身の物質的利益を考慮したり、しかもとりわけ詐欺を働きながら、必要となれば殺人をも辞さずに行動するのだ。地下に潜るために、主人公は後にパリに転居する(小説の大半はここで展開する)。シモニーニのあらゆる詐欺の中心におかれているのは、一九〇五年に初めてロシア語で発行され、すぐさま翻訳されて世界中に広がった反セム族の小冊子『シオン賢者の議定書』である。エコの六番目のこの小説の表題は、シモニーニにより仕組まれた古いプラハのユダヤ人墓地(有名なラビで、ゴーレム〔ユダヤ神秘主義で術者により強大な力を発揮するとされた泥人形〕の創始者たるレーヴも葬られている)に関係している。

(*2) 当初、前日の晩、エコはストックホルムでこの小説を紹介していた。今度は(この対話の場所)フランクフルトでの二〇一一年度書籍市の機会に、(いつも通りブルクハルト・クレーバーによりしっかりと成就された)本小説のドイツ語版を流布するために出席していた（一年前にイタリア語原語版は出版されていた）。

（＊3）より精確に言えば、同種の伝記については二つの相違する浩瀚な版が存在する。*Umberto Eco. Die Biographie* (Tübingen: Francke 2010、三五〇ページ）と *Umberto Eco* (Reinbek bei Hamburg: Rowohlt 2010、一六〇ページ。ただし、豊富な図説付き）とか。筆者の書評 *Romanistische Zeitschrift für Literaturgeschichte*, 35 Jahrgang, Heft 1/2 (2011, pp.243-247) を参照。

（＊4）（一八三三－一九一一）ディルタイの主著は『精神科学序説』（巻野英二訳、法政大学出版局、二〇〇六）と『体験と創作』（小牧健夫ほか訳、岩波文庫、上下、一九六一）。

（＊5）ディルタイの広範な影響の初期の例としては、ゲルマニストのオスカル・ヴァルツェルの研究『生命、体験と詩作』(Leipzig 1912) が挙げられよう。

（＊6）イタリアでは、二〇世紀のかなりの期間ベネデット・クローチェの同種の文学観の影響が認められる。エコは『フーコーの振り子』に関しての対話（『ウンベルト・エコとの対話』、而立書房、二〇〇七）の中でこのことに関して、自分の作品群が〝クローチェ主義者たち〟の小説の理想とは符合しないため、イタリアの読者の一部にあっては受容の困難を来たしたことを示唆している。

（＊7）ネールリヒは（同書の増補版で）ドイツの文芸欄から同種の夥しい攻撃を引用している。すなわち、エコの小説は「読書によるだけで捻り出された認識に富むが、人生体験は貧弱だ」(p.162) とか、それが含んでいるのは「過剰な知識の荷物」(p.189) だとか、「知的なクロスワード・パズル」(*ibid.*) に過ぎぬとか、彼の夥しい作品は「文学上未解決な陶治財」(p.219) だとか、いったものである。

（＊8）（一九四三－二〇一二）ポルトガル語学文学者で、ペッソーアの作品のイタリア語版編集者。小説『インド夜想曲』（一九八四）や『ペレイラを励ませ』（一九九四）がある。

（＊9）（一九三九－　）ゲルマン語学文学者で、『現代オーストラリア文学におけるハプスブルク家の神話』（一九六三）

という研究者の著者でもある。もっとも著名な小説は『ダニューブ川』（一九八六）。

（＊10）ドイツのノーベル賞受賞作家ギュンター・グラス（一九二七－二〇一五）は、エコが挙げた好例だ。彼は（デュッセルドルフとベルリンで）グラフィックアートと彫刻を学んだが、大学でのいかなる職にも就いたことがない。

（＊11）（一九〇二－一九九四）オーストリア出身の哲学者。ユダヤ系のせいで一九三七年にニュージーランドに移住し、一九四六年以降は英国で暮らした。批判的合理主義の唱道者である。

（＊12）G・K・チェスタートン（一八七四－一九三六）。小説『木曜日の男』がある。当初秘教に興味を持ったが、一九二二年にカトリック教に改宗した。

（＊13）英語原文では、“When people stop believing in God, they don’t believe in nothing —— They believe in anything.”（この文章は一般にチェスタートンに帰せられているが、彼のどの著書にもこの文言通りのものは見当たらない。

（＊14）エコの第一の小説の主人公の名前の、パスカヴィルのウィリアムやアトソンがコナン・ドイルに、より正確には、シャーロック・ホームズの『バスカヴィル家の犬』に因む冒険や、そのいささか呑み込みの悪い助手ワトソン博士にさかのぼることに何らの秘密もない。けれども、一九八四年にエコが、トーマス・A・シービオクと共著で編集『三人の記号』（東京書籍、一九九〇）を編み、この中で有名な探偵の結論が記号論的視座から分析されていることはあまり知られていない。

（＊15）オーガスタン・バリュエル（一七四一－一八二〇）。一七九八－九九年間に出た『ジャコバン主義の歴史に資するためのメモワール』では、フランス革命がさまざまな反キリスト教的な仲間内の謀反へと引き戻されている。

（＊16）ルカーチのイタリア語版 *Democrazia e populismo*〔民主制と人民主義〕（Milano 2006, p.148）による。この引用でもチェスタートンへの帰属がなされているが、精確な典拠をもって証示することはできない（英語原文はいささか長ったらしくなっている——

“It is a great mistake to suppose that love unites and unifies men. Love diversifies them, because love is directed towards individuality. The thing that really unites men and makses them like to each other is hatred"〔愛が人々を結びつけたり統合させたりするとの仮定は大きな誤りだ。愛は人々を多様化する。なにしろ愛は個性へと仕向けられるからだ。人びとを真に結びつけて、相互を好きにさせるもの、それは憎悪なのだ。〕」

（＊17）ピュートル・イヴァノヴィッチ・ラチコフスキー（一八五三－一九一〇）は、パリでロシアの秘密諜報員《スパイ》をし（一八八四－一九〇二）、当地でユダヤ人の世界陰謀を疑わせる『シオン賢者の議定書』の成立に関与したらしい（これには、歴史研究上、緻密を期すべき状況も絡んでいる）。

（＊18）「他者は私にまなざしを向けている。かかる者として、他者は私の存在の秘密をにぎっている。他者は、私が何であるか〔わたしがそれであるところのもの〕を、知っている。〔中略〕けれども、まさに私は他者の自由によって存在するのであるから、私はいかなる安全をもたない。〔中略〕私の存在を取り戻そうとする私の企ては、私が他者のこの自由を奪いとるのでないかぎり、いいかえれば、私が他者のこの自由を、私の自由に従属する自由たらしめるのでないかぎり、実現されえない。〔中略〕したがって、他者は、存在にまで出現することによって、私を、超越されえないもの絶対的なものとして存在させるのであるが、しかし無化する対自としてのかぎりにおける私を存在させるのではなくて《世界の‐ただなかに‐おける‐対他‐存在》としての、私を存在させるのである」。（サルトル『存在と無』松浪信三郎訳『サルトル全集』第二分冊（人文書院、一九七六二）、三一四－三二六頁）

（＊19）シモーヌ・ド・ボーヴォワールは、その探求結果を次のように要約している。「最も未開の「最も未開の社会、最も古い神話のなかにも〈同一者〉と〈他者〉の二元性はつねに見出される。〔中略〕レヴィ＝ストロースは〔中略〕次のように結論した。『二元性、交互性、対立、左右対称など〔中略〕の対立は〔中略〕社会的現実の基本的かつ直接的な与件である』。〔中略〕主体は対立することによってのみ、自己を定める。つまり主体とは自己を本質的なものとして主張し、他者を非本質的なもの客体にしようとするものなのだ」。（『決定版 第二の性』I 事実と神話、ボーヴォワール『第二の性』を原文で読み直す会・訳、新潮文庫六六三七、新潮社、一九八七、一五－一七頁）

（＊20）Umber to Eco. *Costruire il nemico e altri scritti occasionali*（Milano 2011。pp.9-36）の中の「敵をつくる」（p.10）より。

（＊21）同書、p.22.

（＊22）アンリ・ロランは著書『われらの時代の黙示録』（一九三九）の中で、『シオン賢者の議定書』が反ユダヤ的な偽造書であることを示唆していた。とりわけ、モーリス・ジョリーの『マキアヴェリとモンテスキューとの地獄対話』から採用した本文を彼は取り上げていたのだが、エコも『プラハの墓地』においてこれに言及している。

（＊23）週刊誌『レスプレッソ』へのエコの毎週のコラム。ドイツ語訳は *Streichholzbriefchen*〔マッチ棒便り〕の表題で出ている。

（＊24）アルザス地方のユダヤ人家族の出身で、一八五九年生まれのアルフレ・ドレフュスは、一八九四年フランス軍の参謀本部長として、誤ってドイツのためのスパイ行為の嫌疑をかけられ、一八九五年にはフランス領ギアナのひどい島に追放された。長年の公開討論や無罪証明を経て、一八九九年にやっと恩赦を受け、一九〇六年には最終的に名誉も回復した。

（＊25）たとえば、エコの第二の小説に関する対話（『ウンベルト・エコとの対話』第二章参照）において。

（＊26）エコの一九九〇年の記号論研究。これは一九八六／八七年にボローニャで行われた講義「ヘルメス的記号過程の諸相」に溯るものである。

（＊27）ジャック・デリダ（一九三〇－二〇〇四）はいわゆる脱構築なる哲学流派の創始者と見なされている。これは西欧合理主義の伝統に立つ思想を拒否して、意味産出の絶えず動いている開かれた過程（〝散布過程〟dissémination と称される）を支持する立場である。

（＊28）「（aの付く）〝différance〟なる用語は、差異を静的ではなく、動的な局面から捉え、既定のものではなく、定立の途上で捉えられた差異のこと……。差延作用に訴えかけるのは、哲学を構成している〝説得〟（mise à la raison）の夥しい強力な装置の中に、まさしく多少の遊び、震え、漂流、不均衡を導入する役を果たしたかのようである」(Charles Ramond, *Le vocabulaire de Derrida*, Paris 2001, p.25)。

(＊29) エコが一九九二／九三年度にハーヴァード大学で行った一連の講義。一九九四年に初めて『小説の森の中の六回の散策』の表題で英語版（和田忠彦訳、岩波書店、一九九六、二〇一三あり）が刊行。同年にはイタリア語訳も出た。

(＊30) その際にエコは後に『プラハの墓地』でも役割を果たすことになる『議定書』成立途上の状況もすべて詳述している。バリュエル神父、同神父宛とされるジョヴァンニ・バッティスタ・シモーニニ、ユジューヌ・シュー、モーリス・ジョリー、ヘルマン・ゲーチェ、ピョートル・イヴァノヴィチ・ラチュコフスキー、セルゲイ・ニルスによる手紙を。

(＊31) ウンベルト・エコ『歴史が後ずさりするとき――熱い戦争とメディア』（リッカルド・アマディ訳、岩波書店、二〇一三）三三五－三三九ページに再録。

(＊32) ユリウス・エヴォラ（一八九八－一九七四）はイタリアの思想家で、二〇世紀初頭から秘教や伝統的な精神性に深く関心を寄せた。近代唯物論への批判者として、彼はファシスト的なイデオロギーに共感した。彼の思想は第二次世界大戦後も極右仲間で作用を及ぼし続けた。ウンベルト・エコはとりわけ、一九八八年刊の『フーコーの振り子』でもって、こういう精神状態による切迫した危険を警告しようとしたのだった。

(＊33) エコの序文は二〇〇五年ミュンヘンで刊行された独訳 *Das Komplott. Die wahre Geschichte der Weisen von Zion*, S. 5-7 に出ている。

(＊34) なかんずく、二〇一〇年に Enrico Rulli と共著で *La Chiave del Caos*（『カオスの鍵』）を出しており、その中で彼は「イデオロギー上イルミニスム（天啓説）と一緒に生じた西欧社会」に反抗している。

(＊35) 「だから、もう八〇年もの間、『議定書』を実際に編集したのは誰かについての探求は、若干の明敏な人や反俗の人にとっては、その本文中に書かれた出来事がすでに立証されつつあるのではないかどうかと自問することほど重要ではなかったように思われる」（*op. cit.*, Chieti, 2011, p.81。傍点は原文どおり）。

（＊36）このことに関しては、*cf.* Christian Delporte, *Inte llectuels et politique* —— *xxe siècle* (Paris 1955)、特にpp.9-15.

（＊37）エコの論説が当誌に載ったのは（本小説のイタリア語初版の直前の）二〇一〇年七月のことで、グラムシとの関係が歴然たる美しいタイトル「まとまりのないインテリたちのための入門《アルファベット》」が付いていた。

（＊38）（一九三〇－二〇〇二）フランスの社会学者。主著は『ディスタンクシオン。判断の社会的批判』Ⅰ－Ⅱ（石井洋二郎訳、藤原書店、一九九〇、一九九二〔五刷〕）（本書ではわけても〝位置／立場〟なる概念を展開した）。

（＊39）ブルデューならびに特にイタリアで展開してきたさまざまなインテリ概念の詳細は、『二〇世紀後半のイタリアのインテリたち』（バルヴィヒ／シュタウダー共編、pp.8-38を参照。

（＊40）「政治家がよく成熟していれば、盛期の職業である以上、インテリが職業を変えてそんな政治家になろうとどうして決意しなければならない訳があろう？……彼が何か役立つことをしている分野でのその寄与を社会が奪われて、やり方も知らぬ何かをするために彼を送り込まねばならぬわけが分からない」。『レスプレッソ』誌上に一九四四年に初めて発表され、後に『ミネルヴァの知恵袋』（ミラノ、二〇〇〇、pp.2545. に再録され

（＊41）「進行中の事件に対してインテリが役割を果たす場合は一つだけしかない。それは何か重大事が発生しており、誰もそのことに気づかずにいる場合だ。そういう場合にのみ、彼の訴えがけは警告として役立つことができよう」。この記事の初出は「インテリたちの第一の義務。何にもならぬときは沈黙していること」（*L'Espresso*, 1997）それから「ミネルヴァの知恵袋」（*op. cit.* pp.2645.）に再録された。

（＊42）マグリスのインテリとしての役割については、*cf.* Renate Lunzer,"Der gute Kampf des Claudio Magris"〔クラウディオ・マグリスの〝良き闘い〟〕、in Barwig/Stauder, *Intelletuali italiani del secondo Novecento, op.cit*, pp.129-148.

（＊43）インタヴューの時点（二〇一一年一〇月中旬）では、ベルルスコーニは数多くのスキャンダルや裁判沙汰にも拘らず、閣僚評議会議長（総理大臣）だった。この職務を退いたのは、二〇一一年一一月一二日のことである。

（＊44）二〇一一年五月末に、左翼中道連盟の候補ジュリアーノ・ピサピアが、これまで現役のレティーツィア・モラッティ（ベルルスコーニの〝自由の民〟メンバー）に対抗して、ミラノ市長選を勝利した。

（＊45）シャルル・ルイ・ナポレオン・ボナパルトはナポレオン一世の甥だった。彼は当初一八四八年の大統領選挙を合法的に勝利したのだが、一八五一年にはクーデターを敢行し、憲法を改変し、一八五二年には王位に自ら就いた。

（＊46）橋本勝雄訳『プラハの墓地』（東京創元社、二〇一六）、二一三頁。

（＊47）反ユダヤ主義者エドゥアール・ドリュモンが刊行した。「フランスはフランス人に」なるモットを掲げた日刊紙。〔邦訳〕四〇四頁にある表題紙では居合わせたユダヤ人がフランスの財産をかっさらっている姿の戯画が示されている（絵の下には「彼らにやらせておくと」（“Si nous les laissons faire”）という活字の警告も付いている）が、この金銭は〔邦訳〕三九六頁の表題紙では、すでに二人のひどいフランス人によりユダヤ人のポケットから叩き出されている。

（＊48）『ウンベルト・エコとの対話』中の「エコの伝記の節目」を参照（祖父が印刷屋、製本屋として所蔵していたものをエコは利用したのだった）。

（＊49）この年鑑は「百年後　なる評語が付いており、エコがチェーザレ・スギと一緒に編んだ書類の中に、連載小説に対する学術論文ばかりか、各種の一次的なテクストによる多数の抜粋も含まれていた。

（＊50）『大衆のスーパーマン』（サブタイトルは「通俗小説研究」）は一九七六年に初めて出た論集であって、この中でエコは『墓地』にとって重要なウジェーヌ・シューの作品を扱っており、また連載小説の語りメカニズムや社会的機能に対しての基本的考察をも行っている。

（＊51）『モンテ・クリスト伯』（一八四五）と『ジョゼフ・バルサモ』（一八四六）は両方ともデュマ・ペールの作である。

（＊52）モーリス・ジョリー（一八二八ー一八七八）の『マキアヴェリとモンテスキューとの地獄での対話』（一八六四）のこと。

（＊53）ドイツの作家ヘルマン・ゲーチェが一八六八年に「サー・ジョン・レトクリフ」なる偽名の下に公刊した小説『ピア

リッツ』には、「プラハのユダヤ人墓地にて」という章が含まれており、これは虚構的な『シオン賢者の議定書』の最重要な資料に属する。

（＊54）この小説がエコ本人にとり占めている意味については、彼が一九九四年に『小説の森散策』（和田忠彦訳、岩波書店、一九九六）の中でこう述べていた——「イタリア人はみな、ごく少数の例外を除いて、この小説が嫌いです。学校で無理矢理読まされるせいです。私は、学校で強制されるより先に読むように勧めてくれた父親に感謝しなければなりません。おかげでこの作品が好きでいられるのですから」（七五頁）。数年後にエコはこの古典作家に関して幾つか論考を発表した。わけても、「マンゾーニにおける嘘言」（元は一九八六年の講演。一九八九年に『「婚約者」を読む』（G・マネッティ編、一九八九）、その後一九九八年に、エコ『嘘とアイロニーのはざ間』に、更に二〇一〇年には『ウンベルト・エコが語る「婚約者」物語』（正味一〇〇ページ。シリーズ《当代作家の再話による世界文学の古典作家》）所収。

（＊55）Hugo August（*Der Historische Roman*, Stuttgart 1994, 特に S. 33）の術語による。

（＊56）エコがここで指しているのは、ジャック・ロンドン（一八七六－一九一六）の小説『白い牙』（深町真理子訳、光文社、古典新訳文庫、二〇〇九）のことで、本書では人間に飼育される狼が主役を演じている。

（＊57）イポリット・ニエーヴォ（一八三一－六一）は『あるイタリア人の告白』（一八五八完成）の著者。ガリバルディ信奉者としてそのシチリア遠征隊に参加し、当地での戦闘で軍功を遂げた。一八六一年三月四日、当時すでに疑惑を掻き立てつつあった状況下でパレルモからナポリへと向かった汽船〝ヘラクレス〟号の沈没により死亡した。

（＊58）ウンベルト・ボッシにより創設され、今日まで引き合いに出されている北部同盟は、実際にはイタリア国家体制の連合的改革のために登場したのである。政党史の特定段階では、もうすでに豊かな北部（いわゆる〝ポー川地域〟）と貧しいイタリア南部との完全分離も要求されていた。

（＊59）ここでエコが〝ウリポー〟（潜在文学工房）の美学に負うていることは見逃せない。二〇世紀六〇年代盛期に位置づけられるこのパリの作家グループは、〝強制〟のもつ創造衝動を信奉した。エコがこのグループの芸術的な基本価値を信頼していることは、レーモン・クノーの『文体練習』伊訳に寄せた序文（拙訳『エコの翻訳論』而立書房、一九九九）参照）でも明らかだ。（イタリアのもう一人の傑出した作家イタロ・カルヴィーノ（一九六七年から一九八〇年までパリで暮らした）もウリポーの正会員だった。エコは入会していない。）

（＊60）当時の一流神経病学者ジャン＝マルタン・シャルコー（一八二五－九三）はパリの精神科病院〝オピタル・ド・ラ・サルペトリエール〟で活動していた。『墓地』ではなかんずく、彼のヒステリーや睡眠病の研究が取り挙げられているが、そのほかにも彼はジグムント・フロイトの師匠もしていた。

（＊61）Eugène Azam. *Hypnotisme double conscience et altérations de la personnalité: le cas Félida X* (paris 1887).

（＊62）ジャック・ラカン（一九〇一－一九八一）はフランスでは二〇世紀のもっとも影響力のあった精神分析理論家であって、なかんずく、文芸学での分析の方法論的基礎づけとしてよく引き合いに出されてきた。

（＊63）アレクサンドル・デュマ（ペール）はガリバルディーの友人かつ賛美者だった。彼はガリバルディーが「千人隊派兵」のとき参加し、観察者として彼の戦闘の現場の一つひとつに居合わせたのだった。

（＊64）「ガルバルディー将軍の金色のひげと蒼い目は、レオナルド・ダ・ヴィンチが描いた『最後の晩餐』のイエスのようだ。身のこなしは優雅さに満ちあふれて、声はとても穏やかだ。冷静な人に見えるが、その前でイタリアと独立という言葉を口に出してみれば、活火山のように目を覚まし、炎と溶岩がほとばしるのが見られるだろう」（邦訳、一三九頁）。

（＊65）「デュマはガリバルディーがまるでアポロンであるかのように語っていたが、私の目から見たガリバルディーは中背で、金髪といってもくすんだ金髪で、短足でがに股だし、リューマチを患っているような歩き方だった」（同、一四二頁）。

（＊66）ガヴール伯カミッロ・ベンソ（一八一〇－一八六一）はイタリア統一のために政治の道に踏み込み、新しく創設されたイタリア王国の初代首相に就いた。

（＊67）この点に関しては『ウンベルト・エコとの対話』（而立書房、二〇〇七）の第一章第四節（「笑いの役割」（二九－三九頁）を参照。理論家としてはエコは論文「喜劇的〝自由〟のフレーム」（『カーニヴァル！』、岩波書店、一九八七、五－二三頁所収）において、バフチーンに取り組んでいた。

（＊68）『ガリレイの生涯』（完成したのは一九三八年。谷川道子訳、光文社、古典新訳文庫、二〇一三－二一六頁）より。この言葉はガリレイが発したもの。

（＊69）Pierre Nora (éd.), *Les lieux de mémoire* (Paris 1984-92, 7 vds) 参照。独訳は *Erinnerungsorte Frankreichs* (2005) なる表題で抄訳されている。

（＊70）Pierre Nora, *op cit.* (*Le débat*, Paris,165/3. pp. 6-12. 引用は p.12 より)。

（＊71）ここで言われているのは、スタンダールの『パルムの僧院』（一八三九）とヴィクトル・ユゴーの『レ・ミゼラブル』（一八六二）といった小説のこと。前者では主人公ファブリ・デル・ドンゴが若者としてワーテルローの戦いに参加しており、後者では傍役テナルディエがこれに参戦している。

（＊72）ブリュッセル近郊の村ワーテルローで、一八一五年ナポレオンはウェリントン将軍が率いる連合軍との決戦で敗北した。（訳注）

（＊73）「しかし私は困惑しました。なにしろ向けられていたすべての質問は事実や問題に関してでしたから。〔中略〕あたかも小説ではなくて歴史研究のことが論じられていて、小説で大事なのは事実や理念、とりわけ、物語られ方、再創造の仕方、どういうことば遣いがなされているかということであるのに、そうではなかったからです」（「コッリエーレ・デラ・セーラ」プリント版（pp.32f., 2010.2.28 日号）。

（＊74）『墓地』に対するレチェッタ・スカラッフィーアの書評は、「オッヒルヴァトーレ・ロマーノ」のプリント版（二〇一〇年一〇月三〇日号）に所収。

（＊75）これは二〇一〇年四月一日に週刊誌「レスプレッソ」上で行われた『墓地』に関してのウンベルト・エコとの議論のことである。

（＊76）邦訳、五一頁。

（＊77）伊語原書、p.503.

（＊78）『ウンベルト・エコとの対話』、第四章、一四〇頁。

（＊79）「ビュコワ神父の話」はジェラール・ド・ネルヴァルの小説『幻視者たち』（一八五二）に含まれている物語である。

（＊80）この有名なソネットはフランス語で書かれているのに、奇妙なことにはスペイン語のタイトル（*El desdichado*）が付いている。「メランコリアの黒太陽のことが五行目に語られている（『ウンベルト・エコとの対話』、第六章（『女王ローアーナの謎の炎』、一九〇頁参照）。

第十四章　「マーラーのシンフォニーではなく、チャーリー・パーカーの即興曲で」エコの『ヌーメロ・ゼロ』をめぐる対話

シュタウダー　よろしければ、あなたの新刊小説のモットー――つまり、「つなげるだけだ！」[＊1]（E・M・フォースター）――に関してのご質問から始めたいのですが。この引用は『ハワーズ・エンド』[＊2]の原文そのままの意味で用いられているのでしょうか、それとも陰謀世界に乱心したブラッガチオの精神錯乱に関わる新しい意味で用いられているのでしょうか？　私には後者の説明のほうがよりありそうに思われるのですが。もし『ヌーメロ・ゼロ』のモットーがブラッガドチオのヘルメス的記号過程を暗示するのであれば、これはアイロニックな引用ということになり、フォースターの意図からはかなり隔った用い方ということになりましょう。

エコ　もちろん、私はフォースターの意図に従ってはいません。実はウィリアム・ウィーヴァー――が『フーコーの振り子』を英訳した際に、いろいろの物事を関連づける偏執狂的能力に対しての私の表現に関して、彼は「つなげるだけだ！」と書いてきたのです。ですから彼がこのフォースターから最初に引用したわけです。[＊2]　このときから、「つなげるだけだ！」はフォースターの小説の脈絡を離れた一種の諺みたいなものとなったのです。ですから、私は『ヌーメロ・ゼロ』の冒頭にそれを入れてみたくなったわけです。

シュタウダー　だとすると、これは『ハワーズ・エンド』よりも『フーコーの振り子』への暗示だといってかまわないのでしょうか？

エコ　ええ。そういうことにしておきましょう。実際、『ヌーメロ・ゼロ』は『フーコーの振り子』の再演だ、と多くの人びとから言われました。はい、このことは少なくともブラッガドチオと彼の偏執狂的な陰謀（これは私をずっと魅きつけてきたテーマなのです）に当てはまるし、私としても最近このテーマに関する講演を行ったのです——たとえば、トリーノで。(*3) 今回の小説で語られているすべてのことは事実でして、唯一本物でないことは、ブラッガドチオの偏執狂的な心のでっち上げです。私はムッソリーニについてこういう虚偽の話をつくり上げて、偏執狂的な陰謀をめぐらせれば、どんな史実、たとえば、『ヌーメロ・ゼロ』の最後に出てくるBBC放送で流される真実でさえ、すべて「つなげられ」るし、間違った結論に到達しうるのだということを示したりして、楽しんだのです。

私は真の陰謀と偏執狂的な陰謀とを常に区別してきました。真の陰謀なら、毎日存在しています。この瞬間にも米国の自動車会社クライスラー(*4)とかほかの会社に誰かがよじ登っていても気づかないかも知れません。でも通常、陰謀は後で明るみに出るものです（ユリウス・カエサルの暗殺の場合のように成功することもあれば、カティリーナの陰謀(*5)のようにすぐ密告されることもあります。私の小説にあるものはみな、たとえ陰謀に端を発していたにせよ、事実なのであり、後で明るみにされたことなのです。たとえば、ユーニオ・ヴァレーリオ・ボルゲーゼのクーデタの試みは二日後に知り渡りました。(*5) ところが、偏執狂による虚構の陰謀は決して見破られたりはしません。たとえば、〝赤い旅団〟が存在したとき、「大物の老人」(*6)が存在すると思われていたのです。

シュタウダー　あなたが愛書家であられることは存じ上げています。きっと陰謀をテーマとする初版本を数多く収集されてこれたことでしょうね。

エコ　私の古書コレクションは「気まぐれ、魔法、精霊の奇妙なる記号論文庫」と呼ばれておりますが、この用語は古本屋のカタログに用いられていたものに由来するのです。私が集めているのは、概して偽物を述べている書物だけです。ガリレオは所有しておりませんが、思い違いをしていたプトレマイオスは所蔵しています。ですから、バラ十字会やフリーメイソンの陰謀から反ユダヤ主義のテクスト類——これらは『プラハの墓地』のためにふんだんに活用しました――にかけて、陰謀に関するかなりのコレクションを所蔵しています。虚偽のもくろみに関係のない書物はごく少数しかありません。こういう書物が私の人生には重きをなしてきましたし、またそれらの初版本を入手しようとしてきたのです。『婚約者』の初版本、ジョイスの『ユリシーズ』の初版本、ユイスマンスの『さかしま』の初版本、デュマの『三銃士』の初版本も所蔵していますが、別の書架に収蔵しています。

シュタウダー　そうだとすると、イッポリト・ニエーヴォの『あるイタリア人の告白』の初版本も『プラハの墓地』で参照するためにきっと所蔵されているのでしょうね。(*7)

エコ　いや、その小説は所蔵していません。私はイッポリト・ニエーヴォについて物語りましたが、それは作家としてのニエーヴォには関わりのないことなのです。関係しているのは、彼の死の状況について、その後語られてきたすべてのことなのです。もちろん、こういう論議に関しての文献はすべて参照しました。そしてそのせいで私はあの『プラハの墓地』の場合に、多かれ少なかれ真事実とも両立しうる偽の陰謀をでっち上げることができたのです。

シュタウダー　これまでのあなたの小説同様、『ヌーメロ・ゼロ』も間テクスト的、間メディア的な夥しい回付が際立っています。第一章末の一節は言わば自己省察の瞬間とでも分類できましょう（つまり、アンドレ・ジードなら「深洲への沈潜(*8)」と分類できるでしょう）その中で、推理小説のゴーストライター役をしてきたコロンナが「引用の悪癖」(p.19) に触れてこう言っています。

「……自分でも気づいていたのだが、誰かまたは何かを記述するために、私は文学的状況に回付してきたんだ。私は誰かが曇りのない澄んだ午後に通りかかったとは言えなかったため、『カナレットの空の下』を歩いていた、と言ったんだ。後で気づいたのだが、ダヌンツィオもそう書いていた。〔中略〕アンドレーア・スペレッリはボルゲーゼ画廊の匿名紳士の肖像画のことに言及していた。だから、何か小説を読むためにはキオスクに売られている何らかの美術史の分冊を緩いてみざるを得まい」。（『ヌーメロ・ゼロ』、pp.18-19）

作中人物と作家との違いを心得ねばならぬことは分かるのですが、それでもお尋ねしなくてはならないのは、ここでも、これと同じようなほかの作中人物たちにあっても、[*9]ことはウンベルト・エコの自己批判にあるなのではないのではないか、[*10]）またこういう自己批判はただおどけているだけか、それともひょっとして幾分まじめでもあるのかどうかっというご質問です。

エコ　私は芸術作品を介して物事を見るというダヌンツィオのやり方（「カナレットの空」[*11]）に二回首を突っ込みました。初回は『終末論者たちと保守十全主義者たち』所収の「昨中人物の実地利用」に関するエッセイにおいてです。[*12]そこでは私はダヌンツィオばかりか、『一年の中の一月で』[*13]から抜粋したフランソワーズ・サガンの断片も活用しておきました。二回目はキッチュに関してのエッセイ[*14]においてです。でも、これを……何と呼べばよいのか？　「コロンナの悪癖」[*15]とでも呼ぶことにしたいと思います……芸術作品への参照を介するのでなければ現実を描述できないということは、引用癖とは無関係です（引用がアイロニカルともなりうる、この用語のポストモダン的な意味でですが）。事情は同じではないのです。「コロンナの悪癖は、その瞬間にどういう光が射し込むのかを言えないという無力さにあるのです。ですから「言うなれば……」という表現をしているのです。他方、引用癖とは、私がこの詩節を書きながら、彼女と喋り、そして或る時点で「もっと光を！」を導入することです。これは文学的引用に対するアイロニカルな遊びなのであって、[*16]私が光を描述できないからなのではありません。

シュタウダー　もちろんです。ダヌンツィオは退廃的耽美主義から、こういう引用を真剣に受けとめていましたが、あなたが示されているのは、いつも幾分かアイロニーを含んだポストモダンの態度だと言えましょう。

エコ　ダヌンツィオには、芸術のほうが人生よりも大事なのです。こういう態度はデカダン主義に典型的なものです。

シュタウダー　あなたはすでに一九八三年に、『「バラの名前」覚書』の中でポストモダンの書法について初めて言及されましたし、その折にはジョン・バースの試論『枯渇の文学』を引用されていました。レズリー・フィードラーやその他のポストモダン理論家たちも指摘したとおり、ポストモダンの文学は「知識人の文化と無教養な人の文化」とを区別なく混合しているのが特徴です。ポストモダンの小説にかかわっている読者は、知的エリートにも一般大衆にも属していることがあり得ます。

『ヌーメロ・ゼロ』で〝高等文化〟への参照例としては、幾分隠されてはいますが、ジョルジュ・サンド（ヴァルデモッサ修道院を通して、p.9）。ハーマン・メルヴィル（『モビー・ディック』中の「俺をイシマエル〔世の憎まれ者〕と呼んでくれ」、p.13）シェイクスピア（『ハムレット』の「天にも地にもいろんなことが存在する」、p.187）への暗喩がありますし、他方、はっきり名前が明示されているものとしては、スタンダール（p.81）、バルザック（p.85）、アリオスト（p.101）、ベートーヴェン（p.191）、ベックリン[*17]（p.206）があります。大衆文化は映画とかテレヴィジョンを通して、たとえば役者エーリヒ・フォン・シュトローハイムやテリー・ザヴァラスを介して（p.35）、しばしば代表されていますし、『トルトゥーガの海賊』（p.167）や『クワイ川に架かる橋』（p.171）のような長編映画とか、『永遠のハーモニー』（p.193）や『風の道』（p.218）のような映画への言及もそうした例です。

あなたはこうした異なる文化水準の混淆《こんこう》を意図的な対比として考えられたのでしょうか、それとも（記号論学者として――つまり、マス文化研究者として――であれ、ポストモダンの小説家としてであれ）高等文化にも大衆文化にも同じように親炙されてきたという理由だけのせいなのでしょうか?

エコ　私はポストモダンがどういうものかはよく分かりません。でも、私が承知している僅かなことは、ジョン・バースとレズリー・フィードラーを読んで学びました。ですから、彼らの分析には賛同しているのです。誰かが書いていたところによると、私は〝高等文化と下等文化〟の区別を打破して、両者を混合している、と。もちろんです。私はダンテ・アリギエーリであれ、ミッキー・マウスであれ同じ程度にいつも興味がありましたから。そういうことは私にとっては当然だったのです。要するに、ポストモダンに関するどの議論もアメリカの理論家から始まり、その後私の小説に結びつけられて、まさしく〝二重コード化〟の問題が論議されてきました。カナダの女流研究家リンダ……もこのことに言及してきました。

シュタウダー　リンダ・ハッチオン[*18]ですね。

エコ　はい。〝高等なもの〟と〝下等なもの〟との混淆のうちに、ハッチオンが定義した「二重コード化」により、うぶで無教養な読者でもダンテ・アリギェーリへの参照に気づくことができます。つまり、第一レヴェルの読者でも、〝高等な〟要素を見分けられるのです。ときには、第二レヴェルの読者だけが大衆文化への暗示に気づくことだってあり得ます。たとえば、ボローニャ大学の私の或る同僚はいつも児童文学や大衆文学について書いてきたのですが、[*19]彼は私の『振り子』の中にウォルト・ディズニーへのかすかな暗示を見つけだしたのです（第一レヴェルのうぶな読者ならとてもみつけだしはしなかったでしょう）[*20]。

シュタウダー　ええ。読者の教養水準と読書スタイルとの間にはいかなる自動的な絆もないことは理解できます。

エコ　ですから、〝上等と下等〟や〝二重コード化〟が存在するのであり、両者は二つの別物なのです。二つの現象は混淆することはあり得ても、密着してはいないのです。意図せざる〝二重コード化〟の例を挙げましょう。アガサ・クリスティーの小説『ロジャー・アクロイドの殺害』では、第一レヴェルの読者は殺人者が語り手だと判明すると、びっくりしながらもこれに魅せられます。でも第二レヴェルの読者だけは、アガサ・クリスティーが小説全体の中でずっと疑わしいいろいろの要素をばらまいていたことに気づくのです。ですから、後者のレヴェルの読者は『ロジャー・アクロイドの殺害』をメタ・語り的に読むのに対して、うぶな読者はこの作品のミステリーとその解決を楽しんでいるわけです[*21]。

シュタウダー　そのとおりです。より気のきいた読者なら、より〝うぶな〟読者が気づけないことを見抜きます。

エコ　このことはもちろん、『バラの名前』でも顕著でした。この作品が成功したのも、大勢の読者がミステリーに満足したからなのです。そして、これが映画化されたとき（一九八六年）、全体がこのミステリーに致命的なまでに矮

小化されてしまい、この小説のそのほかの意味は失われてしまいましました。(*22)

シュタウダー　このことに関しては、あなたの著された『終末論者たちと保守十全主義者たち』(一九六四)からの一節を引用したいと思います。ここではポストモダン物語文学が頂点に達するずっと前の時代に、驚くべき先見の明をもってこう述べられていました。

「……パウンドの詩の愛好家と推理小説の愛好家との間には、端的に言って、社会階級の相違も知的レヴェルの相違も存在しない。われわれは銘々が、日々の各瞬間にそのどちらともなりうるのだ……」(*ibid.*, 1984, p.55)と。

エコ　ただし、アガサ・クリスティーの小説の場合には、八千万人が第一レヴェルの読者であり、たった一〇万人だけが第二レヴェルの読者だという例外があります。同一人物でも二重の読みが生じ得ますが、こういう読みが全員に認められるというわけではありません。

シュタウダー　それじゃ、今度はよろしければもう一つの別の局面についてもお話したいのですが。御著書『記号論と言語哲学』(谷口勇訳、国文社、一九九六)の末尾において、あなたはロラン・バルトの『S/Z』をコメントされながら、間テクスト性なる新概念の流布で(たとえば、ジュリア・クリステヴァの考え方により)新しいコード概念も生じさせたのだろうと述べておられましたね。つまり、

「コードは引用の投影図であり、構造の蜃気楼なのである……このすでに読まれ、見られ、なされ、体験された或るもののひとつひとつの輝きに相当するのだ。すなわち、コードはこのすでにの通過した跡である。」(同書、三四六頁)

あなたのご見解では、こういうパラダイム変更の結果、こうなった――「文化生活はもはや自由な創造、神秘な直観

の対象、言葉に言い表わせないものの場、創造エネルギーの放出、それに先行し、分析では捉えられなかった諸力に導かれたディオニュソス的表象の劇場と見なされはしなくなったのだ。文化の生活とは、〈すでに言われた〉それぞれのことが可能なルールとして作用する間テクスト的法則に支配された、諸テリストの生活なのである」。（イタリア語版、三〇〇ページ）

こういう理論的省察をあなたご自身の小説、とりわけ『ヌーメロ・ゼロ』にも適用することには賛同なさいますか？

エコ　あの試論でコードに関する個所はヨーロッパにおける〝記号論〟(sémiologie) の爆発現象に関係していました。あの試論は当初、〝コード〟概念を明確化しようとして、『エイナウディ百科事典』のために執筆されたものなのです。ご覧のとおり、この概念はその後多種多様な見解へと粉砕されてしまいましたから、私の結論では、多くの人びとがコードと呼んできたものが、一種の百科事典と化してしまった、ということなのです。あそこに揚げた多様な見解に私が共感したというわけではありません。ただそれらの見解を演出させておいただけなのです。私は「この地点にまで到達してしまった」と述べておいたのです。

シュタウダー　ポストモダンは文学上ないし芸術上の問題であるばかりか、哲学上の問題でもあります。このポストモダンを話題にすると、ジャンニ・ヴァッティモ（彼もあなたと同じくトリーノ大学においてはルイージ・パレイゾンの子弟でした）[*23]の『脆弱な思想』を引き合いに出すことができると思います。この本のために、あなたは一九八三年、試論「反ポルフュリオス」を執筆されましたね。この論考の末尾ではこう述べておられました。

「理性の危機が話題になると、思い当たるのは、（与件、つまりそういうものがあると仮定した上で）適用されるべき〝すごく〟決定的な世界像を前もって用意したがってきた、かのグローバル化的理性のことだ。迷宮とか百科事典という考え方は、推測的で脈絡重視的な限りにおいては脆弱だが、それは間主体的な制御を可能にするし、断念にも唯我論にも陥りはしない限りでは理性的なのである」。

（同書、p.79）

エコ　それは理性に対して理性的であることなのです。

シュタウダー　ええ。だとすると、コロンナが『ヌーメロ・ゼロ』の中で「博識の快楽は敗者たちだけの占有物だ」（p.17）と言ったり、パオロ・ヴィッラッジョの「奇怪な教養」(*24)を引用したりするとき、これは現代社会ですたれてしまっている古い知の諸形態を指しているのでしょうか？

エコ　これは一つの逆説と受けとめられるべきものです。私は何でも知っている出版者でゲラを集めている多くの校正係と知り合いましたが、他方サンスクリット語の教授はサンスクリット語しか知りません。〔笑〕独学者と専門家との違いです。私の小説にとって、こういうタイプの作中人物は、知の諸形態の問題にというよりも、出版社での私の経験に結びついているのです。

「脆弱な思想」に対する私の立場のために、私は『樹木から迷宮まで』(*25)の中で公表した一章が手本となりましょう。そこのエッセイ――あなたも引用された「反ポルフュリオス」――はいつも私を当惑させてきたものなのです。私について多くのことを書き続けている弟子のひとりはこう言っているのです、「それは先生の書かれた内でもっともすばらしいエッセイの一つですが、間違った本に収められて出版されたのですよ」と。

なにしろヴァッティモとロヴァッティ(*26)はたいそう真面目な学者でした――「私たちが話題にしているのは脆弱な思想のことであり、議論もあるのだから、それぞれの筆者に見解を披瀝するよう要請したい」――からです。でも多くの筆者たちは現前していませんでしたし、それですから、その本はいわば単独で〝脆弱主義的に〟させられてしまったことになります。

別のことを語ったのは、私だけでした。事実、ゲルマニストでたいそう理知的な書評家チェーザレ・カセスはこう語ったのです――「本書ではウンベルト・エコのエッセイは脆弱な思想よりも啓蒙主義に結びついているから、少々当惑させる」と。でも、すべての人びとにとっては、まるで私も本書の理念を共有しているかのように映じたのです。ですから、私としては自分の立場を明確にしておきたかったし、それをこのジャン・ヴァッティモに献じた本[*27]に寄稿した際に行ったのです。このエッセイは後に『樹木から迷宮まで』にも収録されています。[*28]

もう一つ、たぶん間違った本の中に収録されてしまった別のケースは、ネオリアリズムに対してのマウリツィオ・フェッラリスのあらゆる活動でしょう。[*29]もちろん、これは師匠のヴァッティモとの葛藤や脆弱な思想に反対してなされたものでした。私も〝否定的な〟自分のリアリズム観をもってそれに寄稿しました（『カントとカモノハシ』として一九九七年に刊行）。[*30]その場合でも実は書物として刊行される必要はないものでしょう。なにしろ、いくつかの過激な立場（この場合は〝完全〟リアリズムの立場）とやがて同定されることになるのですから。

シュタウダー　もちろんです。ドイツでも、あなたが著書『脆弱な思想』に寄稿されたために、あなたも本書の主たる思想の信奉者だと幾度か誤解されてきたのです。よろしければ、この度の新しい小説における間テクスト性のテーマも少々掘り下げて、私に特に重要と思われる若干の回付についてお話してみたいのですか。

『ヌーメロ・ゼロ』でも、あなたのこれまでの大半の小説と同じく、[*31]推理小説のジャンルへの暗示に富んでいます――エドガー・アラン・ポウ（p.10）、アーサー・コナン・ドイル（同）、レーモンド・チャンドラー（p.18）、ミッキー・スピテンス（同）、ジョルジュ・シムノン（p.205）といったように。

このことはごく一部は、あなたの小説の虚構世界において主人公コロンナが怪しげな推理小説を書きなぐったということの帰結ですが、より重要だと私に思われるのは、ブラッガドチオの共謀説から内密の探索が必要となり、したがって彼本人も探偵ないし探索者だと自覚しているということの確認作業のほうです。

エコ　問題は二つあり、相違しているのです。一つはなぜ私が推理小説のジャンルを選んだのか、その理由に関わるもの。もう一つは、私がなぜブラッガドチオを探索者にしたのかという問題です。

私が常々考えてきたのは、推理小説こそ小説の精髄だということなのです。たとえまずい書き方がされているにしても（知らず知らずながら）アリストテレスの詩学のルールに従っているものです。彼が語っているのはいつでも形而上学的な話です——たとえほんのミニマルなレヴェルでさえも。「誰が犯人か？　誰がこうしたすべてのことをしでかしたのか？」このことが、私には推理小説を好む理由なのです。

ところが、イタリアではずっと長い間、こういう小説が欠落していたのです。マンゾーニ、ニエーヴォ、ヴェルガ……が現れました。その後、アングロサクソンやロシア、ドイツの世界では、イタリア人で比肩すべくもないような小説が勝ち誇ったのです。ですから、当初はイタリアでは推理小説はあまり多くなかったのです。やっと遅ればせながら、お気づきのように、ファシストの二〇年間の政権時代（一九二二－一九四三）にデ・アンジェリス(＊32)のようなごく短い推理小説作家が居たことはあります。一九四〇年代になってもイタリアでは推理小説は大して評価されはしなかったのです。文学的価値のない娯楽小説、〝五セント小説（三文小説）〟と見なされてきたのです。これは一部は、クローチェ説、つまり、文学と詩《ポエジーア》との同一視に負うていました。

シュタウダー　ええ。ベネデット・クローチェの長い影ですね。

エコ　でも前世期中葉からは、イタリア作家たちもとうとうこういう小説の仕組みを発見し評価して、今日ではふんだんにいろいろの小説が出ています。こういうすべてのものの根底には、語りの最小モデルたる推理小説があるのです。

ブラッガドチオの話は別です。彼は偏執病患者であって、さまざまな陰謀を企て、詮索者として行動します。小さな違いがあるのです。つまり、詮索者は真の人殺しに向かって行動するのに対して、偏執病患者は死体が存在しないのに詮索するのです。〔笑〕つまり、どこにでも死体を詮索して、死体を自らの偏執病の枠組みの中に組み込ませるのです。

シュタウダー　ええ。それから、探偵の側よりの証拠や状況証拠の探求と、記号学者の側よりのもろもろの徴候《しるし》の解釈との間には、アナロジーも存在しますね。

エコ　もちろんです。

シュタウダー　このテーマについては、あなたは一九八一年に論文「推測――アリストテレスからシャーロック・ホームズまで」を執筆されましたし、(＊32) その二年後にはA・シービオクと共編で著書『三人の記号――デュパン・ホームズ・パース』(＊33) に再録されて出版されました。

他方、推理小説ジャンルは人気や流行のおかげでポストモダンの書き物の絶好の根底になっています。このジャンルへの回付は教養のあるエリートばかりか、「一般のモデル読者」にも認められますね。一九六九年には、あなたは論文「フレミングにおける語り構造」を書かれました。(＊34) そこにはこう出ています。

「実際、〔中略〕探索ものであれアクションものであれ、推理小説に典型的なことは、諸事実の多様性というよりも、慣習的図式の繰り返しなのであり、そこに読者はすでに見たことのある何かを再認できて、夢中になってきたのである。〔中略〕読者の快楽、それはその各部分やルールを心得ているゲームの中に沈潜してしまうことにある〔後略〕。(*ibid.*, p.146)

エコ　たしかに、推理小説にはいつも不変の枠組みが存在します。探偵ネロ・ウルフを引き連れたレックス・スタウトを取り上げてみましょう。読者がそこにいつも再発見したがるのは、ほんの些細な変更（殺人のタイプの変化、等）があっても、基本的な枠組みのほうなのです。このことはフレミングにおいても考察しておきました。(＊35) つまり、不変項が存在しましたし、さらに、何かフレッシュなデテールも常に存在したのです。とはいえ、フレミングは或る種の文学的自負があったし、ほかの推理小説作家に比べてより高いレヴェルに到達していたのです。

シュタウダー　『ヌーメロ・ゼロ』にとってばかりか、あなたのすべての物語にとっても重要なもう一つのジャンル、それは一九世紀の連載（通俗）小説です。二〇〇二年にあなたの伝記をテーマにした対話の中で、(＊36) 語られた所によりますと、あなたのおじ様のひとりは印刷屋で製本屋でしたし、このおじ様の没後（あなたが十歳になられたとき）残された夥しい本の詰った収納箱を地下室で発見されたし、その中にはアルクサンドル・デュマのような一九世紀作家の歴史小説もあった、とのことでした。お話になったことからしますと、こういう宝物から可能になった読書体験があなたに文学愛を芽生えさせ、はるか後年には、あなたも小説を書くという決意をなされるための根底となった、とのことでしたね。

エコ　そのとおりです。

シュタウダー　あなたの作品の内でも、『ヌーメロ・ゼロ』はもちろん、連載小説と密接に繋がっているわけではありません。とはいえ、それでもこのジャンルへの明白な回付が若干見つかります。

たとえば、ブラッガドチオがコロンナにムッソリーニの検死を述べるとき、この小説の主人公であり語り手としてコロンナの反応をこうコメントしています――「自分はむかむかしたのだが、彼に魅せられたこと、そして彼が楽しんできた体が引き裂かれることに魅せられたことも否定できない。まるで一九世紀の小説にあってはこれら小説が蛇のひとにらみで催眠状態にかかってしまうのとそっくりだったのだ」。(p.145) こういうことはエミーリオ・サルガーリの小説や物語――たとえば、『暗黒ジャングルの謎』とか『海蛇』のようなテクスト――を思わせます。

一九世紀の小説があなたにとって全般的に、とりわけ、『ヌーメロ・ゼロ』とって占めてきた重要性について、何か語っては頂けませんか？

エコ　それは今日すでに話題にしてきた私の傾向――〝高等〟と〝下等〟との区別を取り除くという――と関わっているのです。ですから、文学的主張を有する小説も、連載小説の主張に似た仕組みに従わざるを得ないのです。とはいえ十把《じっぱ》一からげにする必要はありません。こういうタイプの文学作品にも大きな相違があります。たとえば、『三銃士』はスタイルとスピードを有する傑作ですが、『モンテクリスト伯』は最悪な書き物です！[＊38]

ですが、もう一つ物語文学と神話記述とを区別する必要があります。物語文学では、作品全体について美的判断をしなくてはなりません。神話記述でも、極悪な本すらそうとも知らず知らずの内に神話を創出しているものなのですが、そういう本の形を成し得ます。『モンテクリスト伯』はまずい書物ですが、それでも一つの神話作品なのです。『オイディプフ王』は仮にソフィクレスがこの大悲劇を書かなかったのだとしても、一つの神話作品になったことでしょう。

ですから、連載文学のレヴェルでは少なくとも三つの場合を区別できるでしょう。第一は、正真正銘の芸術になっているケースで、『三銃士』がこれです。第二は、芸術的にはまずく書かれていながら、〝神話創出〟となっているケースで、『モンテクリスト伯』がこれです。第三は、いかなる芸術的価値も見られず、神話を創出してもいないが、或る期間大成功を収めている場合で、『パリならではの不可思議』[*39]がこれです。あなたは『パリならではの不可思議』中から、人生モデルとして残っているような作中人物をきっとひとりも挙げることはおできにならないでしょう。一九世紀の連載小説に関しては、当初は社会主義的かつ絶対自由主義だったのに、世紀の後半には反動的になったのです。

シュタウダー　同じ脈略では自分でも数カ月前に「泥棒紳士」アルセーヌ・ルパンの創出者モーリス・ルブランの家を訪れたことを黙しておきたくはありません。この家は今日では博物館になっており、ノルマンディー海岸のエトルタ市の、岸壁状で通称「空洞の岩峰《エギュイユ》[*40]」近辺にあり、ここはあなたの小説『フーコーの振り子』でも重要な役割を果たしていますね。

エコ　ああ、そうそう、〝エギュイユ・クルーズ〟ね！　みんなから、招かれて訪ねたことがあります。でも、ご質問は何でしたっけ？　『ヌーメロ・ゼロ』でしたね。ひとつ申し上げておきたいのですが、私が常々主張してきたのは、物語文学は大カトー[*41]のモデル「事物をつかめ、言葉は付いてくる」(rem tene,verba sequentur) に従うが、詩にとっては「言葉をつかめ、実物は付いてくる」(verba tene, res sequentur) が該当する、ということです。物語文学は或る世界を話題にしますし、スタイルもこの世界に即応せざるを得ません。『バラの名前』は中世の年代記のスタイルで書きました。『前日の島』はバロック期詩人のスタイルで書いてあります。『ヌーメロ・ゼロ』は新聞にみられる無味乾燥な言葉遣いにしなければなりませんでした。私のそれ以前の小説はすべてマーラーのシンフォニーみたいでしたが、今回の作品はチャーリー・パーカーの一節なのです。でもこれはまさしく、新聞のニュース記事のリズムのせいなのです。『ヌーメロ・ゼロ』のスタイルには、連載小説のモデルも関与していますが、私はこれは二次的だと思っています。

シュタウダー　ともかく、私はこの連載小説モデルに関わる若干の個所をこの度のあなたの新小説のうちに発見しました。たとえば、コロンナが同僚の話をしている場合です――「ブラッガドチオが連載小説のすごい語り手であって、連載小説の一回分を小出しにして〝続き〟ごとに然るべきサスペンスを持たせてきたのか、それともはたして一節ごとに彼自ら筋を再構成していたのか、儂はつかめてはいなかったのだ」。(p.161)

エコ　ルイージ・パレイソン[*42]は、芸術作品でたいそう重要なのは当て物（虚辞）だと語っていました。当て物はテーブルや戸棚がぐらつくと下につめるもののことです。[*43]ですから「これは芸術作品とは無関係だ」と言うには及ばない訳です。なぜなら、しっかり安定するための助けにならなければ、どんな構造も機能しないからです。私はブラッガドチオの暴露の一つひとつを追ってその全部をたった一章で示そうと努めたわけではなく、小説の中に配分しようと努めてきたのです。こういう配分の仕方を正当化するためなら、ほら、コロンナも〝当て物〟（虚辞）として言っていますよ――「自分は連載小説の語り手みたいだ」と。

シュタウダー　それに関連してもう一つ引用しておきたい一節がございます。実際、あなたの今回の小説の末尾のところで、秘密組織〝短剣〟の会員たち（アイロニカルに〝剣闘士たち〟と呼ばれています）は「千リラの半券を目印として見せる必要があった（連載小説の話）ため、これを奪いに出かけることもできた」(p.212)と言われていますね。

エコ　それは歴史の一つのデテールです。彼らはこういう目印を手にしていた。と本当に語られてきたのです。ですから、秘密情報機関も連載小説を模倣していることになりますね。〔笑〕

シュタウダー　「人生は、芸術が人生を模倣する以上に芸術を模倣する」[*44]のです。〔一緒に笑う〕

エコ　こういうケースは限りがありません。昨晩のテレビでも、『タイタニック号』の悲劇を再喚起していましたが、これは一九一二年の事故ながら、すでに一八九八年に、ある人がタイタン号なる大西洋横断船が氷山で難破するという小説を書いていたのです。[*45]彼は五〇年前に『タイタニック号』の真の物語を語っていたわけです。芸術は美しいことであれ、醜いことであれ、それを先行することができます。ですからこういう質問が可能でしょう――今日誰かが姦通するとしたら、それは『ボヴァリー夫人』を読んだからなのか？　と。いいえ。姦通は人心の一つの定項なのです。目印としての切符の目的に関してなら、こういう行動様式は象徴なる概念に還元されざるを得ません。ところで、象徴はどこに起因しているのか？　それは切断された硬貨というアイデアに起因するのです。半分はあなたが持ち、もう半分は私が持っており、だから私たちは互いに認め合うわけです。これは連載小説以前に存在していた古い考え方であり、それを連載小説は使用したのです——同じように、それからこの考え方は実際の秘密情報機関が利用しました。古代ギリシャ人のσύμβολον《シュンボロン》はばらばらのものを寄せ集めることです。拙箸『記号論と言語哲学』のシンボルの章を繙いて下されば、このことのすべてが詳述してあります。[*46]

シュタウダー　了解しました。私はゴシック小説についても少々お話して頂ければと思うのですが。なにしろ『ヌーメロ・ゼロ』の陰気な雰囲気の幾つかは、このジャンルの小説の暗い雰囲気を漂わせていますから。とりわけ、「ミラノ一番の狭苦しい道路」ヴィーア・バニェーラについて、ブラッガドチオはこう言っていますね——「儂が女だったら、ここを通ったりはすまい、ことに暗い時分には。君はなんでもないかのようにナイフで一突きされるかも知れんよ」。(p.36)　一九世紀の連続殺人犯アントニオ・ボッジャという歴史上の人物は、この道路でいけにえを見つけていましたし、彼は「切り裂き男ジャック」とはっきり比べられています(p.37)。もっと後でブラッガドチオはコロンナに対して、彼の話では、首領〔ムッソリーニ〕の遺体がどのようにしてムゾッコ墓地から盗み出されてから、まさしくこのヴィーア・バニェーラに運ばれてきたのか、その有様を語っています——「まるでそこの暗闇が彼のお通夜話に合致しているかのようだった」(p.156)。[*47]

エコ　ヴィーア・バニェーラは実在します。連続殺人も行われたのです。でもことの次第は？　この小説を開始する前には、私はさながら新聞編集部のことを話題にしたがっているかのように、それの場所を探し求めたのです。そして、謎めいたミラノがはたして存在するのかどうかかと自問しました。ガイドブックを三、四冊買い求めもしました。初めに分かったのは、この小説の筋が展開することになる場所の一部のみでした。[*48]ですから、私はこのあまり知られていないミラノを自分で再構築しましたし、あなたがそこを〝ゴシック的〟と呼ばれたいのであれば、それはたいそう結構なことです。私はこの現代都市の中に、ウォールポールの『オートラント城綺譚』(*49)の残滓を見つけに出かけるのが楽しみだったのです。

シュタウダー　あなたの処女作『バラの名前』でもゴシック小説からの引用が、就中、若干の登場人物の記述の内に見られましたね。(*50)

エコ　はい。ゴシック小説は中世を再訪しに出かけたものでした。〔笑〕『バラの名前』初版では、ルイス(*51)から引用した修道士のひとりの描写がありました。この処女作の新しい修正版（初版から三〇年後に出ました）(*52)では、私が『バラの名前』を子供たちのために書き直したと世間から言われましたが、そうじゃなかったのです。僅かな文体上の微調整を行いましたし、あまりに長文のラテン語の引用はいくつか短縮しました。要するに、修正は些細でした。私はルイスの修道士についての描写を取り除いたのです。

シュタウダー　どうしてなのですか？　もうお気に召されなかったのですか？

エコ　引用過多だったからです。同じく、もしできたなら――でももう不可能だったのですが――バスカヴィルのウィリアムと言う名前も変更したことでしょう。

シュタウダー　あまりにはっきりしすぎているとお考えになったのですか？(*53)

エコ　はい。こんなデビューをしたからには、しかたがありません。

シュタウダー　ゴシック小説については、あなたはすでに「プロットの回帰」と題した『ボンピアーニ年鑑』（一九七二）の中でも話題にされていましたが、このことに言及したいのですが。この年鑑にはあなたの記事「アリストテレス的才覚」やレナート・バリッリの試論「二流の物語文学」ばかりか、なかんづく、マシュー・ルイス・アン・ラドクリフ、チャールズ・マチュリンやブラム・ストーカーの小説抜粋も収められていましたね。

エコ　ポストモダンのことが話題になるはるか以前のことでした。

シュタウダー　この年鑑で、あなたはポストモダンなる新しい文学パラダイムへの方向転換を先駆けられましたし、しかも連載小説[*54]やゴシック小説の抜粋アンソロジーでもってそうなさっておられましたね。

エコ　センセーショナルなことに、前衛が到来したのはジョン・ケージも沈黙していた、白紙状態、白カンヴァスの状態の時でしたから、それ以上先に進めなかったのです。でもバリッリはうまく直感していたのです。もう一九六五年に、彼は〝六三年グループ〟(Gruppo 63)[*55]の集まりにおいて、物語文学がより伝統的な形態に回帰する必要のあることを語っていました。私どもははっきりとポストモダンを話題にはしませんでしたが、私の書架に収まっていた資料のすべてを再点検することが話題となったのです。『ボンピアーニ年鑑』(一九七二)は私の書架にあった古い小説をすべてフォトコピーしてできあがったのです!　そう、このアンソロジーこそ、ポストモダンに関するその後の論議の大半を先駆けていたと思いますが、今日のあなたを除き、誰もそのことを想起したりはしませんね。

シュタウダー　間テクスト性の続きとして、あなたのこの度びの小説の作中人物たちに目を向けたいのですが。新しい(これまで実現しなかった)新聞の編集長シメイを前にして、コロンナは「儂らは二人とも能無しなのさ」(p. 二七)と言っています。これは疑いもなくローベルト・ムージルの有名な小説『特性のない男』への暗示ですね。この作品の最初の文はすでにあなたが『フーコーの振り子』の中で引用しておられました――「大西洋上では低気圧がロシアに垂れ下がった高気圧に向かって東方に進んでいた。」[*56]

エコ　これは〝二重コード化〟のケースなのです。読者がこの暗示を理解するかどうかは私には大して重要ではありませんが、あなたにははっきりと分かっていらっしゃる。

シュタウダー　じつは『ヌーメロ・ゼロ』の主人公コロンナの性格と、『特性のない男』の主人公ウルリヒの性格との間には多くのアナロジーがあります。コロンナは自身のことを繰り返し「落後者」(p.18)とか「敗北者」(p.84)と書いていますし、ムージルのウルリヒも、現代世界と対峙する仕方を知らず、生活に意味を与えてくれるような職業の選択にしても失敗して、その後は奇妙な消極的態度に陥って、管理不能な自己固有の実存、たんなる世間傍観者に留まっています。こういう比較に同意されますか？

エコ　私が小説を書いた時にはそのことを考えませんでした。ムージルを読んだのは五〇年も以前のことなのです。

シュタウダー　『ヌーメロ・ゼロ』におけるコロンナのあらゆる失敗――職業生活においてばかりか、恋愛関係においても――のことを考慮に入れますと、イタリア文学の名だる無能者たち、つまり、イタロ・ズヴェーヴォの小説の主人公たちと比べられるのではないでしょうか？(*57) あなたはコロンナの性格を考えられたとき、ズヴェーヴォの反ヒーローたちのモデルを念頭に置いておられたのですか？

エコ　いいえ。現実生活には失敗者がうようよ存在します。同じく文学の中に失敗者が出てきても驚くには及びません。たとえば、バルザックの『失われた幻』の中のリュシアン・ド・リュバンプレとか、スタンダールの『赤と黒』の中のジュリアン・ソレルとか。また、もうひとりの作家を挙げると、ドストエフスキーもやっています。勝利者たちを話題にしているのは叙事詩だけです。ですから、これは世界文学の一つのトポス（共通話題）と言えるでしょう。私がズヴェーヴォを暗示したかったとしたら、コロンナは取り違えた妹と結婚したのだった、と書くことだってできたでしょう。(*58)〔笑〕

シュタウダー　なるほど。コロンナと並んで『ヌーメロ・ゼロ』で重要な第二の人物はブラッガドチオですが、この名前は間テクスト的な暗示を隠しているように思われます。(*59) 今回の小説の中で、この人物は自分の名前についてこう言っています――「英語ではひどい意味をもっているらしいが、幸いにもほかの言語ではそんなことはない」。(p.32)『メリアム＝ウェブスター』辞典を繙くと、実際に、今日の英語“braggadocio”は“boasting”（から自慢、大ぼら）と同義だと分かります。でも、この呼称の語源は一六世紀末に書かれたエドモンド・スペンサーの『妖精の女王』であり、そこでは（cが二つとhが付いた）“Braggadocchio”なる人物が虚栄心の寓意的化身になっています。(*60) つまり、『ヌーメロ・ゼロ』におけるブラッガドチオという名前はこの名の持主が繰り広げている共謀説を物笑いにする働きをしている。あなたはこれに同意なさいますか？

エコ　『ヌーメロ・ゼロ』の作中人物たちの名前をどこから選んだかご存知ですか？　プログラム〝ワード〟の〝フォント〟（活字の一そろい）からなのです。〝ワード〟でこのプログラムに提示されている活字一式を探されるなら、〝タイムズ〟、〝カンブリア〟、〝パラティーノ〟といったありふれた活字と並んで、あまり用いられていない〝コロンナ〟、〝コスタンツァ〟、〝フレーシア〟、〝ルシダ〟、〝マヤ〟、〝シムヘイ〟、等も見つかるでしょう。[*61]そして、まさしく〝ブラッガドチオ〟という活字が存在したのです（現在のプログラムにはもうありませんが）。ですから、自分の小説の作中人物にこの名前を選んだのも、たんに気に入っただけだったのです。後になって、この名前の由来を知り、あなたが言われたすべてのことを把握したのです。とてもうまい具合にいったわけですが、この名前の意味は偶然だったのです。

シュタウダー　了解しました。あなたの今度の小説においてこれらの名前の付いている作中人物はみなジャーナリストですから、彼らに印刷屋の名前を与えるのがふさわしいように思われたのでしょうね。こういうタイプの遊びはすでに『フーコーの振り子』でも行われていましたし、そこでは出版社社長ギャラモン氏が出ていましたね。

エコ　私が『バラの名前』を発表したとき、バスカヴィルのウィリアムという名前はシャーロック・ホームズへの暗示を含んでいるだけでなく、活字の名称でもある、と私に言った人がいたのです。それで、私の第二の小説『フーコーの振り子』には、ギャラモン氏を入れました。こう呼ばれているのは、彼が出版屋でもあるからです。『女王ロアーナの謎の炎』には、ボドーニ[*62]という作中人物が居ます。すべて印刷屋の役〔活字〕なんです！〔笑〕読者へのウインクみたいなものでして、それに気づく必要はありませんがね。

シュタウダー　『ヌーメロ・ゼロ』の二つの中心テーマの内の一つが悪しきジャーナリズム（これについては後で論じたいと思います）のそれと並んで、どこにでも陰謀を見ようという偏執狂にあることは疑いありませんね。推定秘密への強迫観念じみた追求は、たとえば一九九〇年には御著『解釈の限界』や、あるいはあなたの「タンナー講演」（一九九二年に『エコの読みと深読み』〔邦訳、一九九三、二〇一三重版〕として刊行されました）において、いろいろの機会に、すでに記号論学者として検討なされてきたテーマですね。また、ヘルメス的記号過程もあなたの小説、とりわけ、『フーコーの振り子』や『バウドリーノ』そして『プラハの墓地』でも頻出している主題ですね。

エコ　はい。このテーマにはいつも魅きつけられてきました。でもこれはほかのテーマみたいな気晴らしに過ぎぬわけじゃなく、より深い根っこがあるのです。一哲学者が関心を寄せ得ないこと、それは真実の問題です。これはひどく複雑な問題ですから、私は嘘偽を暴露することでそれに辿りつくべきだと常々考えてきました。何かが嘘だと見破るほうが、何かが真実だというよりも容易です。陰謀なるテーマは私が書き続けている嘘に関する本の一章と呼ぶことだってできるでしょう。インターネットをご覧になれば、陰謀論で充満した沢山のページが見つかります。これは社会的に重大な一つの事実なのです。

シュタウダー　ブラッガドチオの世界観は彼の若干の文言をもって要約できると思います――「儂は背後で誰かがいつも儂らを欺いているという確信を除き、すべての確信を失くしてしまったのさ」(p.12)、「疑え、いつも疑え、そうすれば真実が見つかるよ」(p.47)、「どんなことでも繋がり合っているのが分かるかい?」(p.48)、「全体は全体といつも関係しているんだ……」。(p.152)

　コロンナがブラッガドチオの精神錯乱に対して示している反応――「儂は彼を常識に連れ戻そうとしてきたんだ」(p.47)――は、『フーコーの振り子』でカゾーボンの前でリアがテンプル騎士団員たちの推定メセージなるものが実は洗濯屋の伝票にすぎないのよ、と暴露するときの態度と比べられるように思います。リアは「一番簡単な説明がいつでももっとも真実なのよ」(p.419)と言っていますし、この原則――これは有名な〝オッカムの剃刀《かみそり》〟(*63)にも該当します――は、あなたが記号学者として「解釈の経済学」(*64)と呼んでおられたことと同一視することもできましょう。

エコ　ええ。私はときどき、常識の担い手としての女性に回帰しているのです。このことは『フーコーの振り子』のリアにも、『ヌーメロ・ゼロ』のマイアにも当てはまります。コロンナもブラッガドチオよりも理性的です。ブラッガドチオが依拠している唯一の真実は、ムッソリーニがコモに行ったとき、家族に会うのを欲しなかったということだけです。この事実はかなり奇妙ですし、それに陰謀の全容の説明には不十分なものです。解釈の経済学なら、この事実を違ったふうに解釈しようとするでしょう。ムッソリーニは愛人と面会しなくてはならなかった、午後遅く妻と会うことを考えていた、等のようにです。解釈の経済学を冒すことで初めて、実はそれは彼本人ではなかったし、それは彼のそっくりさんだったのだと考えることもできるのです。より経済的に説明できたであろう事実を説明するために、解釈の一大出費をしたということなのです。

シュタウダー　そっくりさんのモティーフは『ヌーメロ・ゼロ』の陰謀論(*65)にとり、かなりの重要性がありますが、このモティーフは、理由は違え、『前日の島』でも看過できぬ役割を引き受けていましたね。(*66)『プラハの墓地』の主人公シモニーニにもそっくりさんがいました。(*67)

エコ　文学史はプラウトゥスの『メネクミ』以来、そっくりさんだらけです。バロック期の美学でもそっくりさんを存在させることに固執してきました。ですから、私は『前日の島』ではそれを挿入しましたが、中世ではそれは話題にもならなかったし、ですから『バラの名前』ではいかなるそっくりさんも出てはきません。〔笑〕『ヌーメロ・ゼロ』ではそっくりさんはムッソリーニの身代わりを説明できるようにするためのもっとも基本的手段だったのです。

シュタウダー　マイアに関してですが、コロンナの愛人になるこの若きジャーナリストは、そうやすやすとは見破れぬ、かなり特殊な精神状態が際立っていますね。ブラッガドチオによりますと、マイアには「他人の観点に身を置く能力が欠如しており、彼女の考えていることを世人もみな考えていると思っている」(p.103) とのこと。こういうことは本小説のあちこちのシーンで見受けられますが、マイアは自閉症だと言い張るブラッガドチオの診断ははたして適切なのかどうか、私には確信がないのです。このことについて何かおっしゃって頂けませんか?

エコ　マイアのようなメンタリティーの持ち主を幾人か知っています。こういうかなり特殊な性格をもつ人物の肖像を描きたかったのですが、小説の枠内では特別の機能を果たしてはいないことも考えると、そういう人物の完全な分析を仕上げることはできかねているのです。

シュタウダー　『ヌーメロ・ゼロ』のもう一つの大テーマには、陰謀狂と並んで悪しきジャーナリズムへの批判があ

ります ね。新聞社主(＊69)の私的な利害に誘導されたり、嘘や強要を回避しないジャーナリズムへの。

エコ　ええ。それは私のいう「ぬかるみ装置」でして、これがイタリアジャーナリズムの一つの特性のように思えるのです。イタリアでは、ある種の新聞雑誌はしばしば中傷的なあてこすりを使って、何ら犯罪の嫌疑もない人物を攻撃したり、政治的・個人的理由から、当の新聞からは敵として——つまり、その評判を台なしにしてやりたい人物として——見なされている誰かを攻撃したりすることが行われているのです。

私の小説ではリミニの役人の場合がそれであって、彼は新聞編集者の素性をもばらす危険を犯した捜査をしています。ですから、この審判者を世論の目からは非合法だと見せかけるようにしたくて、多少奇妙だが全く引っ掛かるところのない彼の若干の私的な習慣を暴露しているのです。(＊70)このエピソードは実話に基づいており、私にも似たようなことが起きたのです。ベルルスコーニ家が社主の新聞が発表した記事の中で、私が中華レストランで「見知らぬ人物」(実は私のフランスの友人でした)と一緒に長箸で食事中のところ(＊71)が目撃できた、とあったのです。これほど無害なことはなかったのですが、おそらく私がエキゾティックな場所——したがって、イタリア料理しか食べないブチブルの保守的読者の目にはあまり推奨できない場所に、よく通っていることをほのめかしたかったのでしょう。私にとってはそれが一種の〝はやりのギャグ〟になったのです。私がこの経験を語って聞かせた幾人かの友だちは、そのときから、私を食事に誘うとき食器セットの中に必ず長箸を揃えているからです！〔笑〕

シュタウダー　もう一つ、やや明白ながらどうしてもお訊ねしておきたい質問がございます。じつは、あなたの小説中の佩勲者《コメンダトーレ》ヴィメルカーテ——新聞雑誌ばかりか、テレヴィチャンネルも所有しています(p.24)——と、シルヴィオ・ベルルスコーニとの間に、どの程度の類似性があるのかをお尋ねしたいのですが。『ヌーメロ・ゼロ』がモデル小説ではないこと、二人の人格には相違があることも存じておりますが、二人のメディアへの影響力は比較できるように思われるのです。

エコ　私はただベルルスコーニだけに言及したくはなかったのです。ですからヴィメルカーテが彼と酷似するようなことは避けました。あなたが注目されたように、両者は多くのデテールが相違しています。メディアの力がたったひとりの手にひどく集中しているケースは、たとえば、ルパート・マードックとかドナルド・トランプのように、他の国々でも存在します。でも実をいうと、私はイタリア民主制にとっての危機と思われる、ベルルスコーニのメディア人民主義と多年にわたり闘ってきたのです。[*72] ですから、私はまた「自由と正義」運動の発起人の一人にもなりました。これは今日では、ベルルスコーニの政治影響力が減少したため、数年前ほどにはもう必要ではなくなっていますがね。

シュタウダー　あなたには、小説の筋を今日のイタリアではなくて、一九九二年に設定することが重要だったのでしょうか？　言い換えますと、メディアやジャーナリズムの状況は当時から変わったのでしょうか、それとも同じままなのでしょうか？

エコ　あまり変わってはいませんが、ジャーナリズムの伝達手段では大きな相違があります。かつてはインターネットはいまだお目見えしたばかりでした。もう数年もすれば、大衆現象となってしまっていることでしょう。それはともかく私としては小説のプロットを「平行の極」や「清潔な手」の時代に設定したかったのです。この年代になって、調査を行うジャーナリズムがイタリア社会で重要な役割を果たすようになり、政治家たちのスキャンダルを暴露するようになったのですからね。

シュタウダー　小説のフィナーレで、ブラッガドチオ殺害の後、コロンナとマイアがイタリアの実態について話し合っていますが、彼らの判断はたいそう否定的で、未来への仄かな希望もありません。「物事がどんどんとこれまで通りに進み続くであろうこんな国になおも住みたいのかい〔後略〕？」（p.216）二人は犯人たちがイタリアみたいに内密にではなく、公然と行動するラテンアメリカの諸国に移住することを考えています。[*73] やっぱり二人はイタリアに居残るのが正しいと決心します。なにしろふたりの祖国は――コロンナがマイアに皮肉まじりに説明しているところでは――ますます第三世界の国に近似しつつあるからです。[*74] あなたは祖国の状態を定期的になかんづくミネルヴァの知恵袋欄でコメントされてきていらっしゃいますが、どうお考えでしょうか？

エコ　私見では、リソルジメントは失敗だったと断言でしますし、二〇一一年の一五〇周年記念祭にもかかわらず、真のイタリア統合はなされていないと言えます。その証拠は北部イタリア人の南部イタリア人に対しての、深く根ざした民族主義です。『ヌーメロ・ゼロ』の中には、こういう裂け目がジャーナリストたちの仕事にも作用を及ぼしており、彼らが読者の偏見を強化する傾向にあることを示す箇所もあります。[*75] つまり、悪しきジャーナリズム――かの新しい新聞の場合がそうですが――を論じるとすれば、彼らはミラノ編集部でそのゼロ号（ヌーメロ・ゼロ）の準備をしていることになります。

シュタウダー　コロンナとマイアが小説のフィナーレで夢見ている地上の天国は、島――より正確には、「南海の島」(p.217)――の形をとっています。マイアはコロンナを二回〝トゥジタラ〟と呼んでいますから（p.128およびp.127）、サモア諸島のことを考えても構わないと思います。なにしろ小説家ロバート・ルイス・スティーヴンソン（『宝島』の作者）はこの場所のアボリジーニからそう呼ばれたのですから。でも、マイアとコロンナにとっては、明らかに、この島の地理的な位置は全く重要ではありませんね。これはシンボルなのですから。だからこそ、主人公もこう言っています――「南海がどこにあるにせよ。ロアノにだってだってね」。[*76] (p.137) あなたの第三の小説『前日の島』では、この島は象徴的な意味をもっていましたね。[*77] このテーマには、あなたも「島が発見されない理由」（『敵をつくる』所収）と題したエッセイを書いておられました。そこではこういうタイプの想像上の島は「到達できない。非－場所」（*op.cit.*, p.295）[*78]――ユートピアの国――だと定義されています。私見では、『ヌーメロ・ゼロ』にはこういう形而上的次元の島は存在しないと思うのですが。コロンナもマイアも現世のささやかな幸せで満足しているかのようです。[*80] 私の見解は正しいでしょうか？

エコ　もちろん。『ヌーメロ・ゼロ』には超越性のいかなる徴もありません。コロンナもマイアも失敗者ですし、実存の物質的条件から解放される術《すべ》を知らないでいるのです。

シュタウダー　以上で私がこの対話で取り組みたかった一番重要な箇所はすべて扱ったことになります。些細な箇所もいくらかございますが、興味深くても、あなたの小説の全体的把握に不可欠ではありませんから、これは脇にどけておきます。『ヌーメロ・ゼロ』における自伝的要素[*81]に関してご質問することはわざと避けました。インタヴューをどうやるべきかをマイアに説明しているシメイの助言「あまり書物のことを話題にする必要はない。男女を問わず、その人物の妙な癖や弱点もろとも、表にさらけださせるようにするんだ。〔中略〕かりに話が恋愛に及んだなら、作者から初恋を再喚起するよう無理じいしなさい」(p.69)に従いたくはありませんでしたから。

エコ　それでは、あなたが『ヌーメロ・ゼロ』で見つけられた自伝的要素には、どんなものがありますかね？

シュタウダー　とりわけ、ディ・サミス教授にまつわる大学の雰囲気についての、こまごましたアイロニカルな描写です(p.14ff.)。

エコ　そのとおり。私はコロンナが小説の中で言及している大学生活でのあの奇抜な事柄はすべて個人的に観察することができたことなのです。〔笑〕

シュタウダー　私どもの初回の対話からほぼ三〇年後に行われたこのインタヴューに、わざわざお時間を割いて下さったことにお礼申し上げます。(二〇一五年九月一九日に行われた対話。於ミラノ)

(＊1)　Umberto Eco, *Numero zero* (Milano: Bompiani 2015), p.7

(＊2)「つなげるだけだ！　これが彼女のお説教のすべてだった。散文と情念をつなぐだけで、両方とも高められるだろうし、人の愛はその頂点が見られるだろう。もう断片的な生き方はしなくなる。つなげるだけで、獣も僧も、いずれにも生きざまたる孤立を奪われて、死滅することだろう」。(E. M. Forster. *Howards End* (London 1910, p.195.)

(＊3)　二〇一五年六月八日～一〇日、トリーノ大学で開催された会議「陰謀の意味――コミュニケーションにおけるたくらみとミステリー」を指している。

（＊4）ウォルター・パーシィ（一八七五－一九四〇）が創立した。（訳注）

紀元前一世紀にローマの貴族カティリーナが企てた。（訳注）

（＊5）ユーニオ・ヴァレーリオ・ボルゲーゼのクーデターが起き（それからふいに中断され）たのは、一九七〇年一二月である。『ヌーメロ・ゼロ』では、実際に起きたこの陰謀は原著pp.173-179において物語られている（ムッソリーニの推定復帰についての委細の若干には創作の手が加わっている）。

（＊6）八〇歳ながらエルヴァーノ・ラリーニが「赤い旅団の一味を牛耳っていると告発された、コッラード・シミオーニと同定されてきた。この点についてはたとえば、Ulderico Munzi の論説："Corrado Simioni: Macchré Grande Vecchio delle Br, io sono buddista"（インタヴュー）、in *Corriere della Sera*, 16 marzo 1993. p.3 参照。

（＊7）この小説では、ニェーヴォが陰謀に巻き込まれた多数の歴史的人物の一人になっていた。エコは一八六一年三月にエルコレ（ヘラクレス）号の船内で生起した、ガリバルディーの熱烈な擁護者でもあったこの作家の死に今日まで付きまとい続けている謎を利用して、『プラハの墓地』の中心を成す陰謀とのつながりを構築している（特に、同小説の「八 エルコレ号」〔邦訳、一七〇－一九一頁〕を参照）。

（＊8）「深淵への沈潜」（mise en abyme）なる概念はA・ジードが『日誌《ジュルナル》』（一八九三）において案出したもの。この用語が指していたのは、—芸術作品（文学テクスト、絵画、等）の内部での一種の反映のことだった。この概念は後にリュシアン・デーレンバッハが、*Le Récit spéculaire. Essai sur la mise en abyme* (Paris: Seuil 1977) において理論的レヴェルにまで発展させている。

（＊9）たとえば、小説の末尾にある「別の引用も心得てはいるが一人称で語ることは断念したのだから、ほかの第三者たちだけに語らせよう」(p.218)。

（＊10）「ダヌンツィオがひどい作家だったかどうかということは、自分もそうなるべきだということを意味したわけではない」。（『ヌーメロ・ゼロ』p.19）

（＊11）ジョヴァンニ・アントーニオ（一六九七－一七六八）イタリアの画家。（訳注）

（＊12）マス文化論に関するエコのこの著書（初版は一九九四年）では、（エコ本人も挙げている章の中に）「デカダン的な感覚とトピック」と題する一節があり、そこではエコはなかんずく、ダヌンツィオについてこう書いている――「『快楽』のページで瞬時の経験がアンドレーア・スペレッリの〝芸術的な場所〟に関係づけられていないような個所は皆無だ」。（*Apocalittici e integrati*, Milano: Bompiani 1984, p.213）

（＊13）サガンの小説では、エコも説明しているとおり、作中人物の一人はプルーストへの暗示を通して特徴づけられている――「ベルナールがあの楽譜を聴きながら何をしようとしたのか――われわれにほのめしているらしいのだが――を知りたいのであれば、プルーストが『失われた時を求めて』第一巻でも語っているように、ヴァントゥーユのソナタの有名な一節をスワンが聴き入ったときの思いや情緒を想起されたい。サガンが証示したのは人物形成の活力の欠如であり、状況や性格を産出するのを断念して、ほかの作品から状況や性格を借用したのである」。（*ibid.*, p.215）

（＊14）ここでエコがどのエッセイを指しているのかは不明。彼は（イタリア語でもドイツ語 Kitsch を用いて）キッチュについて数回書いてきた。なかんづく。*Il costume di casa*〔家の習慣〕（Milano: Bompiani 1973）所収の〝Kitsch,Kitsch,Kitsch: Urra!〟の1節において。（pp.197–221）

（＊15）コロンナは『ヌーメロ・ゼロ』中の主人公の名。

（＊16）ゲーテの有名な（そして伝統的な、つまり、おそらくでっち上げの）最後の言葉とされているもの。（たとえば、*cf.* Friedrich Kemp 編 *Goethe — Leben and Welt in Briefen*, München: dtv. 1978.

（＊17）アルフルト（一八二七－一九〇一）スイスの画家。（訳注）

（＊18）このテーマに関して、ハッチオンはなかんづく *A Poetics of Postmodernism*（一九八八）や *The Politics of Postmodernism*（一九八九）を刊行している。

（＊19）児童文学研究所の創設者でボローニャ大学児童文学講座担当の初代教授アントニオ・ファエーティのことだろう。著書としては、『児童文学』（一九七七）や『少年少女文学の読み方』（一九九五）、等がある。

（＊20）興味深いことに、エコの『振り子』はドイツでディズニーの漫画になっている（*Das Pendel des Ekol* “Wal Disneys Lustiges Taschenbuch” nr. 166. *Auf König Didas Spuren*〔ダイダス王の足跡を辿る〕）。（訳注）

（＊21）こういう事態は、日本でも『薔薇の名前』の邦訳者や大半の読者に如実に見受けられる。しかもこれを“名訳”（迷訳とも知らずに表彰されたりしている）と信じて疑わない人たちであふれているのが現状なのだ。（訳注）

（＊22）「エーコが〔この作品で〕イタリア文学の本流である〈愛〉を物語ったことは、間違いない」（『薔薇の名前』下「訳者あとがき」の結論！）という、おめでたい説を大まじめに唱えた御仁もいる。イタリア人なら大笑いすることであろう。（訳注）

（＊23）ウンベルト・エコの伝記の流れ――この場合には、大学での陶治期間――に関しては、前出（共訳書）『ウンベルト・エコとの対話』第五章一六一―一六三、一六五、一六九、一七四頁参照。

（＊24）エコはこの小説において、一九七二年発行のユーモラスな本 *Come farsi una cultura mostruosa*〔奇怪な教養の仕上げ方〕を暗示している。

（＊25）A.Oldcorn 英訳 *From the Tree to the Labyrinth*（Harvard U.P., 2014）が出ている。（訳注）

（＊26）ピエル・アルド・ロヴァッティはジャンニ・ヴァッティモと共同で、前述の *Il pensiero debole* を編集していた。

（＊27）*Interpretazione ed emancipazione Studi in onore di Gianni Vattimo*. ed.Gianni Carchia e Maurizio Ferraris（Milano: Raffaello Cortina Editore 1996).

（＊28）A.Oldcorn 英訳 *From the Tree to the Labyrinth. Historical Studies on the sign and Interpretation*（Cambrdge & London: Harvard University Press 2014）所収。元は Santiago Zabala, ed.*Weakening Philosophy: Essays in Honour of Gianni Vattimo*（Montréal: McGill Univercity Press 2007）所収の A.Calcagno 英訳 “Weak Thought and the Limits of Interpretation” として出たもの。

（＊29）″ネオリアリズム″とは、ここでは哲学史の概念であり、（別の意味を有する）文学史のそれではない。M. Ferraris は当初モノグラフ *Manifesto del nuovo realismo*（2012）を発表したが、後に（Mario De Cano と共編で）*Bentornata realtà, Il nuovo realismo in discussione* を出した（この中にはU・エコの寄稿も所収）。

（＊30）和田忠彦監訳（岩波書店、二〇〇三、上・下）も出ている。エコの記号論論集である。（訳注）

（＊31）Cf T. Stauder,"*Arsène Lupin meets Sam Spade and Phil Marlowe: Citations from the Tradition of Detective Novel in the Works of Umderto Eco*", in Mirna Ciccioni/Nicoletta Di Ciolla (eds.), *Differences, Deceits and Desires. Murder and Mayhem in Italian Grime Fiction*（Newark: Univ. of Delaware Press, 2008, pp.27–48）。

（＊32）雑誌 *Versus*, no 30（1981）, pp.3–19.

（＊33）（Bloomington; Indiana Universiy Press, 1983）〔邦訳は東京図書 K. K. 1990〕。

（＊34）*L'analisi del racconto*（Milano: Bompiani 1969）, pp.123–162。

（＊35）イアン・フレミングはジェームス・ボンドなる人物像の創出者だった――小説『カジノ・ロワイヤル』（一九五三）、『生きて死なせよ』（一九五四）、『ダイアモンドは永遠なり』（一九五六）、『ロシアより、愛を込めて』（一九五七）、等において。その後、映画化を通しても流行した。

（＊36）『ウンベルト・エコとの対話』（前出）、第五章、一四一－一八八頁参照。

（＊37）エコは少年期の最初の読書体験や、連載小説が占めてきた彼にとっての重要性について、二〇〇八年に『愛書家の年鑑』に初めて記事「私はエドモンド・ダンテスだ！」を載せた（その後二〇一一年には、『敵をつくることその他の折々の書き物』（pp.265–283）に再録）。その中から特に重要な一節を引用しておく――「連載小説を、しかも幼時から読みだしたのだが、語り体の古典的なメカニズム――純粋な状態で、しばしばずうずうしく、しかも神話創造のうっとりするようなエネルギーをもって表面化しているのだ――が学習されることになるのである」。（*ibid*. Milano: Bompiani 2011. p.266）

（＊38）両者ともアレクサンドル・デュマの〝連載小説〟であり、前者は一八四四年、後者は一八四四－一八四六年にかけて発表された。

（＊39）『パリならではの不可思議』はウジェーヌ・シューが一八四二－一八四三年にかけて発表した連載小説。エコは『大衆のスーパーマン。大衆小説の研究』（一九七六）や『物語における読者』（一九七九）（篠原資明訳、青土社、一九九三、二〇一一）、『テクストの概念』（谷口勇訳、而立書房、一九九三）でもこれを分析している。

（＊40）『空洞の岩峰《エギュイユ》』はモーリス・ルブランの最良の連載小説の一つのタイトルにもなっている（一九〇八－一九〇九年にかけて発表された）。この同じ断崖が有名になっているのは大方は彼の小説のせいである、エコは『大衆のスーパーマン』の中のアルセーヌ・ルパンに献じた試論でこのことに言及している（pp.118-124）。

（＊41）マルクス・ポンキウス（前三四－一四九）古代ローマの政治家、文筆家。『ローマ古代史』、『農耕史』等。

（＊42）トリーノ大学のエコの師匠の一人。彼の学位論文『トマス・アクイナスの美学問題』の指導教授でもあった。

（＊43）ただし、ここで言わんとしているのは「うまく平面に収まらぬ家具を固定したり、何か裂け目をふさいだりするための木片」といった具体的意味ではなくて、むしろ、「へたな言い方を修正するための方便」、「ささいな埋め草の役をする文言」（Zingarelli, *Vocabolario della lingua italiana*）の意味に解すべきである。

（＊44）オスカー・ワイルドより。『嘘の衰退』（「O・ワイルド全集」四、西村孝次訳、青土社、一九八九）に出てくる。英語原書は *The Decay of Lying*（1889, 1891[2]）。

（＊45）*Futility, or The Wreck of the Titan.* 合衆国の作家モーガン・ロバートソンの小説。

（＊46）この章は「象徴的な様態」と呼ばれている（前掲書、国文社、一九九六年、二六七頁）。

（＊47）同じことはサン・ベルナルディーノ・アッレ・オッサ教会（p.166）にも当てはまる。そこの「きれいな骸骨」は「パスタ・デル・カピターノの広告欄で見られる歯」（p.168）と、水平化された不敬さ（とポストモダン特有のアイロニーと）をもって比較されているのである。

（＊48）エコは一九五〇年代をロンバルディーアの首都で過ごし始め、それからトリーノ大学で研究を終えると、ＲＡＩに就職口を見つけた（『ウンベルト・エコとの対話』（前出）中の「伝記の節目」一四一－一八八頁。特に一六三ページ参照）。

（＊49）『オートラント城綺譚』（一七六四）は最後のゴシック小説と見なされている。〔エコの同郷人Ｒ・コトロネーオは『オートラント綺譚』（拙訳、而立書房、二〇一三）を書いている。—訳注〕

（＊50）ヒルデスハイムのマラキアスの人相の描写（『バラの名前』第一日第九時課後）を挙げられよう。これはアン・ラドクリフの小説『ジ・イタリアン』（一七九七）におけるスケドーニの描写をモデルにしている。二つの一節を対比するには、*cf.* Thomas Stauder, *Umderto Ecos "Der Name der Rose": Forschungsbericht und Interpretotion* (Erlangen:Palm & Emke 1988), p.91.

（＊51）マシュー・グレゴリー・ルイス。ゴシック小説『マンク』（井上一夫訳、国書刊行会、一九九五）の作者。

（＊52）*Il Nome della rosa* の初版は一九八〇年に、〝修訂版〟は二〇一二年一月に出版された。

（＊53）『バスカヴィル家の犬』（一九〇二）はアーサー・コナン・ドイルのシャーロック・ホームズなる人物をめぐっての小説中、もっとも人口に膾炙している作品の一つである。

（＊54）この年鑑には、本対話ですでに言及されたすべての連載小説の作家たち（およびほかの多くの作家たち）が、収録されている——アレクサンドル・デュマ、ウジェーヌ・シュー、エミーリオ・サルガーリ、等が。

（＊55）エコ（およびレナート・バリッリら）の〝六三年グループ〟への参加については、『ウンベルト・エコとの対話』（前出）、一七二－一八三頁参照。

（＊56）*Il pendolo di Foucault* (Milano: Bompiani 1988), p.327. ムージル『特性のない男』「大西洋上に低気圧があった。それは東方に移動して、ロシア上空に停滞する高気圧に向かっていたが……」（加藤二郎訳、「ムージル著作集」第一巻、松籟社、一九九二、九頁）。

（＊57）同じ無能者のタイプはズヴェーヴォのいろんな小説、『ゼーノの意識』とか、『ある生涯』とか『老年時代』でも見られる。

（＊58）エコがここで言及しているのは、『ゼーノの意識』（一九二三）の筋であって、ここでは主人公ゼーノ・コジーニは恋に陥っていた美女アーダではなく、その妹で、あまり魅力的でないアウダスタと結婚するのである。

（＊59）傍注の形で触れられているところによると、『ヌーメロ・ゼロ』の二次的人物たちの名前はさまざまな活字体（カンブリア、パラティーノ、等）に呼応しており、こういう選択は、その職業（ジャーナリズム）が書記行為と絡んでいることから正当化されるものなのだ。エコは『フーコーの振り子』の中でも同じ発見を挿入していたのであり、そこではギャラモン氏は出版社社長をしていた。

（＊60）たとえば、『妖精の女王』第二巻第三篇の冒頭を参照――「ほら吹きのブラガドッチオの／馬を手に入れて真の騎士道の物笑いとなり、美女ベルフィービから／見苦しい敗北を喫する。」（和田勇一／福田昇八訳、筑摩書房、一九九四、二二三頁）

（＊61）エコの小説ではこれらの名前をよりまことしやかにするために、幾つかを少しばかり変更している―Constanza→Costanza, Freesia→Fresia, Lucida→Lucidi, Maya→Maia, Simhei→Simei, 等に。

（＊62）ジャンバッティスタ（一七四〇－一八一六）。ボドーニ活字（ボドーニ体）を発明した。（訳注）

（＊63）「存在は必要以上に増やしてはならぬ」。フランシスコ会士オッカムのウィリアム（一二八七頃－一三四七）は中世唯名論学者の最高の代表者であって、『バラの名前』におけるバスカヴィルのウィリアムなる人物の〝精神的な父〟の一人である。

（＊64）U.Eco, *I limiti dell'interpretazione* (Milano: Bompiani 1990) 所収 "Criteri de economia" (pp.103f.) において。

（＊65）ここでは常にムッソリーニを指す――「独裁者はそっくりさんを持っていなければなるまい」(p.118)。

（＊66）『前日の島』の主人公ロベルトには、フェランテなるそっくりさんがいたが、この選択は大半は、エコのこの第三の小説が一六世紀に設定されていたため、この時代の様式を模倣していたということで説明がつく。（『ウンベルト・エコとの対話』、前出、一一〇頁参照）

（＊67）シモニーニの場合には、そっくりさんの創出は一方ではシャルコーが描述した「二重人格」の問題、他方ではシモニーニが偽造者だったことによっていた。前章の「インタヴュー」参照。

（＊68）そういうことは、コロンナも後になってマイアについてよく似た言い方をしている――「マイアは無防備のために、自分の内面世界に逃避して、おそらく彼女を傷つけていたはずの他人たちの世界に起きていたことを見ようとはしなかった」。（p.127）彼本人も自閉症を話題にしている（p.192）

（＊69）「『どの記事も佩勲者《コメンダトーレ》のお気に召すかどうか、点検すべし、とおっしゃるのですか?』とカンブリアはいつも間抜けな質問をしてきたとおりに尋ねた。『当然さ』とシメイが答えた、「これはよく言われているとおりに、俺たちの行動党党員の基準なんだ」。（p.76）

（＊70）「三日後、パラティーノはかなり珍しいニュースをもって戻ってきた。役人が庭園のベンチに腰掛けながら、神経質そうに巻きタバコを次々にふかし、足元に一〇個の吸いがらを残した写真を撮ってきたのだ。パラティーノはこういうものが興味を呼ぶかどうかは分からなかったが、シメイは承諾した。儂らが吟味したり客観性を期待してきた人物が、実は神経質であって、何よりも怠惰であり、資料に汗を流す代わりに、脇道で時間を空費するなまけ者であるとの印象を与えたからだ」。（『ヌーメロ・ゼロ』、p.130）

（＊71）エコのこの小説では、こういう〝悪癖〟も、けなそうと意図されている判事に帰せられている。

（＊72）この点に関しては、なかんずく、エコの論集『歴史が後ずさりするとき――熱い戦争とメディア――』（R・アマデイ訳、岩波書店、二〇一三）参照。

（＊73）「〔前略〕何ごとも陽光の下で起こるし、警察は統制づくめのせいで買収されることを欲しているし、政府やギャングは法規の点で符合しているし、銀行は汚れた金銭の循環処理で生き延びている〔中略〕し、殺し合いをしても仲間

内であり、ツーリストたちの安全は保たれている」。（『ヌーメロ・ゼロ』、p.216）

（＊74）「俺たちは羞恥心を無くすことに慣らされつつあるのさ。〔中略〕バロック期の明暗法、反宗教改革運動のようなものはもう何もなくなって、密貿易が屋外に出現するだろうぜ〔中略〕。腐敗は公認され、議会はマフィア仲間が正式に送り込まれ、政府には脱税者が現われ、牢獄にはアルバニア人のニワトリ泥棒だけが収容されよう。〔中略〕ただ待つだけだ――ひとたび第三世界と化してしまえば、わが国は豊かに生き延びられるだろうぜ」。（『ヌーメロ・ゼロ』、pp. 218f.）

（＊75）「一般に言われていることだが、カラーブリアの労働者が仕事仲間を攻撃すると、新聞では当人が南部の人ならばどこの出身かを書き立てるが、北部出身者ならばそうはしない。結構、これは人種差別だ。だが、こんな紙面を想像したまえ――クーネオ〔北イタリア・ピエモンテ州の都市〕等々の出身の労働者が云々とか、メストレの恩給受給者が妻を殺害したとか、ボローニャの新聞販売人が自殺したとか、ジェノヴァの左官が不渡り小切手に署名したとか。これらの人びとが生まれた地域の読者にとっては、何の興味があろう？　ところが、カラーブリア出身の労務者とか、マテーラの恩給受給者とか、フォッジャのキオスク店員とか、パレルモの左官とかが話題になると、南部のギャングへの心配が持ち上がり、これがニュースになるのだ」（*Numero zero*, pp.58-59）

（＊76）ロアノはリヴィエラ・デッレ・パルメ岸に沿ったリグーリアの町。「西の島」とも呼ばれている。

（＊77）このテーマを掘り下げるには、シュタウダー編 *Staunen über das Sein, Internationale Beiträge zu U.Ecos "Insel des vorigen Tages"* (Darmatadt: WBG 1997) の序説（pp.1-22）を参照。

（＊78）『敵をつくること、その他の時おりのペーパー』（ミラノ、ポンピアーニ、二〇一一）、pp.295-325、ここはp.295より。

（＊79）ここではエコ編著『異世界の書――幻想領国地誌集成』（三谷武司訳、東洋書林、二〇一五）の中の第一一章「ユートピアの島々」をも挙げることができよう。

（＊80）コロンナは言っている――「俺はまたドイツ語から翻訳して暮らすから、君は美容師や歯医者の待合室のための雑誌に戻るがよい」(『ヌーメロ・ゼロ』、p.218)と。

(*81) ブラッガドチオがこの名前の由来を説明するとき(「僕の祖父は捨て児だったし、周知のとおり、こういうケースの姓はコムーネの役人が勝手に付けていたんだ」、p.32)、このデテールは著者本人の伝記から再録されたものなのだ——「エコという姓は一つの頭字語《アクロニム》なのであって、ラテン語"ex caelis oblatus"(天から授けられた)のイニシャルなのである。この作家本人の説明によると、教養のある役人が名無しの捨て児だったエコの祖父をこのように呼んだのだった」。(『コッリエーレ・デラ・セーラ』一九九五・一一・二九号、p.33)

第十五章　ウンベルト・エコの『ヌーメロ・ゼロ』におけるメディア批判

ウンベルト・エコの二〇一五年にイタリアで発刊され（二〇一六年秋に邦訳出版予定）の第七番目のこの小説は、いまだ公刊が決まっていないサンプル版のため〝ゼロ号〟（ヌーメロ・ゼロ）と呼ばれている、創刊準備中の新聞を例にして、イタリアジャーナリズムの暗黒像を描出している。一九九二年は広範に及ぶ贈収賄スキャンダル（〝タンジェントポーリ〟）が暴露されて、このイタリアの政党の解体と改革に至った時代だが、事件展開はこの時代に置かれている。

その始まりは、職業上もプライヴェートでも敗北した生活を振り返っている主人公コロンナが、新たな広報紙のチーフディレクターと一緒に調整のために行う対話である。そのときコロンナに対してこのディレクターは非道徳的な目標設定をやや赤裸々に説明する。この不気味な佩勲者《コメンダトーレ》ヴィメルカーテ（彼は小説全体を通して、個人的には登場しないのだが、その財力で絶えず影響力を発揮する）はこの新聞のジャーナリストたちの助力で公的生活をしている人物たちについての面目をつぶす情報を蒐集しようとする。彼らを自分自身の社会的な昇進への欲望に従わさせるために、揺《ゆす》れるかも知れぬと期待していたからだ。

とりわけ不動産分野では活躍中のビジネスマンのヴィメルカーテは、多チャンネルのTV放送局や各種新聞雑誌でもって中程度のメディア帝国を牛耳っているのだから、これからして、シルヴィオ・ベルルスコーニなる人物を実際の手本にしていると推測しても当然だと思われる。彼は一九七五年にテレヴィ送信者、映画製作会社、映画館に投資するようになる以前に、建築業者として一九六〇年代には険しいキャリアを踏み出していたのである。数年後には、大規模な印刷媒体もこれに加わる。これを所有したのは、名目上ベルルスコーニの兄パオロがカルテル法に違反するのを回避するため名義の書き換えが行われたからである。[*1] 一九七七年には、ベルルスコーニはイタリア経済生活のための経営者としての功績により、大統領ジョヴァンニ・レオーネより名誉称号〝カヴァリエーレ・デル・ラヴォーロ功労章〟を授与されたし、その後はちょうど『ヌーメロ・ゼロ』における佩勲者《コメンダトーレ》ヴィメルカーテでも同じことが補強されているように、彼は〝カヴァリエーレ〟と短縮して呼ばれるようになったのである。

一九九三年になってベルルスコーニが政治運動「ファイト！　イタリー」（Forza Italia）を創設してからは、イタリアではとりわけ左翼インテリたちへの批判的な声が高まった。[*2] 彼らはメディア権力が大衆迎合的に行動する政治家の手中に収まることで民主制の陥る危機に対して警告したのだった。高齢の哲学者ノルベルト・ボッビオが唱導し、「民主同盟」（Alleanza Democratica）が同調して出たアッピール「落ち着け、イタリアよ」（Ragiona Italia）――同胞たちに、理性を働かせようという要請――には、夥しい数の重要な名士たちが集まったが、その中にはウンベルト・エコもいた。[*3]

こういう抵抗にもかかわらず、ベルルスコーニは一九九四年に初めて大統領に選出された。それから、彼はしばらくほかの内閣の一員だったのだが、二〇〇一年に再びこの高職に就いたのだった。その際、彼に対しての非難はだんだん高まっていく。彼はこの職を自身の利益のために濫用した（いわゆる〝利権争い〟であって、偏見に訴えての（ad hominem）法案議決により、自身を司法当局の追求から守ろうとしたのである）。

このことは二〇〇二年一月には、市民運動ジロトンド[*4]を発生させた（その代弁者は演出家ナンニ・モレッティだった）。この参加者たちが象徴的に両手で周りを丸く取り囲むデモのせいで、ベルルスコーニにより脅かされた制度は、閉ざされた（わけても、ミラノの裁判所や、ローマの国有テレヴィＲＡＩ本部を取り囲むデモにより）。[*5] 同じく、ベルルスコーニの財政・政治・メディア権力による操作にさらされた民主制を擁護するための、党派から独立した市民たちのデモとして、ファシズム下の抵抗運動を想わせる名を冠した団体「自由と正義」[*6]が承認された（二〇〇二年一一月のこの創設仲間にはウンベルト・エコも所属していた）。

二〇〇三年九月に、ヴォルテールを引き合いに出している標題の雑誌『ミクロメガ』所収の論稿で、エコはベルルスコーニのメディア支配がさらなる政治的意見の多様化を許容させなくなる懸念を孕んでいると表明した。[*7]

「私がキオスクに赴き、そこに現れている新聞を購入して気づくことは、体制に対しての批判的態度ははっきりと反対の側に立っている若干の新聞にしか見受けられず、また一部の新聞――〝独立〟していたいからか、体制のスキャンダルに完黙を守れないでいる――でも事態は同様である。でも、体制に忠実な新聞しか購入しない読者はベルルスコーニ批判に接触することはないであろう。〔中略〕こうしてしばらくでも意見を述べてきた人のことを追考するように促したい、われらの同胞市民には、（実際に存在している）苦情についても何も知らされなくなるのだ〔中略〕ベルルスコーニはしかも、政党も国土や国家も自分自身の会社であるかのように機能するための一種の統治をだんだんと樹立しつつあるのだ。彼はそのために警察国家に仕える代議員を拘禁させたりはせずに、徐々に最重要メディアを手中に収めるが、または少なくとも影響力を（幸いにも必ずしも成功しなかったとはいえ）、財政出動とか一味を介して力を及ぼしたのだが、依然として独立を保っているジャーナル部局に対しては、人民主義の方法をもって、住民から然るべき賛同を確保したりしなければならなくなったのである」[*8]。

『ヌーメロ・ゼロ』においてずっと目立たないままでいる佩勲者《コメンダトーレ》ヴィメルカーテが計画中の新聞『ドマーニ（明日）』に及ぼしている統制力は、ベルルスコーニのメディア帝国におけるそれとどうしても較べることが可能だ。

「それじゃ、うちらはこの記事が佩勲者《コメンダトーレ》のお気に召すかどうか検討しなくちゃならんとおっしゃりたいのですか？」とカンブリアはいつものように、間抜けな質問を専門とするかのように尋ねた。

「もちろんさ」とシメイが答えた。「彼は儂らの株主代表さ。今日日《きょうび》の言い方に従えば、儂らの筆頭株主なんだよ」。[＊9]

二つの場合――フィクションと現実――とも、ジャーナリストには周知のように、自分らが所有主の利益を傷つければ自分らの立場を失いかねないのだ。ベルルスコーニが二〇〇一年にまたしても大統領に選出されてからは、彼はだんだんとＲＡＩから――以前は民放としての二次的役割をコントロールしていたのだが、今やこの国営放送にも影響力を及ぼして――彼の気にいらぬジャーナリストたちの一掃に心を配っていったのである。ブルガリアへの元首としての公式訪問の際には、ベルルスコーニはソフィアでの二〇〇二年四月一八日の記者会見でこう表明した――「サントーロ、ビアージ、ルタッツィは全市民から資金を提供されている国営テレヴィで犯罪行為を犯した。私見ではＲＡＩの新経営陣はこんなことが将来もずっと可能だというような事態を阻止する義務がある」[＊10]。また実際に、これら三名の傑出したジャーナリストたちは間もなくして、放映から姿を消したのだ。彼らはベルルスコーニ批判を断行してきたし、このカヴリエーレ勲章佩勲者にとっては、彼らは「左翼によるＲＡＩ占拠」[＊11]を体現していたからだ。

ベルルスコーニの「ブルガリア勅令」[＊12]として歴史に取り上げられた態度表明は、彼に従順な助っ人たちにより即刻具現化されたのであり、これは民主的な多意見主義やジャーナリストの自由な職務行使への明白な攻撃だった。ことに〝オリーヴ〟の目印の下に同盟を結んだ野党からは、ベルルスコーニはこのために鋭く非難された。左派民主党党首ピエロ・ファッシーノは、「これまでに決して存在したことのない威圧の試み」だと述べたし、同じ政党に所属するジョヴァンナ・メランドリは、さらにベルルスコーニは一種の〝メディア独裁〟に到達したと明言した。[＊13]

こうした厚かましい言動を先鋭化させるべく、ベルルスコーニとその履行補助人たちにより、その後これらジャーナリストたちを解任することも否認されたのである。アゴスティーノ・サッカはＲＡＩで二〇〇二年五月、ベルルスコーニの指示により、エンゾ・ビアージのテレヴィ・コラム〝イル・ファット〟（事実）や八一四本のシリーズ物が七年後には突如中止されてしまうように手配したのであり、彼は引き続きこう主張したのだった――評判は良いが、このカヴアリエーレ勲章佩勲者に批判的な立場のジャーナリストは、決して「解雇」されることなく、契約行為で問題を起こしたり、視聴者数を減少させたりした以上、自由意志で去るべきなのだ、と。(*14)

エコの『ヌーメロ・ゼロ』でも、新しい新聞のチーフエディターは社主のコメンダトーレ勲章佩勲者ヴィメルカーテの介入を同じように拒否している。この小説の読者がこの時点ですでにこの人物の振舞いについてもっている情報に基づくと、以下のような、事実に反した表明は、アイロニックにのみ解されて然るべきなのである。

「『俺たちは自分らのジャーナリズムとしての決心についての説明を発行人にする必要はないんだ』とシメイはやや気分を害されて言い返すのだった。『コメンダトーレ勲章佩勲者は俺を何かと左右しようとしたりしたことはなかったんだ』。(*15)

ベルルスコーニの生涯からのきちんと資料で裏付けられた事件を模している――しかも彼の私的な、必ずしもはなはだ道徳的とは限らぬ目的のためにメディアをこのように悪用した明白な証拠に挙げられている――のは、エコの小説にある次のエピソードである。そこではひょっとして発行人にとっては危険となっているかも知れぬ一審判者の信用を失墜させることが大事なのだ。なにしろこの一節から明らかになるのは、ジャーナリストたちがいかにそのために（恣意的にメディア実力者の反対者への評判を毀損させるために）投入されうるかということであるし――また、このささやかなエコの内面史が実に愉快に描写されているが故に――やや詳しく以下では引用しておかねばなるまい。

「五月五日朝、シメイは興奮して働いた」。〔中略〕数カ月前に〔中略〕リミニの予審判事が或る老人ホームの捜査に着手したことをあなた方は読んでおられたであろう。〔中略〕この老人ホームのいずれもわれらが発行人の所有ではないのだが、ご存知のとおり、彼が所有しているホームはすべてアドリア海岸にあるのだ。望むらくは、この予審判事がコメンダトーレ勲章佩勲者の問題に鼻を突っ込んでいることをわれらは体験しないで済ませたいものだ――嫌疑の影がこのスパイに振りかかろうとも。〔中略〕だから何かあったにせよ、パラティーノよ、ここではあんたは当事者の姓名を有しているのだから、カセットレコーダーとカメラを携えてリミニに一跳びし、あまりにもこの非の打ちどころのない国家の公僕を追跡しなさい。誰だって百パーセント完璧なためしはないし、ひょっとして彼は男色家かも知れぬし、あるいは祖母を殺したとか、賄賂の金を受け取ったとか、何らかのことが見つかるやも知れぬ。あるいは、何もなければ、彼の日常の仕事を、それがいささか奇妙に見えるからどうも怪しいな、というように描述しなさい」。(*16)

チーフディレクターから派遣されたこのジャーナリストは何ら人目を引くようなことを発見しはしないのだが、とにかく判事が神経質そうに公園で立て続けにたばこを吸っているところをフィルムに収めることに成功し、このことはシメイによると、役人の性格に疑念を惹き起させるのには十分なのだ。「儂らが冷静させ客観性を期待されている人物が、神経症患者で、しかも時間を公園ベンチで空費しているのらくら者であって、資料に思案投げ首だったりはしないのだと分かることがあるんだよ」(*17)。さらにその判事が何か奇異な――「エメラルド色かグリーンピース色の――靴下を履いており、体操シューズと組み合わせているが、これは必ずしも彼の趣味に合っているわけではなく、唾棄すべきことでも禁止されるべきことでもない。それでもシメイは興奮するのだ。こういうそれ自体無害なデテールでも、計画した信用失墜のためには十分応用可能な事柄なのだからだ。

「その人物は以前からだて者《ダンディ》だとか花形とか言われている。彼がマリファナを吸っていることも想像がつく。でもそんなことは書くまい。読者が自分で気づくはずだから。パラティーノさん、あんたはそうしたねたで薄暗いヒントだらけの肖像を仕上げなさい。そうしたらその男は当人にふさわしく、失脚することになろう。情報ではないものから、一つの情報をでっち上げたことになる。しかも嘘をつくわけじゃない。コメンダトーレ勲章佩勲者もあんたにたいそう満足されることだろうよ。もちろん、儂ら全員にもな」(*18)。

一目で『ヌーメロ・ゼロ』の作者の空想的な作り事だと推測できるようなことが、実は二〇〇九年にそのとおり起きたのだ。小説の中で無名のまま登場している判事は実際にはライモンド・メシアーノだったし、彼は判決文書を作成したためベルルスコーニの怒りを買ったのだ。それにより、あるミラノ裁判所はベルルスコーニの会社フィニンヴェストに有罪判決を下し、出版社モンダドーリからの不当引用の科《かど》でカルロ・デ・ベネデッティの子会社ＣＩＲに対しては七億五千万ユーロの賠償金の支払い命令が下るという破目になったのだ。その結果、ベルルスコーニのメディア企業メディアセットの最重要なテレヴィ・チャンネル〝カナーレ５〟から一人のヴィデオレポーターが派遣されて、判事カルロをこっそり尾行したのである。だが、ミラノ判事のいわゆる「白モカシン靴とトルコソックス」——とりわけ、「白モカシン靴とトルコソックス」[*19]——に劣るものではなかったのである。二〇〇九年一〇月一五日、「マッティーノ５」で放映されたルポルタージュに対しては、『ヌーメロ・ゼロ』で報告されていること——とりわけ、「不思議な行動」とされたことは、責任のある編集者クラウディオ・ブラキーノ（ベルルスコーニ放送局の〝ヴィデオニュース〟指南役）は、イタリア・ジャーナリスト連盟からも、国家通信連合からも叱責されたし、一方メディアセット側としてもこの方法に対してのいずれの批判にも何も知らぬ存ぜぬと白《しら》を切ることは当然あり得なかったのである。[*20]

二〇一五年九月に行われたウンベルト・エコとの本小説についての対話[*21]——一九八〇年代からなされたインタヴュー[*22]で最後のもの——では、小説中の登場人物ヴィメルカーテと現実のベルルスコーニとの結びつきが一体どれほど密接なのかについての、上述したことの後ではどうしても不可避な質問をせざるを得なかった。エコの答えは、両人物どうしの符合はあまり大げさになることのなきように配慮した、とのことだった。そのため、彼はことさらヴィメルカーテの描写に際しては、ベルルスコーニのそれとは異なる若干の委細に言及したのである。エコにとってはるかに大事なのは、個々の人物よりも、メディア実力者たちの権力濫用を根本的に描出することなのだ。似たケースは英国（ルパート・マードック）や米国（ドナルド・トランプ）でも存在する。

他方、エコはこういう場合にベルルスコーニのいう〝メディア人民主義〟に対して多年にわたり闘ってきたことを単刀直入に認めたのだった。もちろん今日では、イタリアの政治生活におけるこのカヴァリエーレ勲章佩勲者の影響力が消失したために、幸いにも以前ほどにはそういうことはあまり強くは目立たなくなっている。エコが『ヌーメロ・ゼロ』の事件展開を今日ではなく、一九九二年に設定した重要な理由の一つを、ここに見てとれるであろう。あの当時には、ベルルスコーニはいまだ上昇への途上にあり、イタリアのメディア操作人以上に危険なことには、手段選びでは無神経だったし、メディアを（成功裡に）自らの政治キャリアのために利用しようとしていたのである。(*23) こういう事態はもちろん、一九九〇年代から今日まで変わらなかったから、エコはさらにこうも語っているのだ――彼が「泥のからくり」(macchina del fango)(*24) と名づけている誹謗キャンペーンは、イタリア・メディアの論理的な良心のとがめにより阻まれたことのない部分の一つなのだ、と。彼本人も個人的にすでにそれに遭遇していたのである。(*25)

『ヌーメロ・ゼロ』を編むに当たっては、なかんずく公職に就いている人びとについての荷重のかかった書類(*26)を予め用意して利用することが検討されたのであり、新たに加わった共同作業者たちに対しては、報告の選定・編成を通して、いかに操作が可能になるか、一見客観的なルポルタージュの中にもいかに閾下《いきが》の評価を滑り込ませられるか、新聞発行に強いられている正しい位置も、巧妙なレトリックでいかに覆されるか、ということが説明されるのである。さらにそれ以上に、エコの小説にあっては、数多くの、道徳的に揺り動かし難い、メディア批判形態も存在する。読んでたいそう楽しいことは、『ヌーメロ・ゼロ』に出てくるジャーナリストたちのステレオタイプな表現様式(*27)への夥しい例証的な批判である（こういう様式はとりわけ、新聞のヒット狙いの行間に典型的なものなのだ）。メディア全般の質の低下が嘆かれている――本文は刊行前にもはや十分に校正が読まれることはないし、多くの編集者たちには、歴史の背景的知識とか、一般教養が不足している、と。こういう結論に達したエコはと言うと、以前から好んで些細な言葉ゲームや思考ゲームを組み立ててきたばかりか、また、星占い、クロスワード・パズル、結婚通知広告、といったお決まりの、だが往々にして陳腐な新聞の要素へのアイロニカルな異化をも行ってきているのである。この小説のフィナーレはペシミスティックな調子を帯びており、メディアの状態はイタリアの一般状況と結びつけられている。

「腐敗は認可され、マフィアが政府の公務に就き、脱税者が政権を握り、牢獄にいるのはアルバニア人のニワトリ泥棒だけだ。〔中略〕待つしかない——わが国はちゃんとした第三世界にでもなった暁に初めて、完全に生き甲斐のある国となるだろう」(*28)。

（*1）Richard Brütting 編、*Italien-Lexicon*（Berlin: Erich Schmidt Verlag 1997）の中の "Berlusconi, Silvio" の項（pp.123-128）参照。

（*2）当時反ベルルスコーニの立場にあった多数の知識人たち（ウンベルト・エコも含まれる）のことは Angela Barwig/Thomas Stauder（編）*Intellettuali italiani del secondo Novecento*（Frankfurt/M: Verlag für deutsch-italienische Studien/Oldenbourg 2007）において描述されている。

（*3）反ベルルスコーニ運動「落ち着け、イタリアよ」へのエコの支持は、わけても『ラ・レプッブリカ』紙への次の二つの寄稿で表明されている——"L'appello di AD spacca la Fininvest"（1994.3.13.）および "Ragiona Italia firme a quota settecento"（1994.3.15.）。

（*4）手をつなぎ輪状に歌い回る子供の遊戯に由来する。（訳注）

（*5）*Cf.* Thomas Stauder, "Neueste Tendenzen" in Volker Kapp（ed.）, *Italiemische Literaturgeschichte*（Stuttgart u.Weimar; Verlag J.B.Metzier 2007）, pp.403-418.

（*6）この命名のモデルは、一九二九年にカルロ・ロッセッリがパリに亡命中、イタリアの地下細胞とともに創設した反ファシストグループ「正義と自由」だった（イタリアではたとえば、トリーノでは、「正義と自由」にはとりわけ、レオーネ・ギンツブルグ、カルロ・レーヴィ、マッシモ・ミーラ、アウグスト・モンティが所属していた）。U・エコが当然主張したのは、反ファシズム闘争とのパラレルに酷似すべきではない、ということだった。ベルルスコーニの

（＊7）統治は結局のところ、ムッソリーニ体制と同一視されはしないからである。
（＊8）『ベルルスコーニを悪魔化する?』in: U.Eco, *A passo di gambero. Guerre calde e populismo mediatico* (Milano: Bompiani 2006), pp.126-135.〔邦訳（岩波書店版、二〇一三）には未収録〕。
（＊9）*op: cit,* pp.126ff.
（＊10）*Numero zero, op cit,* p.76.
（＊11）ベルルスコーニのこの見解表明は、わけても『コッリエーレ・デラ・セーラ』紙（二〇〇二年四月一八日付）掲載の記事「ベルルスコーニ――《サントーロ、ビアージ、ルタッツィよ、さらば》から引用。
（＊12）このベルルスコーニの文言も同紙の同じ記事に見いだされる。
（＊13）こういう反民主的な意志表明は、当時の夥しい新聞記事でそのように呼ばれただけでなく、それは今日までも真面目で高質な*Enciclopedia Treccani*のウェブサイトでもそのように表記されている。
（＊14）両方の引用とも『ラ・レブッブリカ』紙（二〇〇二年四月一九日付）に掲載の記事「ルテッリ――《われらは一人の無責任男に支配されている》」に拠る。
（＊15）サッカは二〇〇八年の対話ラウンド「コルティナ・インコントラ」で「誰もビアージを追放しなかった」と述べた。*Cf. La Repubblica* 紙（8.8.2008）の関係記事。
（＊16）*op.cit.* p.136.
（＊17）*op, cit,* pp.129f.
（＊18）*op.cit.,* p.130.
（＊19）pp, cit, p.131.
（＊20）これの出所は『ラ・レプッブリカ』紙が報じた記事（二〇〇九・一〇・一六日付）「そしてチャンネル5はメシアーノ判事を〝尾行〟す」に拠る。

（＊20）『コッリエーレ・デラ・セーラ』紙（二〇〇九・一〇・一六日付）はこのメディア事件について詳細に報じた――「メシアーノは尾行され、カナーレ5の事件が勃発――メディアセット曰く、「われわれは棒たたきを受け付けない」」。

（＊21）本書一七二―二〇七頁所収。初出は二〇一六年春に *Italienisch* 誌七五号（Frankfurt/M.）

（＊22）これらは *Gespräche mit Umberto Eco aus drei Jahrzehnten*（増補版）に所収。

（＊23）当時のインタヴューにおいてエコが挙げたその他の理由、その一は、この〝清潔な〟時代には、探索的ジャーナリズムがイタリアではたいそう重要だった（ブラッガドチオも「汚い秘密」が大部分は彼の空想の中だけにあるにせよ、これらを暴露したがっていた）こと。その二は、一九九二年にはインターネットはメディア風景ではことさらさした る役割をいまだ果たしていなかったから、エコもジャーナリズムの〝守旧派〟を描出できたからである。

（＊24）エコが *L'Espresso* 誌（二〇一五・一一・五付）上に発表したコラム「ミネルヴァの知恵袋」を参照。

（＊25）エコが同じインタヴューで語ったところによると、彼が小説の中で中華レストランでの「リミニの判事」と席を共にしている挿話――つまり、ベルルスコーニの新聞雑誌を介した報道――は、彼自らが体験したことらしい。*Cf.* *Numero zero*. p.130.

（＊26）わけても、「パパラッチの王」として知られている写真家ファブリツィオ・コローナをめぐる、〝アシスタントの極〟と称されたスキャンダル。彼は多数の名士を搖《ゆ》すったため、二〇〇七年には拘留され、後に有罪判決を言い渡された。

（＊27）*op.cit*. pp.97–100.

（＊28）*op.cit*. pp.217f.

エピローグ　日本におけるエコの反響

以上、伊・独の二人の協力者にしてエコ心酔者のマグマにも似たホットな仕事を、何とか日本語で読めるようにすべく心血を傾注してきた。約半年で、計画したエコ論集を――結果的には、エコの急逝により、《追悼集》に姿を変えてしまったが――実現できたことを喜んでいる。(＊1) もちろん、このような世界にも稀有な本を実現できたのは、長年にわたる両氏との貴重な交友の賜である。日独伊の三国協力がいかなる結実を生じさせることができるか、本書はその手本になりうると確信する。以下においては、編訳者個人のエコとの関わりと仕事を中心に、併せて日本という島国で生起したはなはだ特異な現象についても忌憚なく、若干コメント風に言及してみたい。(追悼集を出版することに気遣う必要はないのだから。(＊2))

(＊1) 編訳者も昨年一一月下旬から今年一月中旬にかけて、初めて大病を患い入院生活を送った。当時はエコの病状について、迂闊にも全く関知せずにいたのだが。

(＊2) エコは生前、弟子たちに没後一〇年経過するまで、一切の追悼集を出すことを禁じていたらしいが、編訳者はこれに縛られる必要もないのだ。

編訳者が初めてエコの謦咳《けいがい》に接したのは、一九七六年イタリア留学直後のウルビーノ大学国際記号論夏期講習会においてだった。（本当はロートマン、ウスペンスキー等も参加予定になっていて、期待していたのだが彼らは不参加だった。）エコは『記号論概説』（英語版）の中の一章を紹介した（仏語で！）のだったが、驚いたのはジュネーヴ大学のL・J・プリエート教授の講義[*1]に顔を出していたエコの不躾けな態度だった。「君の考えは間違っているぞ」と葉巻をくわえたままつかつか進み出て、黒板の前で自説を披瀝して見せたのだ。（これはずっと記憶に焼きつくほどの体験《トラウマ》となった。〝好印象〟というわけでなかったことは言うまでもない。）

あくまでも記号論学者としてのエコだけしか知らなかったのだが、[*2]一九八〇年突如『バラの名前』を出して世界を驚かすことになる。同年、半期のサバティカル・リーヴで欧州・南米を回りながら、いずこの国々でも、熱狂的な『バラ』ブームを目撃。結果、エコ文献収集の旅となったのだった。帰国後は『映画「バラの名前」』（バウマン／サヒーヒ箸、而立書房、一九八七）を初めとする「『バラの名前』解明シリーズ」、続く「『フーコーの振り子』解明シリーズ」[*3]を次々と実現してきた（おそらく、世界でも日本だけだろう。韓国でも『バラの名前』等に関して、類似シリーズがないわけではないが。[*4]台湾でもエコの大半の書物が華訳されている（研究書にまでは及んでいない）。大陸では『バラの名前』どまりのようだ。記録的な遅延をもって刊行された『薔薇の名前』（東京創元社、一九九〇）は無知な批評家から最高の評価を得たが、これははなはだ残念ながら、とんでもない無知・無恥の代物であり（ここでの例証は後で列挙。もっと詳しくは拙訳本『「バラの名前」覚書』、『不信の体系』、『「バラの名前」原典批判』等を参照されたい）、続く『フーコーの振り子』、『前日島』（文藝春秋）[*5]に至っては、さらに劣悪化したと言ってよい。訳者ご当人や出版社はそれでも全く「動ジナイ」というのだから始末が悪い。改訳しようともしていないのだ。（こんな訳にこそ「はまらないよう要注意」だ）。エコは日本語が分からないせいもあって、これら訳者と晩年まで親密交流をしてきたらしいのだが。

まともな邦訳は『バウドリーノ』（岩波書店）と『プラハの墓地』（東京創元社）[*6]まで待たねばならい（今秋出るらしい『ヌーメロ・ゼロ』（河出書房新社）は未見のため、コメントを控える）。我国では、エコと言えば『薔薇の名前』だが、前述（第一部）のとおり、むしろ本人はこれを毛嫌いしていたことに、読者諸兄は驚かされるであろう（失敗作ないし未熟作と見なしていたらしい。(*7)ただし、これは邦訳〔迷訳〕のせいではない）。

（＊1）『メッセージと信号』（丸山圭三郎訳『記号学とは何か』、白水社、一九九八）の著者。

（＊2）留学中に訪問し、後にその訳本を出すことになったA・マルケーゼ（『構造主義の方法と試行』（創樹社、一九八一の著者、故人）もエコとは献本を通して交流しているとのことだった。

（＊3）いずれも而立書房刊。前者は七巻、後者は二巻を刊行。続刊も計画したが、出版事情悪化により、残念ながら頓挫を余儀なくされてしまった（エコの『論文作法』類似本を出して倒産した書房もある）。ほかに、U・エコの「教養諸学シリーズ」（而立書房）も計画し、これは全七点刊行できた。

（＊4）『エコの翻訳論』（谷口編訳、而立書房、一九九〇）は韓国語に重訳されている（！）（海賊版）。

（＊5）これらの翻訳は、いわゆる〝朦朧体《もうろう》〟であって、はっきり言えば、ごまかし訳だ。『前日島』なる固有名の島があったわけではない（華訳のタイトル『昨日之島』参照）。読者を害すること甚だしい（「分かっているようで、分かっていない」のが真相だろう）。

（＊6）ただし、気にかかった点が二つある。その一つは、エコの一九七三年刊の論文集『普段着』〔正解は「家の習慣」〕の訳、その二は「ストーリー」と「プロット」を「筋」と「物語」（五一八頁）と訳している点（これは、フランス構造主義の「イストワール」と「ディスクール」をも射程に入れて、「時間順」と「物語順」とでも表記すべきところだ）。この訳で納得できる読者はいないであろう。どちらも類義語なのだから。

（＊7）とはいえ、「すべては最初に作ったものの中にある」「処女作に総てがある」（ルナール『ルナール日記』）と言われているし、エコもその例外ではない。

エコの訪日は共著者（G・ピアッザ）と早くからセッティングの上で実現したものである。〔写真⑬参照〕ホテルニューオータニ大阪で編訳者と対面〔写真⑭参照〕したときの挨拶が「君はどれだけ儲けたかい？」で始まったのには、髭を落としていたことともに面喰らってしまった。金銭目的のいやしい翻訳者と思われたのか、イタリアでは「教養諸学シリーズ」の中では『作文の書き方』が一番売れているよ、といった程度の話しか聞けなかった（もっとも、これは「マンドローニョ人」エコからすれば当り前の態度だったことになる。続いてのパーティの席でも、一言も発しないで、タバコを吸ったり、飲酒して真赤な顔になったりしただけだった。日本でエコにもっとも気に入った所は高野山の恵光《エコ》院だった由で、[*1]写真も収めておいた。「日本文化の深みを知る」と題して、高木蟀元学長との対話（『高野山大学学報』No.二一五）も短いものながら、発表されている。岩波書店肝いりの「日本人たちとの座談会」では、エコは「〝ars longa, vita brevis〟をご存知ですか」と『文学』（一九九〇年春季号）で発言しているところを見ると、日本の教養レヴェルを決して高くは評価していなかったことが[*2]歴然としている（イタリアでも今日、ラテン語を学ぶ学生は僅少らしいのだが）。とにかく、エコは帰国後、二週間ぐらいの滞在で日本のことは言えないとの理由で、一切発言していない（高野山での学長との対話では能弁だった彼が）。

海外の原書の各種邦訳からも〝エコの反響〟が日本に波及していることが感知できる。アト・ランダムながら、編訳者の目にとまったものを挙げていくことにする。

まずはピエール・バイヤール（大浦康介訳）『読んでいない本について堂々と語る方法』（筑摩書房、二〇〇八）。[*3]エコの小説はいずれも大部であり、しかも出だしが難解なこと（これは彼の〝ストラテジー〟であり、大学講義でも、初回は故意に難しい話をして、多すぎる聴講者の数を減らそうとしてきたのである）から、積読のままになっているというのが大半の読者の実態であろう。バイヤールはⅠ－３「人から聞いたことがある本」の中で、エコのアリストテレス『詩学』第二部「喜劇論」――湮滅したとされている――を話題にしている『バラの名前』の終結部《フィナーレ》の箇所を挙げて、面白おかしくこの〝テクニック〟を披瀝している。[*4]編訳者はこのエコの「アリストレス喜劇論」について論じたこともあるだけに、(*5)このバイヤール本を後で知ったときには臍《ほぞ》をかんだものである。
『バラの名前』の反響はいずれにせよ、世界に波及しており、T・A・シービオク／J・ユミカー＝シービオク共著（富山太佳夫訳）『シャーロック・ホームズの記号論』（岩波現代選書、一九八一）やステファーノ・ターニ（高山宏訳）『やぶれさる探偵』（東京図書、一九九〇）といった、推理小説の愛読者向けの研究書も次々と紹介されてきた。エコの

（＊1）いしいひさいち『現代思想の遭難者たち』（講談社、二〇〇二、二一四頁）では、〝回向院〟とあるが、高野山のこの寺は「恵光院」が正しい。〔写真⑮参照〕

（＊2）“Suppositio materialis” や “De te fabula narrantur” 等の邦訳（東京創元社版）を参照。前者は「実質ノ取リ違エダ」（！）となっており、後者は初学生の〝直訳〟丸出しだし。“non in commotione Dominus” が「主ハ動ジナイ」（！）というのだから、もう常識を超えた〝賢者〟の所業だ（エコがこれを知ったとしたら、即刻絶版を命じていたであろう。ところが日本では三〇版を超えてなお売れ続けているのだから、お世辞にも「お目出とう」と言えば、皮肉に聞こえるだろう。）

（＊3）原題は *Comment parler les livres que l'on n'a pas lus ?* (Editions de Minuit, 2007)

（＊4）編訳者はI・Y某なる大家から、「（ほかに大事なものがいっぱいあるのに）日本ではエーコの参考書みたいなものしか出ない」（「図書新聞」座談会記録）と揶揄《やゆ》されたことがある。これが真なら、訳者はパンくず拾いをしていることになるが、実はこの放言者はバイヤールの〝テクニック〟を活用しただけだったと言えよう。（日本にはこのレヴェルの御仁がうようよいる）。

（＊5）谷口勇「『バラの名前』とアリストテレスの喜劇論」（『クローチェ美学から比較記号論まで』而立書房、二〇〇六）、六三六－六四七頁参照。

小説がこういう読者をも念頭においていたことは間違いないところだが、もっと深遠な問題をも抱えた、〝油断のならない〟作品だということは、殆んど知られていないボローニャ大学教授（エコの弟子）コスタンティーノ・マウロ（拙訳）の『「バラの名前」原典批判』（文化書房博文社、二〇一一）[*1]が、はっきりと手に取るように指摘している（これを読まずに『バラの名前』を理解するのは不可能であろう）。なお、拙訳『エコの翻訳論』（而立書房、一九九〇）の後半では、『バラの名前』をめぐるシンポジュームの記録（エコも参加した）も収録されている。エコ関係シンポジウムへのエコの参加は珍しくなかった。）

明らかに『バラの名前』を踏襲した作品も邦訳されている。E・アベカシス（鈴木敏弘訳）『クムラン』（角川書店、一九九七）やデヴィッド・マドセン（大久保譲訳）『グノーシスの薔薇』（角川書店、二〇〇四）がそれだ。本当は英訳もあるのだからこういう訳者にエコの『薔薇』の訳も委ねられるべきだっただろう。実に周到な配慮の跡がにじみ出ている。「記号学をやめてもっと頑張らないと。エーコなどはまだまだ」と『読売新聞』のインタヴューで放言している邦訳者に、爪の垢《あか》でも煎じて飲ませてやりたいところだ。[*2] しかも、一向に修正しようともしていないことは、前述のとおりだ（原著でさえ、〝改訂版〟が出たというのに）。ぬけぬけと〝追悼文〟まで認めている（『読売新聞』二〇一六・三・三付文化欄）。[*3] 開いた口がふさがらぬ。Ma gavte la nata!

『フーコーの振り子』では編訳者が「解明シリーズ」を二冊のみ実現しただけで、残念なことに頓挫してしまった（これだけでも今から振り返って見れば奇跡だったのかも知れないが。もう日本ではエコは忘れ去られようとしているのだから）。

「フットボールは、抑圧された人々の闘争心や反抗心のはけ口の役目を果たす一種の儀式である。……人々は、非現実的な恍惚感に浸り切って。体制というものの存在を完全に忘れ去っている。まさに体制の欲した通りに」。（『フーコの振り子』）

以上はマーク・ペリマン（見田豊訳）『哲学的フットボール』（日経ＢＰ社、一九九九）の“Number 9” 一五三頁に揚げられた引用文の一部である。

「ウンベルトは、自分が何らかの形でゲームに貢献できるとしても、先輩である聖トマス・アクイナスのように天地を動かす力があるとは考えていなかった。むろん自分は、レオナルド・ダ・ヴィンチやミケランジェロのような芸術家でさえない。しかし彼は、どのようにみせるかだけは、誰にも負けないくらい知っていた……

しかしウンベルトは、自ら練り上げたこの普遍性は、長い時間を要するにしろ、必ず世に出るはずと信じて疑わなかった。そして、この種の信念はいずれ実現されずにはおかないものなのだ」。（『哲学的フットボール』、一六五－六頁）

ピーター・Ｐ・トリファナス（富山太佳夫訳）『エーコとサッカー』（岩波書店、二〇〇四）も同類の本と言えよう。この訳本の「読書案内」に今福某による気がかりな文章《コメント》が載っている。「エーコのバロック迷宮の仕掛けは精緻きわま

（＊1）この原書は、編訳者の依頼で執筆されたものであり、日本語でしか公刊されていない逸品である。なお、最近『バラの名前』（イタリア語原典）は改訂版が出ている。

（＊2）『薔薇の名前』訳者は、何とエコの送付資料まで「もちろん無視した」と得意気に「訳者後記」で書きつらねているほど傲慢不遜の輩であり、「賢明ナル訳者」を自認さえしているのだ。

（＊3）これがつまらぬ駄文であり、この筆者が『バラの名前』時代までのエコしか勉強していないことは、見え透いている。哀れなのは、こんな御仁の〝本性〟を知らずに亡くなったエコだ。

りない(*1)ので、はまってしまうと抜けられない。だがマニアにならないよう要注意」（一一三－四頁）というのだ。何とも不可解なアドヴァイスだ。エコ級の作家を〝適当に上っつらをなぞるだけでよい〟とでも言いたいのだろうか？（この態度は、「エーコの資料はもちろん無視した」という『薔薇の名前』訳者とそっくり通底している。日本のチンピラ風情のエコ理解とは、この程度なのだ。）これでエコが理解できたと思ってもらっては（ましてやそんな訳本の読者にとっては）傍《はた》迷惑この上ない。こんな訳者の訳本が表彰されベストセラーにまでなっているのだ。エコなら〝Ma gavte la nata〟と言っただろう。極東の島国日本國はワンダーランドらしい。逆説を好んだエコのことだからあるいは「こういう痴愚を大いなる敬意をもって再考すべし」（拙訳『セレンディピティー――言語と愚行――』、而立書房、二〇〇八）と言ったかも知れない。(*2)この度の共著はこういう迷妄の暗雲を一掃してくれよう（そう願っている）。エコの日本語訳が安心して読めるようになったのは、やっと最近になってからである。この編訳書がそれの後押しになることを期待している。なおエコの絵本については、「幻のウンベルト・エコ絵本」（北原尚彦『キテレツ古本漂流記』（青弓社、一九九八）、五九－六四頁）という珍しい紹介がある。エコはここまで波及しているのだ。

思いがけぬ本の中にもエコが登場しているので、紹介しておきたい。それは韓国人キム・ムゴン（久保直子訳）の『NQ――人間を幸福にする「思いやり」指数』（ソフトバンク　パブリッシングK・K、二〇〇四）のことである。同書、二一五－六頁にエコとマルティーニ枢機卿との書簡対話集『信じない者は何を信じるのか』(*3)が引用されているのだ（韓国語版（一九九八）もすでに出ている）。「信仰のない人(*4)は、どこから善の光を見い出すのか?」との問いかけに、エコはこう答えている――「自分の中に他者を発見したとき、人はようやく倫理を授かる」のだと。さすがの枢機卿もこれには返す言葉が見つからなかったらしい。むずかしい倫理教育のヒントがここには隠されている。）

共著者が、原著の特殊性からまず翻訳されることはあるまいと想像しているエコの第五作『女王ロアーナの謎の炎』については、フランコ・パルミエーリの諷刺的パンフレットが拙訳で出ているので参照を乞いたい。(*5)まさしく、エコの作品の裏読みながら、痛烈なエコ批判ともなっている。エコ（に「はまらない」ための）批判の一つの見本とも言えよう。この本の欠点はエコの〝マンドローニョ魂〟に全然気づいていない点だ。已むを得ない。著者はナポリの人らしいから。（こんな本はイタリア人にしか書けないだろうし、日本人なら原文では先ず接近不能な代物である。）

最後に、日本人作家によるエコの『バラの名前』のパロディー作品に言及しておく。一つは清水義範『バラバラの名前』（新潮文庫、一九九五）——邦訳はまさしくこうなっている（！）——、もう一つは門井慶喜『東京帝大叡古教授』（小学館文庫、二〇一六）。後者はドラマ化されて、五月二一日よりテレヴィ放映までなされた。好評らしい。

（＊1）これはエコの『前日の島』を指しているらしい。なお、編訳者自身はエコに「はまってしまった」ことを、感謝しこそすれ、少しも悔いてはいない。〝マニア〟とまで自覚していないことは、F・パルミエーリ本（拙訳）を出しているほどだから、アリバイはある。

（＊2）編訳者本人の、これは実体験をも踏まえた事実なのだから、確信をもって言えることなのだ。マーサ・スタウト（木村博江訳）『良心をもたない人たち』（草思社、二〇〇六）によると、神から与えられた「良心《シュンテーレシス》」（聖ヒエロニムス）や行動を決める「頭脳的判断力《コンスキエンティア》」（トマス・アクイナス）を欠く人たちが人口の四％はいるらしい。恐ろしいことだ。

（＊3）*In cosa crede chi non crede?* (Roma: Atlantide Editore. 1996)。西・仏・独・露・希・英等にも翻訳されている。

（＊4）エコは学生時代に、当時の法王と衝突し、以後カトリック信仰を放棄した。

（＊5）『女王ロアーナの謎の炎』逆（裏）読み』（而立書房、二〇一〇）自費出版。翻訳は日本語版のみしか出ていない。この第五作にはすでに華訳が存在する（台湾）。不思議なことだ。どれほど理解されているのだろうか？

エコの追悼記事では「遺言、注釈を生きて」（和田忠彦筆、『日本経済新聞』二〇一六・三・二七、「文化」欄）が注目に値いする。「ひとの一生は書物の〝注釈〟みたいなもの」とエコが生前に語っていたというのだ。（この伝《でん》によれば、編訳者は註釈者の注釈書にずっと拘泥してきた（今福某の言によれば、「はまってしまった」）ことになる！「植物的な記憶」というエコの考え方[＊1]に言及している『週刊読書人』（二〇一六・四・一付）紙上の和田忠彦の対談での発言もかなりのインパクトがあると言えよう。（これに関しては、（工藤妙子訳）『もうすぐ絶滅するという紙の書物について』（阪急コミュニケーションズ二〇一〇）[＊2]が参考になる。）

「情報は馬鹿げたものであればあるほど、今日の社会がはっきり分かってくる！」（エコの独訳 *Nullnummer*, 2015 広告）

今回のエコ追悼記念の書の出版に当たって、世界に先駆けるこの企画を早期に実現すべく尽力して頂いた、文化書房博文社内天野企画には著者を代表して深謝申し上げる。

二〇一六年六月二六日藤沢台にて

谷口伊兵衛　識

（＊1）U.Eco, *La memoria vegetale* (Milano: Edizioni Rovello 1992). 華訳されている。（拙訳近刊予定）

（＊2）エコとカリエールとの対談集。

著訳者紹介

谷口　伊兵衛（たにぐち　いへえ）（本名：谷口　勇）

1936年福井県生まれ。1963年東京大学修士（西洋古典学）。1970年京都大学大学院博士課程（伊語伊文学専攻）単位取得退学。1992―2006年 立正大学文学部教授。2006―2011年 同非常勤講師を経て，現在翻訳家。

著　書：『クローチェ美学から比較記号論まで』，『中世ペルシャ説話集――センデバル――』（いずれも而立書房）ほか。

翻訳書：J・クリステヴァ『テクストとしての小説』，U・エコ『記号論と言語哲学』（いずれも国文社），W・カイザー『文芸学入門』，E・アウエルバッハ『ロマンス語学・文学散歩』（いずれも而立書房），ウンベルト・エコ作『「バラの名前」原典批判 尊重すべき無花果《いちじく》』（文化書房博文社）などがある。

Giovanni Piazza（ジョバンニ　ピアッザ）

1942年3月22日イタリア・アレッサンドリア市出身。1969年スウェーデン・ウプサーラ大学卒業（文化人類学）。1970年来日。1975年鍼灸国家試験に合格。現在日本性科学学会会員。イタリア文化クラブ会長，名古屋放送芸能家協議会会員。 共著・共訳書約40冊。

Thomas Stauder（トマス　シュタウダー）

1960年9月28日，ミュンヘンのバイエルン生まれ。1978年にギムナジウムを卒業。1979年から87年にかけて，エルランゲン大学，カンタベリー大学（英国），シエナ大学において，独・英・伊の各国文献学を研究。1987年以降，エルランゲン大学，キールにてドイツ文学を教える。

『文学的改作』（1993）なる大著により，博士号取得。『ウンベルト・エコとの対話』（而立書房 2007）が出ている。

追悼 ウンベルト・エコ――マンドローニョ魂から遺言『ヌーメロ・ゼロ』まで――

2016年10月20日 初版発行　　定価3,500円（税別）

著　者　谷口伊兵衛／G・ピアッザ／T・シュタウダー
（編　訳　谷口伊兵衛）
発行者　鈴木　康一

〒112-0015 東京都文京区目白台1-9-9　**発行所㈱文化書房博文社**
振替　00180-9-86955
電話　03（3947）2034
http://user.net-web.ne.jp/bunka/
編集　天野企画
乱丁・落丁本はお取替えします。

印刷・製本　モリモト印刷株式会社

ISBN 978-4-8301-1290-4